rororo

ro
ro
ro

Elke Heidenreich arbeitete zunächst viele Jahre bei Hörfunk und Fernsehen als Autorin und Moderatorin. Deutschlandweit bekannt wurde sie als Kabarettistin durch die Verkörperung der «Else Stratmann» – und durch ihre Kolumnen in der «Brigitte». 1992 erschien mit dem Erzählungsband «Kolonien der Liebe» ihr literarisches Debüt: ein Bestseller, dem viele weitere folgten, zuletzt «Alles kein Zufall» (2016). Von 2003 bis 2008 moderierte sie die ZDF-Literatursendung «Lesen!». Von 2009 an gab sie die «Edition Elke Heidenreich» heraus, bis sie 2012 Mitglied der Kritikerrunde im «Literaturclub» des Schweizer Fernsehsenders SRF wurde.

Elke Heidenreich

AB MORGEN WIRD ALLES ANDERS

Kolumnen
über das Leben,
die Liebe
und andere
Kleinigkeiten

Rowohlt
Taschenbuch
Verlag

Die Erstveröffentlichung der in diesem Band veröffentlichten Kolumnen erfolgte in der Zeitschrift «Brigitte». Die Nummer der jeweiligen Ausgabe und das Erscheinungsjahr finden sich am Ende jeder Kolumne.

11. Auflage November 2021

Originalausgabe
Veröffentlicht im Rowohlt Taschenbuch Verlag,
Reinbek bei Hamburg, Juli 2017

Umschlaggestaltung any.way, Barbara Hanke / Cordula Schmidt
Umschlagillustration Kai Würbs
Satz aus der Aldus (PostScript), InDesign,
bei Pinkuin Satz und Datentechnik, Berlin
Druck und Bindung CPI books GmbH, Leck, Germany
ISBN 978 3 499 29127 2

INHALT

VORWORT

Ab morgen wird alles anders? Ach ja?! Das denken wir ja jedes Jahr zu Silvester und oft auch tapfer zwischendurch. Aber damit es wirklich anders wird, bedarf es großer Anstrengungen, man muss sich von Gewohntem trennen, den inneren Schweinehund überwinden, Mut zum Aufbruch haben und ach …

Vielleicht dann doch eher ab übermorgen?

Machen wir uns nichts vor: Ich habe siebzehn Jahre lang – von 1983 bis zum Beginn des neuen Jahrtausends – alle vierzehn Tage eine Kolumne für die «Brigitte» geschrieben, nichts Großes, Alltagsdinge, kleine Sorgen, Gedanken, Erlebnisse, Erfahrungen, Vorsätze. Und wenn ich diese Kolumnen heute wieder lese – die ältesten nun also nach zweimal siebzehn, nach vierunddreißig Jahren –, was sehe ich? So gut wie gar nichts ist anders geworden. Noch immer ist der Badeanzugkauf mit zu viel Licht und Spiegeln in der Kabine für jede Frau der Horror schlechthin; noch immer fragen Mütter – wenn auch nicht mehr meine – ihre vierzigjährigen Töchter, ob sie auch warm genug angezogen sind; noch immer wollen alle eigentlich kein Familienweihnachten mehr feiern und tun es dann doch … Die Welt, ja, die hat sich gewaltig geändert seit damals, die Politik, die Herausforderungen, die globalen Bewegungen. Aber in meinem Badezimmer ist alles wie immer: Ich weiß nicht, was ich mit meinen Haaren machen soll und welche Creme ich mir wie wohin schmieren soll, und nach wie vor lese ich lieber, als dass ich endlich mal die Fenster putze.

Wir sind gefangen in unserem kleinen Leben, und diese Gefangenschaft ist auch schützendes Ritual, selbst wenn es mit Ärger verbunden ist. Die Welt draußen ist komplexer geworden und sehr belastend. Ein aufrechter, anständiger Mensch zu bleiben, fordert uns viel ab. Uns rundum zu informieren, überfordert oft, und nicht nur im Urlaub plagt uns der Zwang, unser Leben hübsch beleuchtet abzulichten: Dank Handys machen wir nun rund um die Uhr Fotos. Aber das Elend mit den Handwerkern ist geblieben, die Rosenverkäufer gehen immer noch durch die Kneipen, und bei Pelzen gibt es nach wie vor keine Kompromisse.

Einiges hat sich verändert, weil die Welt älter geworden ist, einiges gilt für mich nicht mehr, weil ich älter geworden bin – aber immer noch treffe ich Frauen, die mich auf die Kolumnen ansprechen und sagen: «Als würden Sie in meiner Haut stecken! Als würden Sie meine Familie kennen! Genau so ist es!»

Ich kenne ihre Familie. Ich habe Freundinnen und Bekannte, die sagen: «Ob ich den Hund an der Leine habe oder ihn laufen lasse, irgendwer meckert immer!» Oder: «Was schenkt man bloß Männern?» Oder: «Ich hätte nicht gedacht, dass Altwerden so kompliziert ist.» Wir wissen, dass selbst große und gute Freundschaften, Lieben, Ehen einfach so aufhören können, und wir atmen weiter. Wir schaffen uns einen Hund an, gehen zum Tierarzt, und wie lautet seit hundert Jahren und noch in hundert Jahren der eine Satz, den alle kennen und der allein schon dafür sorgt, dass wir uns ein bisschen weniger elend fühlen? – «Oh, was hatter denn?»

Was ich mit alldem sagen will, ist dies: Noch immer ist es eine kleine Befreiung, genau hinzusehen. Ich habe damals am Alltag entlanggeschrieben, und wenn ich diese vielen Kolumnen heute wieder lese, sind die meisten davon nicht oder kaum gealtert. Und wenn ich etwas erzählen will, fange ich meine Sätze noch immer oft mit «Also …» an – so wie damals die Kolumnen. Als ich mit der Kolumne aufhörte, war die «Brigitte» einhundertundvierzehn Jahre alt und ich siebenundfünfzig, genau die Hälfte. Es gibt uns beide noch. Und es gibt all diese Themen noch, ja, so viel hat sich gar nicht geändert. Immer noch backen irgendwelche Deppen irgendwo den «größten Erdbeerkuchen der Welt». In Restaurants und Fahrstühlen werden wir mit «Musik» bedudelt. Überall riecht es nach fürchterlichen Parfüms und Aftershaves. Und die Liebe ist nach wie vor eine Baustelle.

Augen zu, Nase zu, tapfer bleiben, da müssen wir durch. Dieses Buch hat eigentlich nur den einen Sinn – dass die Frau, die da durch die Hecke guckt, sieht: Mein Leben ist ja nicht als einziges ein Chaos, guck mal da, nebenan sieht es genauso aus!

Elke Heidenreich

VOM GLÜCK

WAS IST GLÜCK?

Also ... was ist eigentlich Glück? Ein Sack voll Geld? Mann, Haus, Kind? Der Nobelpreis? Macht sicher alles sehr glücklich. Aber das allein kann es auch nicht sein – mit einem Sack voll Geld kriegt man ein verlorenes Bein auch nicht wieder, und der Nobelpreis heilt keine Migräne. Was ist denn nun aber Glück? Ist es für jeden etwas anderes? Als Kind war man glücklich über ein Geschenk, ein Eis, einen Kinobesuch. Über jedes neue Buch habe ich mich gefreut. Heute werde ich mit Büchern so zugeschüttet, dass ich die Freude am einzelnen Buch mühsam in Einzelfällen konstruieren muss. Und ich habe einen schönen Beruf, nette Freunde, habe Erfolg und bin gesund. Bin ich automatisch glücklich, oder machen mich meine dünnen Haare immer noch so unglücklich wie mit zwanzig? Ach nein, schon lange nicht mehr. Aber ich habe etwas bemerkt: Glück ist kein Zustand. Es gibt glückliche Umstände, glückliche Fügungen, glückliche Zufälle. Glück – das sind Augenblicke. Da kommt ein Moment, in dem gar nichts Besonderes geschieht – man sitzt vielleicht im Zug, sieht hinaus, und man sieht irgendwas, das schön ist oder an die Kindheit erinnert, und auf einmal ist da ein Moment von Glück. Ganz warm wird einem. Alle Probleme sind für einen Augenblick weit weg, die Seele kommt zur Ruhe. Oder der erste Kaffee, das erste Glas Wein im Freien, in der Sonne, mit kurzen Ärmeln, nach dem langen Winter – da ist es wieder, ein unerhörtes Glücksgefühl.

Sogar in unglücklichen Situationen stellt es sich ein. Als ich sehr elend krank war und dann endlich im Krankenhaus lag, im weißen Bett am Fenster, eine Infusionsnadel im Arm, eine Krankenschwester neben mir – alle Angst, alle Schmerzen flogen weg bei dem ungeheuren Glücksgefühl: Hier bin ich gut aufgehoben, sie sorgen für mich, mir kann jetzt nichts mehr passieren. Eine Geschichte von Margriet de Moor fängt mit dem Satz an: «Ich war eine glückliche Frau.» Diese niederländische Autorin ist die Weltmeisterin der ersten Sätze! Wer würde hier nicht weiterlesen wollen – warum «war»? Was ist passiert? Wo ist das Glück geblieben? Die Erzählung handelt davon, dass man das Glück nicht bemerkt, wenn es da ist, sondern erst, wenn man es verloren hat – in der wehmütigen Rückschau. Da ist was dran, und das sollte uns zu denken geben. In Goethes «Faust» sagt Faust zu Mephisto, als sie ihren Pakt schließen: «Werd ich zum Augenblicke sagen: Verweile doch, du bist so schön! Dann magst du mich in Fesseln schlagen, dann will ich gern zugrunde gehn!» Der Mann, der kein Glück mehr empfinden kann, ist bereit, für einen einzigen Glücksmoment seine Seele zu verkaufen. Jeder ist seines Glückes Schmied? Nein, es müssen schon glückliche Bedingungen zusammenkommen, und die haben manche Menschen in ihrem ganzen Leben nicht. Aber selbst wenn man sie hat – das Glück ist wirklich jeweils nur ein Augenblick; oder sagen wir so: Aus der Fülle der aneinandergereihten glücklichen Augenblicke kann es am Ende entstehen, das glückliche Leben. Lernen wir also, sie zu bemerken und sie, wenn sie da sind, ein wenig festzuhalten! *7/98*

ROSENVERKÄUFER

Also ... da kommt schon wieder einer mit Rosen ins Lokal. Jeden Abend dasselbe Ritual, immer derselbe dunkelhäutige Mann, und nie kauft ihm in dieser Kneipe jemand eine Rose ab. Aber heute ist sein Tag! In der einen Ecke sitzt nämlich ein offensichtlich wichtiger junger Herr mit einer ganz wichtigen jungen Dame, der er unbedingt gefallen möchte. «Ey, was kosten deine Rosen?», bellt er quer durch den Raum, denn, nicht wahr, wir duzen unsere Ausländer ja immer gern. «Fünf Mark das Stück.» – «Hier haste dreißig Mark für zehn», schlägt der junge Herr vor. Der Rosenverkäufer zögert, willigt aber schließlich ein. Die wichtige junge Dame nimmt mit leicht amüsiertem Grinsen ihre zehn Rosen in Empfang und fängt sofort an, ihnen die Blätter auszuzupfen. Der Rosenverkäufer geht weiter. Manfred, Stammgast und Zyniker, sagt wie jeden Abend: «Nö, heute mal nicht.» Lili möchte gerade die ganze Welt umarmen, weil sie frisch verliebt ist, und darum kauft sie für alle am Tisch eine Rose, obwohl wir sie streng auf ihre Schulden hinweisen, aber nein, heute ist das Leben so was von schön! Da sitzen wir nun mit unsern blöden langstieligen Rosen. Zwei Freundinnen am Nebentisch lehnen kopfschüttelnd ab, als der Verkäufer ihnen den nun reduzierten Strauß hinhält, aber jetzt haben sie neuen Gesprächsstoff und diskutieren lange und heftig über das Elend der Tamilen, die Doktoren- und Professorentitel hätten und hier von cabriofahrenden

Protzen gezwungen würden, für teures Geld genmanipulierte Rosen anzubieten, das ganze soziale Elend von Fernost wird gründlich bedacht. Mindestens fünf Biere lang. Ein Herr, den wir sonst nicht hier sehen, sitzt in der Ecke mit einer Dame, die sich sonst auch nicht hierher verirrt. Der Herr tuschelt mit dem Rosenmann und kauft dann den ganzen restlichen Strauß. Ein Weinkühler voll Wasser kommt auf den Tisch, die Dame errötet, der Rosenstrauß sieht imposant aus. Der wichtige junge Mann verlangt sofort auch so einen Wasserbehälter, obwohl seine Freundin zwei Rosen bereits die Köpfe abgerissen hat und sie im Mineralwasser schwimmen lässt. Lili, die natürlich auch noch fünf Mark Trinkgeld gegeben hat, denn heute soll es auch der Tamile schön haben, riecht an den von ihr bezahlten Rosen – aber diese Rosen duften nicht. Trotzdem ist sie glücklich, sie hat uns allen etwas Gutes getan, und nur darauf kommt es an, nicht darauf, wie wir gleich bei Regen und Nachtwind auf dem Rad mit einer langstieligen Rose nach Hause fahren – zwischen die Zähne werden wir sie klemmen müssen. Der Rosenverkäufer aber geht mit vollem Geldbeutel, leeren Händen und unbewegtem Gesicht weiter. Später sehen wir ihn gegenüber das Weinlokal betreten mit einem neuen Strauß langstieliger Rosen, duftlos, wahrscheinlich genmanipuliert, zu überhöhten Preisen. Diese Rosen müssen in unendlichen Mengen an geheimnisvollen Orten deponiert sein, sie gehen nie aus, sind sie doch das Symbol der Liebe, wie manipuliert auch immer. Zu Hause trocknen wir sie im Regal, bis zum nächsten Großreinemachen. Noch ein wehmütiger Blick, weißt du noch, das war der Abend, als Lili … und ab damit in den Papierkorb. *24/96*

ÜBER STRESS UND TERMINE

Also … das mit der Berufstätigkeit, das habe ich ja unbedingt gewollt. Und jetzt habe ich den Salat. Ich hetze durch die Gegend, sitze bald mehr im Zug als auf meinem Sofa, liege öfter in zu kurzen Hotelbetten herum als in meinem schönen großen Bett. Bei der Rückkehr von einer dieser Reisen zu Sendern und Redaktionen finde ich folgenden Zettel auf meinem Schreibtisch:

«Herr G. hat angerufen, möchte endlich einen Termin mit dir machen. Frau L. würde gern mit dir über eine neue Sendeform reden, haha. Die Kulturredaktion braucht spätestens morgen deinen Artikel. Für den Funk sollst du eine Glosse schreiben über das Frauenbild der Kohl-Regierung. Deine Mutter fragt an, wann du endlich mal kommst.»

Und ganz unten hin hat er geschrieben: «Ich hätte auch gern mal wieder einen Termin bei dir, vielleicht so zwei Stunden – hast du diesen Monat noch Zeit?»

Das hat gesessen. Ich überdenke meine Wirbelei, finde sie so sinnvoll nicht mehr. Ich rufe Herrn G. an und verschiebe den Termin, die Glosse über das Frauenbild der Kohl-Regierung sage ich ab – kenn ich doch schon, erst wollen sie so was, und dann senden sie es ja doch nicht. Für Frau L. erfinde ich eine Grippe, und die Kulturredaktion und die Mutter werden vertröstet.

Ihm aber lege ich einen Zettel hin: «Termin passt gut heute nachmittag, 16 Uhr.»

Es wird sehr gemütlich. Er kauft Kuchen, ich koche Tee, die Katzen liegen auf dem Sofa, der Hund auf unseren Füßen, und wir reden darüber, ob ich eigentlich immer noch fürs Selbstbewusstsein arbeite oder vielleicht fürs Geld oder einfach so oder aus missionarischem Drang …?

Es ist von allem etwas, aber ich rede mir ein: Wenn man wirklich genug Geld hätte, könnte man alles hinschmeißen. «Weißt du, was», sage ich, «jetzt füllen wir zusammen einen Lottoschein aus, und wenn wir dann zwei, drei Millionen gewinnen, dann ändern wir unser Leben.»

Sofort erfolgt das erbitterte Ringen um die richtigen Zahlen: sein Geburtstag, mein Geburtstag, Kennenlerntag, Katzengeburtstag, Hundefindedatum, Glückszahl – alles Quatsch, sagt er. Nach der Wahrscheinlichkeit könnten auch 1, 2, 3, 4, 5, 6 kommen. «Das glaubst du doch selbst nicht», sage ich. «Wo soll denn da eine Wahrscheinlichkeit sein, wenn man blöde Kreuzchen in blöde Kästchen …»

«Komm», sagt er, «wir lassen es, alles Unsinn, klappt sowieso nie. Lieber arbeiten wir weiter, du könntest ja doch nicht bloß so rumsitzen mit deinen Millionen, ich kenn dich, du würdest ein Tierheim oder so was einrichten, und dann hätten wir erst recht nie einen freien Termin.» Heimlich habe ich aber doch mal einen Tipp abgegeben. Aber es war nichts, die Lottozahlen haben nicht mitgespielt. Statt meiner 8 haben die einfach eine 9 gezogen mit ihren albernen Kugeln; wo ich 18 vorschlage, kommen sie mir mit 16; ich bin für 43, und die entscheiden sich für 40, völlig ohne Sinn. Also: keine Millionen, kein Lebenändern.

Obwohl – eigentlich sollte ja das eine mit dem andern wirklich nicht so viel zu tun haben. Ich habe mir vorgenommen, dass mir so ein Zettel mit Terminvorschlag von jemandem, mit dem ich in derselben Wohnung lebe, nicht noch mal passiert. Das, scheint mir, war eines dieser Kreuzchen, die das sogenannte «Schicksal» malt. Die ändern mehr als sechs Richtige … *11/83*

STATUS MUSS SEIN?

Also ... ja, doch, auch wir haben uns eine Garnitur Satinbettwäsche angeschafft. Vom Feinsten. Das sah so lange verführerisch aus in den schönen Zeitungen, bis ich einfach nicht mehr widerstehen konnte. Satinbettwäsche also, hmmm, und hinein! Ach du liebe Zeit. Ein einziges Gerutsche. Das Laken lässt sich nirgends feststopfen und rutscht und klumpt, und das andere Laken, über das wir die Bettdecke legen, will eben diese Decke nicht haben – da rutscht alles sofort wieder runter, und mit den Fingernägeln bleibt man hängen, und es ist nicht kuschelig und wird nicht richtig warm, und wie es aussieht, wenn man es wäscht, darf ich mir gar nicht vorstellen – außerdem geht dann ja wohl die Bügelei wieder los, die wir bei Bettwäsche längst abgeschafft haben, da wird normalerweise nur noch gereckt, außer, wenn Mutter kommt. Die kriegt Gebügeltes, um die Zahl der Grundsatzdiskussionen schon mal um eine zu reduzieren. Also, nichts mit der Satinbettwäsche – die Katzen, die im Bett gern mal mitschlafen, mögen sie auch nicht. Fehlkauf. Und so geht es immer mal wieder mit Dingen, die «man» hat. Der Starmix – heiß gewünscht, endlich gekauft, zweimal benutzt –, nun steht er oben auf dem Schrank und denkt: Was soll ich in diesem Haushalt, in dem man mich nicht zu schätzen weiß? Ein Abendkleid. Ein einziges Abendkleid habe ich, 1985 oder 1986 gekauft, weiß ich nicht mehr genau. Man braucht doch mal ein Abendkleid! Jede Frau hat ein Abendkleid, lang und elegant! Da hängt es nun im Schrank. Aber ach! Ich bin so gar kein Gesellschaftsmensch, die Feste, nach denen andere sich verzehren, sind mir nun mal ein Gräuel, und nach wie vor schmeiße ich Einladungen zu Scheußlichkeiten wie Bundespressebällen oder großen Abendgesellschaften sofort schaudernd in den Papierkorb. Ich weiß, dass ich nie irgendwohin gehen werde, wo man ein Abendkleid braucht. Noch habe ich Größe 38, Tendenz steigend. Bald wird es nicht mehr passen – der schöne Schnitt! Der schöne Stoff! Gibt vielleicht noch seidene Sofakissen, auch gut. Mit den ganz hohen Absätzen ist es genauso. Muss eine Frau doch haben, oder? Wenigstens ein Paar. Muss sie vielleicht, muss sie aber nicht anziehen, weil der Fuß an den Kopf signalisiert: Habt ihr sie da oben noch alle? Sogar einen Pelz gab es früher mal bei mir, aber dazu muss ich ja wohl inzwischen gar nichts mehr sagen. Mit Freuden hingegen noch ein Wort zu Tanga-Höschen: Ich würde so gern mal eine Frau kennenlernen, die die mit Vergnügen trägt, diese richtigen Tangas, die hinten im Po verschwinden und vorne einschneiden – was für eine Erfindung, um das Bein länger erscheinen zu lassen! «Man» hat das aber als verführerische Frau, es sind die heimlichen Statussymbole, die Dinge, die einfach dazugehören – der echte Vamp trägt nun mal keine kochfeste Baumwolle, sondern den Seidenhauch in Tangaform. Ist Unterwäsche auch schon Status? Muss der ergraute Herr, der sich endlich die Harley-Davidson seiner Jugendträume leisten kann, dafür auch Minislips im Tigermuster anziehen, oder darf er seine Schiesser-Unterhosen auftragen und auch sein Bruchband anlegen? Echte Western-Motorradstiefel braucht er natürlich, aber darunter darf es gegen den Schweißfuß die kochfeste Arzt-Baumwollsocke sein. Weitere Statussymbole: der superflache Fernseher, der neueste Videorecorder, der CD-Player im Auto, und da gibt es sicher noch viel mehr, was ich nicht weiß, weil ich mich nicht in den richtigen Kreisen herumtreibe. Aber es steht ja alles in der Zeitung, man muss es nur nachmachen. Zum Beispiel Satinbettwäsche. Sieht wirklich wunderbar aus. Aber … 3/92

WO, BITTE, GEHT'S ZUM PARADIES?

Also ... gestern Abend waren wir bei Tiziana und Giambattista. Tiziana ist Friseuse, Giambattista ist Busfahrer. Sie leben in einem kleinen Ort in Norditalien und haben vor einigen Monaten geheiratet. Als Erstes müssen wir die ganze Wohnung ansehen. Alles ist bereits jetzt perfekt. Die Wohnung war ja auch schon ein ganzes Jahr vor der Hochzeit angemietet und Stück für Stück, Zentimeter für Zentimeter nach Maß eingerichtet worden: die Schrankwand im Wohnzimmer, die schweren Gardinen, die den Blick auf die Landschaft zuhängen, die Polstergarnitur, die komplette Einbauküche, das Schlafzimmer – ein Traum in Gold und Rosa, das riesige Bett, in dem sie wirklich erst in der Hochzeitsnacht zusammen schliefen – vorher lebten beide bei ihren Eltern.

Dann müssen wir die Fotoalben von der Hochzeit ansehen, das Brautkleid, die Geschenke. Von Rossana ist die Espressomaschine, was hat sie gekostet, Rossana? 325 000 Lire! Donnerwetter. Und das ist Tante Simonetta, die am Hochzeitsabend ein Gedicht vorgetragen hat – hinten im Album ist es eingeklebt, wir müssen es sogleich anhören, abwechselnd, von Tiziana und Giambattista vorgetragen, die es auswendig können. Alle kleinen Anekdoten der Hochzeit werden uns erzählt. Und beim Abendessen, mit liebevollem Aufwand für uns gekocht, und am Tisch, auf dem zum ersten Mal noch ganz steif und neu das weiße

Tischtuch mit den Veilchen liegt, dazu passende Servietten, Geschenk von Luisa, während wir essen vom neuen Goldrandgeschirr, Geschenk von Roberto und Carla, trinken aus den hochbeinigen Gläsern, Geschenk von der Nonna, währenddessen läuft natürlich, wie in allen italienischen Familien bis zum Zubettgehen, der Fernseher direkt neben dem Tisch, aber diesmal nicht mit Pippo Baudo, Adriano Celentano oder einem B-Western, sondern mit der Filmkassette von der Hochzeit, hat Sandro aufgenommen, ein bisschen verwackelt, aber, da! Da sieht man, wie Tiziana den Ring nicht über Giambattistas Finger kriegt, und das Jawort ist so schön, das spulen wir zurück und sehen es uns gleich dreimal an. Das Abendessen für alle im Restaurant Bellavista hat sehr viel gekostet, Giambattista zeigt die Quittung, und die Möbel sind auch noch nicht bezahlt, und die Ringe funkeln dick und golden.

Ich höre und sehe all das mit einer Mischung aus Rührung und Entsetzen und versuche, nur ja keinen großstädtischen Hochmut, keine Besserwisserei aufkommen zu lassen. Gegen die Coolheit «meiner» Kreise ist all dies ganz und gar unmöglich, aber ländliches Glück, verwurzeltes Brauchtum ist es auch schon nicht mehr. Gleichzeitig beneide ich Tiziana und Giambattista um ihre Fähigkeit, durch eine tadellose Einrichtung und eine prunkvolle Hochzeit glücklich zu sein, und ich denke mir, dass sie sich etwas vormachen, einen Traum träumen, dem kein Alltag standhält, denn so gestärkt wird das Tischtuch nicht bleiben, und das Schlafzimmergold wird auch verblassen. Hätte es nicht Improvisation getan anstatt Verschuldung? Aber sie sind nicht ich, und ich bin nicht sie. Sie machen es SO, ich mache es anders. Wenn sie uns besuchen, wundern sie sich über die Matratze auf dem Boden und die selbstgebauten Regale voller Bücher statt Kupfergeschirr. Von der einen Welt zur andern führen nur Besuchswege. Aber auf denen gehen wir freundlich und trinken Wein miteinander. Das Paradies entdeckt eh niemand von uns. Jeder nur sein Stückchen davon. *6/88*

ÜBER DEN SINN DES LEBENS

Also … was ist denn nun der Sinn des Lebens? Gibt es einen immerwährenden, oder ändert er sich je nach Lebensalter? Vor einigen Jahren war die Midlife-Krise mächtig im Gespräch, jetzt ist plötzlich von der Sinnkrise die Rede – wo er ist, der Sinn des Lebens, in einer Zeit von Bomben, Kriegen, Rüstung? Außen in der bösen Welt kann er nicht liegen, also suchen wir doch mal im Privaten: trautes Heim, Glück allein, der ideale Lebenszweck-zweck-zweck ist Borstenvieh und Schweinespeck? Und wieder fühle ich mich an mein Lieblingskinderbuch erinnert vom reichen Hund, der auf Seidenkissen schlief und alles hatte und dennoch seinem Herrchen weglief, denn er wusste: «Es muss im Leben mehr als alles geben.» Dieses «Mehr als alles», das wäre er ja dann, der berühmte Sinn des Lebens. Also: nicht reich sein, sondern glücklich.

Ja, was ist denn aber Glück? Gute Frage! «Erbärmliches Behagen», sagt Nietzsche, und bei Behagen scheiden sich die Geister auch schon wieder, und überhaupt, ist denn das Glück des Einzelnen dasselbe wie das Glück der Menschheit? Hätten wir also alle denselben Sinn des Lebens, wenn wir endlich wüssten, was das überhaupt ist? Ach, wie verzwickt. Meinungsforscher stellen alle Jahre wieder die «Sinnfrage» in Umfragen. Vielleicht kommen sie der Sache damit näher: «Worin sehen Sie den Sinn Ihres Lebens?», fragte das Allensbacher Institut für Demoskopie 1974 zum ersten Mal und jetzt wieder. 48 Prozent der Bundesbürger sahen den Sinn ihres Lebens vor zwölf Jahren darin, «glücklich zu sein», heute, im Jahr 1986, gilt das Gleiche für 62 Prozent. Also: Das eigene Glück steht als Lebensorientierung ganz vorn. Dabei macht die Familie wieder Punkte.

Hatte die Familie in älteren Umfragen an Wertschätzung deutlich verloren, wird sie jetzt für die Deutschen wieder zum Bezugspunkt. Das Glück, das man sich wünscht, scheint etwas mit Kindern, mit Familie zu tun zu haben. Verständlich: Werden die Welt, die Gesellschaft immer unüberschaubarer, die Zusammenhänge immer komplizierter, anonyme Instanzen immer kälter und bedrohlicher, dann ist Wärme nur im privaten Rückzug, im vertrauten Nahbereich von Familie zu finden.

Notlösungsglück? Ich werde mich hüten zu werten. Glück ist sehr viel Verschiedenes und sicher mehr als bloße Abwesenheit von Unglück. Aber Glück ist bestimmt nicht der «Sinn» des Lebens, es ist eher eine schöne Zugabe. Und jetzt stehen wir schon wieder vor der verdammten Sinnfrage. DER SINN DES LEBENS! Am jüngsten Tag werden wir ihn wissen. Der allerjüngste Tag, den ich kenne, ist der heutige. Die Ewigkeit hat also schon angefangen. Kann es sein, dass der Sinn des Lebens das Leben selbst ist? Und kann es sein, dass Umfrager die Sinnfrage immer nur deshalb wieder aufwerfen, weil Regierungen das gern möchten, um zu sehen, ob das Eigenheim oder das zweite Kind als Glücksziel genannt werden und ob man also die Bausparverträge oder das Kindergeld zum Stimmenfang einsetzt? Es muss wohl so sein. Denn anders lässt sich die Torheit einer solchen Umfrage gar nicht begreifen. *19/86*

NOCH MAL GLÜCK GEHABT!

Also ... wenn man von jemandem sagt: «Da hat er aber noch mal Glück gehabt!», dann heißt das doch eigentlich nichts anderes als: Dem ist etwas ganz entsetzlich schiefgegangen, aber er ist noch mal gerade so davongekommen, vielleicht mit dem berühmten blauen Auge. Noch mal Glück gehabt zu haben, setzt gehabtes Unglück voraus – man ist bei einem Unfall, einer Krankheit «dem Tod von der Schippe gesprungen», wie meine ostpreußische Großmutter Elise das drastisch nannte. Man war eben «noch nicht dran», man hat noch einmal Glück gehabt. Verdientes Glück? Zufälliges Glück? Gibt es den Zufall überhaupt? Und kann man Glück verdienen? Und ist Unglück eine Art Strafe? Wofür? Manche Menschen ziehen das Unglück geradezu an. Ihnen passiert alles: Der Blumentopf fällt ausgerechnet auf ihren Kopf, nur in ihre Wohnung wird eingebrochen, immer fahren ihnen Züge und Bahnen vor der Nase weg, und jede Krankheit erwischt sie. Andere haben das Glück gepachtet, und wenn sie doch mal Pech haben – dann haben sie mit Sicherheit gerade noch mal «Glück gehabt». Was denn nun – ist jeder seines Glückes Schmied, oder ist Fortuna launisch und gießt ihr Füllhorn aus, wo, wie und über wen sie will? Haben wir einen Anspruch auf Glück? Ist denn Glück machbar, für den Einzelnen, für die Gesellschaft? Und haben Weise, Philosophen eine Gelassenheit erreicht, die Glück und Unglück neutralisiert?

Keine dieser Fragen lässt sich beantworten, Glück ist für jeden Menschen etwas anderes, und die Freiheit gehört immer unabdingbar dazu – ohne die Freiheit, sich bewegen zu können, uneingeschränkt, kann es kein Glück geben.

Aber: «Glück gehabt» – das ist für jeden dasselbe, das bedeutet, einer Beinahe-Katastrophe entronnen zu sein. Glück gehabt verzögert für eine Sekunde den Herzschlag; Glück gehabt rückt allen kleinlichen Ärger ins rechte Maß zurück; Glück gehabt gemahnt an die Begrenztheit des Lebens, an den winzigen Schritt, der zwischen Jetzt und Aus zu tun ist; Glück gehabt macht ein anderes Gesicht; Glück gehabt ist ein Moment, der noch nach Jahren frisch und brennend plötzlich spürbar wird – die Erinnerung an die Sekunden im splitternden Auto, und plötzlich steht man daneben, unversehrt. Daneben wird alles andere klein und bedeutungslos. Die Narkose, aus der man nach der Operation erwacht, und es beugt sich jemand über einen und flüstert: «Glück gehabt!» Diesen Augenblick habe ich erlebt. Er war unbeschreiblich, er war der eigentliche Anfang meines Lebens, denn über «Leben» hatte ich bis dahin nicht so richtig nachgedacht, außer, dass ich bei jedem Liebeskummer sofort am liebsten tot gewesen wäre. Wer «Glück gehabt» hat, spielt mit solchen Gedanken, glaube ich, nicht mehr. Der Schreck sitzt zu tief. Dass einer, der das Glück gehabt hat, einen Flugzeugabsturz zu überleben, im selben Jahr seinem Leben ein Ende setzt, weil er vielleicht Fehler nicht eingestehen kann und einen Karrierebruch nicht ertragen, das ist an der zurückliegenden Affäre Barschel für mich die unbegreiflichste Seite gewesen. Wer das Glück hatte, «dem Tod von der Schippe zu springen» – liebt der das Leben nicht mit jeder Faser? *26/87*

OBERFLÄCHEN UND WAS DARUNTER LIEGT

SIE MÜSSEN ES NICHT LESEN, WENN DU NICHT WILLST!

Also ... als neulich diese melancholischen Rückblicke auf zwanzig Jahre Woodstock waren, fiel mir wieder ein, seit wann wir uns alle duzen: Damals hatte es angefangen, dieses «Seid umschlungen, Millionen», damals waren wir alle Freaks im selben Sinne, und jetzt sind wir Mitte vierzig, tragen Seidenkleid und Nadelstreifen und halten uns mit Sie-Sagen noch immer nicht auf.

Aber nach uns wächst eine neue Generation heran, die trägt weiße Hemden und hat ausrasierte Nacken, und die verbittet es sich, von uns Flower-Power-Veteranen geduzt zu werden. Das sind die kommenden Börsenmakler, die parteibuchgebundenen Fernsehredakteure, die Jungunternehmer mit Autotelefon im Babybenz, und die husten uns was, wenn wir sagen: «Kannste dein Auto mal ein Stück weiter vorfahren, dann kann ich mein Motorrad noch dahinterklemmen.» – «Was interessiert mich Ihr Motorrad», sagen sie, entschwinden in der Karibik-Bar und trinken Gin Tonic, und ich steh wütend da. Und dann ertappe ich mich dabei, dass ich auch nicht von jedem geduzt werden will. Dass es mir kalt den Rücken runterlief, als gestern der unangenehme Typ in der Kantine, den ich gar nicht kenne, mir entgegenrief: «Setz dich doch hierher.»

Wirke ich auf die Neuen, Jungen, Schönen ähnlich anwidernd wie der da oder andere auf mich? Und ist es nicht schön, ein paar Leute auch durch beharrliches Siezen immer spüren zu lassen, dass sie einem so nah wieder nicht sind? Irene kann mich vertraulich duzen bis an ihr seliges Ende, ich werde es nie erwidern, nie. Ich werde immer sagen: «Hatten Sie ein schönes Wochenende?», und ich werde denken: «Ja, mit Lores Mann, du blöde Kuh.» Ich bewahre mir meine boshaften Reservate.

Den umgekehrten Fall gibt es auch, da ist ein Mann, mit dem ich seit Jahren immer wieder zusammenarbeite, aber der lässt mich nicht durch ein nettes kleines Du näher an sich ran, er besteht auf Herr Soundso, und es macht mich krank vor Eifersucht, dass Karin ihn duzt, und ich weiß nicht, wieso.

Toll ist, wenn man mit einem Herrn in Schlips und Jacke, einem richtigen Direktor, mal in eine Kneipe gelangt, wo noch Tom Waits und Fleetwood Mac aus den Lautsprechern donnern und die Bedienung im T-Shirt, Aufschrift «Don't worry, be happy», an den Tisch geschlurft kommt und uns beide duzt. Was tut der Herr Direktor dann? Wird er ganz jung und dynamisch und duzt zurück? Denkt er, sie will ihn heiraten? Verbittet er sich derlei Vertraulichkeiten? Er sagt, jaja, genau wie neulich, als ich geschäftlich in Amerika war, da sagen ja auch alle Harry und Ginger und Jack zueinander, ich finde das höchst sympathisch, und du antwortest ihm: Ist schon okay, Robert. Aber damit wird er nun wieder ganz schwer fertig, denn er verkauft ja nur den Oldtimer für dich in seinem Gebrauchtwagenhandel, und da ist zu große Nähe schädlich für den saftigen Preis, der ihm vorschwebt.

Ach! Immer diese Feineinstellungen des Lebens. Gestern kommen zwei uralte Freunde und bringen ein nettes junges Mädchen mit: «Das ist Sylvia.» Gut, wir sagen:

«Tag Sylvia, willst du auch ein Glas Weißwein trinken?», und sie sieht mich an und sagt: «Ich kenn Sie aus BRIGITTE, ich les immer Ihre Kolumne, wie fallen Ihnen bloß immer neue Themen ein?» Und ich seh sie an und lege den Kopf schief und sage: «Sylvia, noch viel leichter, als du denkst. Nächstes Mal zum Beispiel werde ich über das Duzen und das Siezen schreiben, obwohl ich nicht mal eine klare Meinung dazu habe.» – «Ja», sagt sie nachdenklich, «da haben Sie recht, kompliziertes Thema, vielleicht könnten Sie erwähnen, dass die Beauvoir und Sartre sich ein Leben lang gesiezt haben?»

«Du sagst es, Sylvia», sage ich, «genau das werde ich schreiben. Und es allen Ehepaaren empfehlen. Willst du nun Weißwein oder nicht?» *22/89*

ÜBER GANZ FEINE PARFÜMERIEN

Also … ich habe immer noch Schwellenangst vor diesen ganz, ganz feinen Parfümerien. Aber alles gibt es nun mal im Kaufhaus, Drogeriewaren Erdgeschoss, nicht, und außerdem finde ich Schwellenangst idiotisch und will sie überwinden.

Ich brauche eine getönte Feuchtigkeitscreme. Welche? Keine Ahnung, man wird mich ja beraten.

In solchen Läden bedienen Göttinnen, Schönheitsköniginnen, Anwärterinnen auf Gatten aus der Millionärsklasse. Sie verkaufen nicht nur die teuersten Parfüms, sie duften auch danach, und sie tragen Seidenblusen und korallrote Stöckelschuhe mit 15-cm-Absatz. Sie haben lackierte Lippen und lackierte Fingernägel in exakt derselben Farbe, einen Teint wie ein Pfirsich und einen Hauch Rouge auf den Backenknochen. Sie haben seidige lange Wimpern und blaue Lidschatten, leise schöne Stimmen und einen ganz besonderen Blick, mit dem sie mich nun mustern, wenn ich – etwas zu laut grüßend – ihren Glas- und Spiegelpalast betrete. Denn ich habe eine rote Nase (immer) und bin blass, deshalb will ich ja die getönte … Sie wissen schon. An mir ist nichts besonders erlesen, und die Damen sehen das mit einem Blick. Deshalb hat auch zunächst keine von ihnen Lust, sich hinten aus der Sitzecke zu lösen, aber dann quält sich doch eine herbei. Wenn mich jetzt mein Mut verlässt, kaufe ich Nivea und bin schnell wieder draußen, wenn ich aber meinen Kampftag habe, lasse ich mich auf die getönte Creme ein. Die Gazelle mustert mich müde und fragt sich, warum ich es nicht im Kaufhaus versuche. Dann legt sie mir schweigend eine Dose auf den Ladentisch. «Nur die?», frage ich. Sie legt drei weitere Produkte daneben. «Was ist der Unterschied?», frage ich. «Bei Ihrer Haut», sagt die Elfengleiche, «würde ich sowieso eher ein Transparent-Make-up empfehlen.» Ich bin froh über eine Empfehlung, möchte aber doch den Grund wissen. «Wieso», sage ich, «was ist mit meiner Haut?» – «Bitte», meint sie gekränkt, «es war nur ein Rat.»

Es ist sinnlos. Ich entspreche nicht ihren Anforderungen, ich kränke sie durch meine Anwesenheit. Aber irgendwie kränkt sie mich auch. «Da gibt es doch so Wüstenfarben», höre ich mich zu meinem Entsetzen sagen. «Wüstenfarben?» Sie sieht aus, als würde ihr schlecht. Ich kenne kein Halten mehr. «Ja, Wüstenfarben. In der Werbung habe ich das gesehen, so Goldtöne, toll, aber ich weiß die Firma nicht.» Sie blickt gequält zu ihrer Kollegin, die sich die Nägel feilt. «Dominique», sagt sie, «haben wir Wüstenfarben?»

Dominique schlendert heran. «Das ist doch out», sagt sie, «das war letzten Herbst.» – «Sie hören es», fügt die Erlesene hinzu. Was nun? Ich frage nach einem Pröbchen der Getönten. Unten in der Schublade (in die gut verspachtelten Gesichter kommt ein Hauch natürliche Farbe) findet sich eins. Ich schmiere mir ein bisschen ins Gesicht, und die beiden Schönen sagen unisono: «Tun Sie es doch auf die Hände, da sieht man es auch.» Ich will es aber im Gesicht sehen, denn meine Hände haben eine ganz andere Farbe. Es sieht ganz gut aus – ich nehme eine Tube, zahle, gehe. Und ich weiß: Ich muss in puncto Selbstbewusstsein noch viel lernen. Auch in puncto Toleranz: Denn so, wie sie mich irritiert ansehen, so irritieren mich die Edlen aus den Kristallpalästen auch. Solange wir uns gegenseitig so abschätzig mustern, Schwestern, fehlt's mit der Solidarität noch weit! *20/83*

ÜBER LITERATUR UND FENSTERPUTZ

Also ... wenn die Sonne so schräg durch die Fenster fällt, dann sieht man schon, dass die Fenster verdammt schmierig sind. Ich sehe hoch von meinem Buch und denke: Müssten dringend mal wieder geputzt werden, unbedingt. Ist ja völlig milchig alles! Man merkt überhaupt nicht, dass es Sommer ist. Ich les jetzt noch das Kapitel fertig, wo Madame Bovary so traurig ist, weil Leon nicht da ist, und wo sie immer an ihn denken muss, und dann putz ich die Fenster.

Ausgerechnet die Fenster! Da brauch ich ja die Leiter, und die steht im Keller, vollgepackt mit Klamotten, alte Schuhe, glaub ich. Oder so. Die räum ich nicht extra alle runter, dann putz ich die Fenster eben nicht. Ich kann ja auch woanders anfangen, staubsaugen müsste man nämlich auch mal, wenn ich ehrlich bin. Richtig muffig sieht der Teppich aus, Muff von tausend Jahren. Madame Bovary kauft sich neue Kleider, um sich aufzubauen, das muss ich schnell noch lesen – ein blaues Kaschmirkleid mit Schärpe! Toll. Frustkauf, typisch, aber ich kann sie so gut verstehen, so was hilft, wenn auch nur kurz. Übrigens habe ich gar keine Staubsaugertüten mehr, und das ist vielleicht immer ein Zirkus – die kann man nicht einfach so kaufen, nein, die muss man bei der hochheiligen Firma per Zettel bestellen, und den Zettel find ich nie im Leben, da brauch ich gar nicht erst mit Suchen anzufangen. Ich könnte ja die Möbel mal polieren, die sehen mächtig grau aus, und wenn die

Möbel schön glänzen, das ist doch schon die halbe Miete – ich fang mit dem Gläserschrank an, gleich.

Emma Bovary lernt jetzt Italienisch, bloß, um mal was ganz anderes zu machen … Ich müsste auch dringend mal was anderes machen, so geht das nicht weiter, ewig der gleiche Trott, morgen kauf ich mir auch ein blaues Kleid und lern Italienisch, aber erst polier ich die Möbel, das ist beschlossen.

Obwohl – die Küche sieht furchtbar aus. Ich müsste in der Küche anfangen, ich müsste überhaupt irgendwo gezielt anfangen und mich dann durcharbeiten. Macht man erst die Fenster oder erst die Böden? Ich weiß schon, wenn ich hinten fertig bin, ist es vorn wieder dreckig, ich kenn doch diesen Haushalt – alles sinnlos. Dieser Haushalt ist gegen mich, ich kann machen, was ich will, der stellt selbsttätig Chaos her. Zu viele Bilder, zu viele Zeitungen, Krimskrams, Noten, Nippes – alles staubt ein. Man müsste rigoroser wegschmeißen. Überhaupt, das ist die Idee! Ich schmeiß alles weg. Ich brauch doch den ganzen Plunder gar nicht, morgen schmeiß ich alles weg, ein Tisch, ein Schrank, ein Bett, ein Stuhl, aus. Weg mit dem Teppich, nackter Boden, einmal die Woche fegen, fertig. Klare Linie, keine Putzerei, keinen Ärger, auf der Matratze sitzen und lesen, was aus Madame Bovary wird – in aller Ruhe.

Aber die Fenster! Ich kann doch die Fenster nicht rausreißen. Die Fenster sind und bleiben schmierig. Ich muss sie putzen, sonst kann ich bald am hellen Tag nicht mehr lesen. Er kriegt dich einfach klein, so ein Haushalt, immer.

Hat Madame Bovary nie putzen und spülen müssen? Die Literatur erzählt uns auch immer bloß die Hälfte!

Morgen fang ich mit den Fenstern an. Obwohl, die Leiter … *18/86*

ÜBER «DIE JUGEND»

Also … neulich hat sich wieder jemand aufgeregt im Bus – «die Jugend», die sei nun wirklich furchtbar, faul, zottelig, frech, verwöhnt, verhascht und überhaupt. «Die Jugend» waren zwei kecke Knaben, die Gummibärchen auf die Fensterscheiben klebten. Wirklich skandalös.

Toll, wie fix manche Leute «die Jugend» umreißen können, wie schnell da ein fertiges Bild gemalt ist (wahlweise auch geeignet für «die Neger», «die Kommunisten», «die Frauen» oder gar «die Gesellschaft»).

Die Jugend. Die Jugend lungert auf der Straße rum und ist arbeitslos und hat keine Zukunftschancen. Die Jugend büffelt in der Schule um Noten nach dem Komma und schleimt, wie Konstantin Wecker singt, schon wieder um die Wette den Lehrer an, damit eben doch in Sachen Zeugnis und Zukunft was läuft, denn was nützt es, in der Jugend munter zu sein, wenn später die Rente nicht stimmt. Die Jugend steht auf den Fluren der Arbeitsämter rum und gilt als renitent, wenn sie partout nicht Bäcker werden will, sondern Automechaniker. Dann eben kein Job, aus. Die Jugend färbt sich die Haare grün oder lila und findet Neonlicht gemütlich. Die Jugend trägt Kaschmirpullover und graust sich vor dem Flatterzeug aus Indien, igitt, wer das schon alles in der Hand hatte.

Die Jugend fixt und liegt besoffen in Parks und Bahnhöfen und geht auf den Strich für den nächsten Schuss. Sie liebt Onkel Donald, die Muppets, die Gruppe Motörhead und findet, Hitler war gar nicht so schlimm, oder sie überschüttet sich mit Benzin, zündet sich an und stirbt aus Protest gegen die Kälte der Erwachsenen. Die Jugend protestiert gegen Atomwaffen und Kernkraftwerke und schmeißt Fenster ein und schreibt auf die Wände: «Wer begriffen hat und nicht handelt, hat nicht begriffen.» Die Jugend flicht sich Perlen ins Haar und kauft sich rosa Stiefelchen für 250 Mark und trägt T-Shirts mit dem Aufdruck «Alternativ – nein danke» oder «Schluss mit dem Konsumterror». Die Jugend schreibt traurige Gedichte und erforscht die Gene von Mäusen, stellt Weltrekorde im Sport auf und sitzt mit 16 Jahren im Gefängnis wegen Mord.

Die Jugend ist bei den Pfadfindern und organisiert Freizeiten mit Behinderten, oder sie putzt alten Leuten die Wohnung. Die Jugend singt pazifistische Lieder und marschiert durch die Straßen mit Transparenten, auf denen steht: «Warum sind es immer Robert Kennedy und John Lennon, warum sind es nie Richard Nixon oder Paul McCartney?» Die Jugend trägt Petticoats und arbeitet sonntags für drei Mark die Stunde in der Krankenpflege. Die Jugend arbeitet bei Amnesty und liest Carlos Castaneda und isst kein Fleisch, um den Tieren damit zu helfen.

Die Jugend fährt in den Ferien nach Israel in einen Kibbuz und antwortet auf die Frage «Nimmst du Drogen?» mit «Ja, Coca-Cola». Die Jugend vergewaltigt kleine Mädchen und bildet in New York Truppen, die alte Leute vor Überfällen schützen.

Die Jugend.

Die Jugend gibt es überhaupt nicht. Die Jugend, das ist eben alles das zusammen, und dazu gehören auch Gummibärchen auf Busscheiben. Wenn ich noch mal jemanden was sagen höre über «die Jugend», ich weiß nicht, ob ich mir dann nicht auch eine Tüte Gummibärchen für den nächsten Bus kaufe. Und wo wäre das dann einzuordnen, wenn ich sie andächtig ablecke und auf die Scheiben klebe? «Die Frauen»? *13/83*

HINTER FREMDEN FENSTERN

Also … in der melancholischen dunkelblauen Stunde werde ich zum Voyeur. Ich streife, den Hund an der Leine, durch meine Gegend und sehe in die erleuchteten Fenster. Was die Leute für Lampen haben! Venezianische Lüster, Stehlampen mit Rüschen, Tütchen aus den fünfziger Jahren, jede Menge postmodernes Halogen. Die Tische werden gedeckt, in den neonbeleuchteten Küchen wird gekocht. Jedes dritte Fenster: flirrend blaues Fernsehlicht. Ein Kind steht einsam an seinem bunt beklebten Fenster, die japanische Papierkugel leuchtet, das Kind streckt mir die Zunge heraus, ich ihm auch, wir lachen beide. Ein alter Mann steht mitten im Zimmer, denkt nach, hat vergessen, was er hier eigentlich wollte. Ich sehe imposant gefüllte Bücherregale und Vitrinen mit Nippes, ich sehe altdeutsche Couchgarnituren, deutsche Kissen mit deutschem Knick, und ich sehe Poster an den Wänden, Steffi Graf und Arnold Schwarzenegger. Bei geöffnetem Fenster spielt jemand Klavier, Schuberts Moment musical Op. 94, Nr. 3, G-Dur. An der gleichen Stelle der gleiche Fehler, den ich auch immer mache – ob wir die gleiche Klavierlehrerin haben? Manche Fenster sind düster, bei andern flammt plötzlich Licht auf und gibt den Blick frei auf ein großes Wandbild mit … rrratsch, der Rollladen rasselt, morgen muss ich früher kommen. Jemand hat Geweihe über dem Sofa. Die Fenster sind vorsorglich vergittert, damit niemand diese toten Scheußlichkeiten stehlen kommt. Und in einigen Häusern lockt ein regelmäßig mal hier, mal dort, mal an-, mal ausgehendes Licht: niemand zu Hause! Es kann eingebrochen werden, hier wacht nur die elektronisch gesteuerte Lichtanlage. Ach, und da: der schönste und dickste Adventskranz des Viertels. Alle totgeglaubten Kindersehnsüchte nach Wärme und Geborgenheit brennen heiß, ich bleibe stehen und versuche mir vorzustellen, wie frisch gebackene Plätzchen duften. Ich würde gern dort klingeln, mich einen Moment aufs Sofa setzen und ein bisschen lesen, vielleicht dürfte ich auch ein Türchen am Adventskalender aufmachen, und drin wäre eine Nuss, ein Äpfelchen, ein Tannenzweig.

Weg mit den Sentimentalitäten, gleich nebenan ist das Bürohaus die ganze Nacht hell erleuchtet und gut beheizt, haben wir doch diese praktische Energie aus den schönen Atomkraftwerken! In hellen Kneipen essen angeblich so glückliche Singles «Rindsroulade bürgerlich», das Tagesgericht mit Leipziger Allerlei, und mir fällt ein, dass auch die treusten Rentner in diesem Jahr Weihnachten keine Kerzen mehr für «drüben» ins Fenster stellen müssen. Drüben ist jetzt hier.

Dann noch vorbei an dem Haus, bei dem alles weiß ist – weißes Licht, weiße Möbel, vor der Tür sogar ein weißes Auto. Ich werde aufpassen, ob sie einen weißen Weihnachtsbaum mit weißen Kugeln aufstellen – bestimmt! Und dann kommt das schönste Fenster von allen. Eine Katze schaut streng zwischen den getrockneten Rosen einer verblassten Sommerliebe mir entgegen, als wollte sie beleidigt sagen: Da bist du ja endlich! Was musst du dich jeden Abend mit dem Hund herumtreiben und fremden Leuten in die Fenster sehen? Bei uns ist es doch sowieso am schönsten. *26/90*

HÄPPCHEN IM KOPF

Also … was wir alles wissen! Es ist enorm. Es gibt kein Thema, bei dem nicht jeder von uns wenigstens so ein bisschen mitreden könnte, die profunde Halbbildung ist allgegenwärtig, und den Satz «Das weiß ich nicht, davon versteh ich nichts» hab ich schon lange nicht mehr gehört. Wir haben zwar nicht immer eine fest umrissene Meinung zu etwas, aber mitreden «irgendwie» lässt sich allemal, und ist es nicht zu schön, wie unser Fernsehen diese gigantische Besserwisserei bedient und anheizt? Nein, ich meine nicht die Tagesschau oder die Magazine, ich meine unsere Unterhaltungssendungen mit so pfiffigen Titeln wie WETTEN DASS und NASE VORN und DER GROSSE PREIS, denn da gewinnen überall nur die, die die Nase vorn haben. Alles über Wilhelm Busch, alle Postleitzahlen auswendig, ganz schnell raten, wer jetzt Sonderbotschafter für UNICEF ist – na? Eine Schauspielerin … so 'ne dünne … ein Herz und … jawoll! Hundert Punkte, Nase vorn, Tusch, Scheck, Weltreise, Geschenkpaket, Blumengebinde, es ist Audrey Hepburn, na bravo.

Unsere dusseligen Quiz- und Ratesendungen unterstützen außer den Trend, etwas nur ja besser zu können als jemand anders, auch noch den Trend zur allgemeinen Halbbildung, die früher mal Allgemeinbildung war und ganz etwas anderes. Studenten durften früher auch noch in einem Studium generale in andere Fächer und Wissensgebiete hineinschnuppern – heute unmöglich. Mit starrem Blick aufs Examen büffeln sie ihre eingleisige Spur durch, und wieso soll denn auch ein Biologe den Namen Fontane (von Tane?) kennen, es ist wichtiger, dass er Chrysantheme richtig schreibt. Mit der Halbbildung fängt es schon früh an, nämlich in der Schule – da darf man abwählen, was einem nicht passt, und wer sich nicht für Musik interessiert, muss eben auch nicht wissen, dass es einen Debussy gab, das braucht man ja auch fürs Jurastudium später nicht. Im vergangenen Jahr lautete für 118 Abiturienten einer bundesdeutschen Schule eine Prüfungsfrage, zweiteilig, so:

Wie heißt der Chef der «Schwarzwaldklinik»?

Wer hat die «Göttliche Komödie» geschrieben?

Wollen Sie es wirklich wissen? Dann Mut: also, 113 kannten Professor Brinkmann, und zehn hatten schon mal den Namen Dante gehört. (Meine Extra-Frage: Waren unter den zehn die fünf, die Professor Brinkmann NICHT kannten?)

Da haben wir es eben. Häppchen allüberall, Häppchen auf dem Partyteller und Häppchen im Kopf, unsere Politiker machen da keine Ausnahme – ich behaupte sogar, dass wir von einem einseitig spezialisierten, völlig kultur- und bildungslosen Verein regiert werden. Kultur steht ja eh in der Werteskala immer ganz am Schluss, sie ist das, was nichts nützt und nichts einbringt. Warum soll ich also über van Gogh mehr wissen, als dass seine einst unverkäuflichen Bilder heute Millionen bringen und dass da noch irgendwas mit dem Ohr war – jawoll, schon wieder 100 Punkte, mehr braucht's nicht. Wilhelm von Humboldt hat Allgemeinbildung definiert als etwas, das nicht direkt nützlich oder brauchbar ist, also nicht dazu geeignet, «etwas zu erwerben oder hervorzubringen», sondern nichts anderes als ein Mittel zur «inneren Verbesserung und Veredelung» des Menschen, zur «Menschenbildung». Schnickschnack. Ich muss nur gerade so viel wissen, um im Fernsehen bei einem dieser Ratespiele mitmachen zu können, irgendwas springt immer dabei raus, und nur das zählt.

Wissen ist Macht? Vielleicht. Aber nichts wissen macht offensichtlich auch nichts. *5/89*

ÜBER DAS TELEFONAT EINER MUTTER

Also ... Hannelore ruft Katrin an und will ihr was erzählen. «Hallo? Ja, ich bin's, Hannelore. Morgen, wie geht es dir?» – «Gut, und dir?»

«Auch gut. Moment mal – du, Bennylein, lass das jetzt mal, ja, Mami will telefonieren. Du?» – «Ja?»

«Ich wollt dir was erzählen, deshalb ruf ich auch an, stell dir vor: Ich hab heute Nacht von dir geträumt.» – «Ach, ehrlich?!»

«Ja, pass auf – Benny! Lass es jetzt! Ja, stell dir vor, ich hab geträumt, dass du – Benny, lass jetzt sofort die Telefonschnur los! Also dieser Bengel macht mich noch verrückt. Bist du noch da?» – «Jaja.» – «Was wollte ich?» – «Du hast von mir. ...»

«Ach ja, ich hab von dir geträumt, und zwar warst du ganz allein auf einem Boot und – warte, du, das hat keinen Sinn. Moment mal eben – Benny! Gleich knallt's aber mal, das sag ich dir. Du reißt bitte nicht an der Schnur vom Telefon! Das geht doch kaputt! Und ich will jetzt in Ruhe telefonieren, haben wir uns verstanden? Also, das ist vielleicht ein Satansbraten – Katrin? Bist du noch da?» – «Natürlich. Was war mit dem Boot?»

«Du warst allein auf dem Boot, und da war ein See, weißt du, hinten kam Sturm auf und – Walter! Walter! Kümmer dich doch bitte mal fünf Minuten um den Jungen!» – «Hör mal, sollen wir später ...»

«Nein, nein, ich wollte dir das unbedingt erzählen, weil, vorgestern hab ich noch mit Walter über Träume gesprochen, und er sagte, er träumt oft, und ich hab gesagt, also, ich träum fast nie, und nun ausgerechnet heute Nacht und ausgerechnet von dir, wo wir doch gestern Abend – Benny! Ich warne dich noch einmal, und du fängst dir wirklich eine. Walter!!!» – «Hannelore?»

«Ja, Moment mal. Walter!!! Es ist zum Wahnsinnigwerden hier, glaubst du das – wo war ich?» – «Hannelore, wir können doch ein andermal telefonieren, ich meine …»

«Nee, nee, lass nur, jetzt hab ich grad mal fünf Minuten Zeit.» – «Ich kann doch am Nachmittag zurück …»

«Nein, nein, ist schon okay, sag ruhig jetzt, worum geht's, was wolltest du?» – «Ich?» – «Ja.» – «Du wolltest mir doch erzählen …» – «Ich? Du hast doch angerufen, oder?»

«Ich doch nicht! Du hast mich angerufen und hast gesagt, dass du von mir …»

«Benny! Bist du verrückt! Reißt der die ganzen Bücher aus dem Regal! Das räumst du alles genauso wieder ein, das sag ich dir. Katrin?» – «Ja. Du wolltest mir erzählen, was du geträumt hast.»

«Ich träum doch fast nie. So, jetzt geht der endlich raus, verdammt noch mal. Ja, raus mit dir, Benny. Tür zu! Haaaa, jetzt ist Ruhe. Also, um was ging's?» – «Komm, lass uns ein andermal, hat ja keinen Sinn.»

«Nein, jetzt hab ich grade schön Zeit, komm, sag schon, weshalb hast du angerufen?» – «Du hast angerufen, Mensch! Du! Du!»

«Bist du sicher? Benny! Du, da scheppert was ganz fürchterlich in der Küche, ich leg mal auf, ja, ich ruf dich –

Katrin? Hallo? Katrin? So 'ne Kuh. Ruft hier an, weiß nicht, was sie will, und legt dann auf. Und von so einer träum ich auch noch nachts.» *20/86*

DIE WOHNUNGSHÜTERIN

Also … wir fahren weg, und Rosi wird die Wohnung hüten. Wir haben Rosi alles erklärt: welche Katze was wann und wo frisst und wann Nero seine Pille kriegt, welche Pflanzen man von oben, welche von unten gießt, welche Post nachzuschicken sei und welche nicht. Iss die Sachen aus dem Kühlschrank auf, Rosi, sonst schimmeln die, und trink den Wein, und folgendermaßen funktioniert der Anrufbeantworter, falls du ihn benutzen willst … nein, Rosi will ihn nicht benutzen, Rosi geht gern ans Telefon. Ja, gut, aber wimmel alles ab, hörst du, Rosi? Die sollen noch mal anrufen, wenn wir wieder da sind. Und wenn du abends ausgehst, lass das Licht an. Rosi will nicht ausgehen, verspricht aber, diese und jene Lampe zur Einbrecherabschreckung anzulassen. Rosi, bei Frau W., zwei Häuser weiter, ist ein Ersatzschlüssel, falls dir mal aus Versehen die Tür zuknallt. Ich bin, sagt Rosi, jetzt zweiundzwanzig Jahre alt, und in meinem ganzen Leben ist mir noch nie aus Versehen eine Tür zugeknallt, wann haut ihr denn nun endlich ab?

Wir gehen und wissen Haus und Tiere in besten Händen. Unterwegs fällt mir ein: Wir haben Rosi nicht gesagt, dass die Klospülung kaputt ist – wenn man den Deckel vom Spülkasten nicht hochhebt, läuft das Wasser die ganze Zeit … und bei der Dusche kommt das warme Wasser aus dem kalten Hahn und das kalte aus dem warmen … sie wird sich verbrühen! Oder erkälten … was dreht man denn normalerweise zuerst auf? Na egal, sie ist ja nicht blöd, sie wird schon klarkommen. Blöd ist sie nicht. Aber neugierig. Hab ich eigentlich die Schublade mit meinem Tagebuch abgeschlossen? Hilfe! Ich habe die Schublade mit dem Tagebuch NICHT abgeschlossen! Ich kenn doch Rosi … sie wird jetzt schon durchs Haus gehen, hier ein bisschen stöbern, da ein bisschen gucken. Sie wird das Tagebuch finden … und dann? Mein Gott ja, dann wird sie eben lesen, dass ich ein Dauertief hatte, was ist schon dabei, jeder hängt mal durch. Wahrscheinlich wird sie aber auch sehen, dass ich Bettwäsche nicht mehr bügele, und deshalb alles aus den Schränken zerren und ordentlich bügeln, so ist sie eben auch. Haben wir ihr gesagt, dass man Tomaten nicht von oben wässern darf, sondern in den Tontopf daneben gießen muss? Und wenn nicht … haben wir eben keine Tomaten dieses Jahr. Hoffentlich macht Rosi den Kleiderschrank nicht auf. Da sieht es grauenhaft drin aus – das wäre mir aber peinlich. Natürlich wird Rosi den Kleiderschrank aufmachen! Und Vaters bösen Brief lesen, der noch auf dem Schreibtisch liegt. Und im Steuerordner mal so ein bisschen schnüffeln, was wir denn nun wirklich verdienen, ach, und verdammt! Sie wird im Keller die scheußlichen Weingläser finden, die sie uns mal geschenkt hat und die ich doch extra noch in den Gläserschrank stellen wollte … Jetzt geht ein fast fremder Mensch durch unsere Wohnung. Alle unsere Geheimnisse und Marotten sind ihm ausgeliefert. Was Besuch nie zu sehen kriegt – die Brandlöcher im Teppich, da, wo immer so nett eine Bodenvase steht, die ungeputzten Schuhe im Keller, die heimlichen Laster und die heimlichen Leidenschaften –, alles breitet sich vor dem Wohnungshüter aus. Ich weiß das. Ich hüte ja selbst manchmal und denke: Du liebe Güte, solche doofen Zeitungen haben die abonniert? Sollten lieber mal ihren Kühlschrank abtauen, statt so was zu lesen. *12/92*

GUTEN GRUSS!

Also … was soll das eigentlich mit dieser ewigen Grüßerei? «Schöne Grüße auch an Karlheinz!» Aber ja doch. Ich sage: «Karlheinz, ich soll dich von Roswitha grüßen», und er fragt: «Wer ist Roswitha?» Kein Gespräch kann mehr enden, ohne dass Grüße aufgetragen werden – grüßen Sie bitte Ihre Frau Mutter, Ihr Fräulein Tante, Grüße an das liebe Kind! Das liebe Kind pfeift auf irgendwelche Grüße, und Vater sagt: «Grüße? Kann ich mir nix für kaufen.» Was treibt uns um, warum muss gegrüßt werden? Wir schreiben Urlaubskarten, auf denen oft nichts anderes steht als: «Liebe Frau Schmidt, Lothar und ich grüßen Sie herzlich aus Mallorca.» Na, da hat es Frau Schmidt jetzt aber schön, der Tag läuft gleich ganz anders! Grüße schickt man in der Regel an Leute, die einem nicht viel bedeuten, mit denen man es sich aber auch nicht verderben will. Man grüßt, das gehört sich so, wenn man irgendwo im Urlaub ist, und auch dann, wenn man dem Gegrüßten gar nichts zu sagen hat. Gegrüßet seist du, Maria! Auch in der Kirche wird gegrüßt, gleich in den Himmel hinein, und Volks-Chöre schmettern: «Grüaß euch Gott, alle miteinander, alle miteinander!»

«Grüß dich!» ist die groteskeste aller Begrüßungsformeln – da begegnen sich zwei Frauen, einander als Freundinnen vermutend, aber jede denkt doch heimlich etwas anderes darüber, und die eine sagt spitz: «Grüß dich, Gisela! Guuuut siehst du aus.» Was nun? Erstens sieht Gisela jammervoll aus, und zweitens: Soll sie sich nun selber grüßen? Oder ist «Grüß dich!» nur die verkürzte Floskel für «Ich grüße dich»? Da ist das bayerische «Grüß Gott!» schon klarer und wird auch oft erwidert mit: «… wenn du ihn siehst.» In den Schlagern früherer Jahre wurde gern und schön gegrüßt – «Liebling, mein Herz lässt dich grüßen!», und die Dichter reimten: «Wenn du eine Rose siehst, sag, ich lass sie grüßen.» Heinrich Heine wusste auch, wann man besser nicht grüßt: «Blamier mich nicht, mein schönes Kind, und grüß mich nicht unter den Linden. Wenn wir nachher zu Hause sind, wird sich schon alles finden …»

Im Militär ist streng festgelegt, wer wen wann wie zuerst grüßt, das hängt irgendwie auch damit zusammen, wie viel Gold an Mütze und Ärmeln ist oder so. Und als Teenager bekam ich noch beigebracht, dass die jüngere Dame die ältere zuerst, der ältere Herr wiederum die jüngere Dame grüßt. Neuerdings reißt etwas ganz Merkwürdiges in Sachen Grußkultur ein: «Das Ozonloch lässt grüßen!» schreibt die Zeitung in dicker Überschrift, und so wie das Ozonloch grüßt uns auch das Loch in der Haushaltskasse, Stalingrad (wo es um Kriegsberichterstattung geht) oder das Autogetriebe: «Schönen Gruß vom Getriebe, der Gang ist drin.» Der Firmenchef ist in Wirklichkeit nur der Grüßaugust, und schön ist auch, was wir an Grüßerei unter unsere dienstlichen Briefe klemmen – sind es freundliche, ergebene, höfliche Grüße? Immer gehört ein Adjektiv dazu, nur einfach so zu grüßen, das gehört sich nicht – man grüßt mit Gefühl. Alles Getue. Ich bestelle keine Grüße mehr, ich will auch nicht mehr gegrüßt werden, außer mit «Guten Tag» und persönlich, aber nicht über Dritte von Rita. Ich weiß einfach nicht, wohin mit all den Grüßen. In diesem Sinne – Kranz mit Schleife, «Letzter Gruß» (nicht mal im Grab ist Ruhe vor der Grüßerei): Ich grüße meine Leser, ergeben, herzlich und endgültig. *24/93*

LEERE WORTE,
VOLLE WORTE

SO IST DAS MIT DER STAMMKNEIPE

Also … was hat die Stammkneipe, was alle andern Kneipen nicht haben? Bier gibt es doch überall. Der echte Stammkneipengeher kann da nur müde lächeln. «Bier», wird er sagen, «kann ich mir auch kaufen und zu Hause ganz für mich allein trinken, als ob es das wäre, das Trinken!»

Dann sind es also die Gespräche?

«Sprechen», wird er sagen, «worüber denn? Über das Wetter? Das Kino? Das vereinte Europa? Oder etwa über meine Probleme mit Almut? Das fehlt gerade noch. In die Stammkneipe gehe ich ja gerade deshalb, weil ich weiß, dass man mich da in Ruhe lässt.»

Da ist was dran – die einzigen Worte, die ich oft in meiner Stammkneipe spreche, wechsle ich mit dem Wirt, und das klingt ungefähr so: «Hallo.» / «Hallo.» / «Na, wie isses?» / «Wie soll es schon sein.» / «Und sonst?» / «Gut.» / «Na, dann.»

Und natürlich hat er sofort begriffen, dass «es» eben NICHT gut ist, und dass er es begriffen hat, beweist die Tatsache, dass er unauffällig die Kassette mit Madonna rausnimmt und die mit Tom Waits reinschiebt, so einfach ist das mit der Stammkneipe. Es ist der einzige Ort auf der Welt, wo man richtig verstanden wird. Man wird nie hereinkommen, und sie haben plötzlich renoviert. Der Abend ist doch schon im Eimer, wenn in einer Lampe über dem

Tisch in der Ecke statt einer 40er-Birne plötzlich eine 60er brennt. Aber in einer guten Stammkneipe gibt es keine solchen gravierenden Veränderungen – mag sich die Welt auch immer schneller und verrückter drehen, mögen sie den Mars erobern und die Wälder in Brasilien klein hacken, hier herrscht tiefer, gleichbleibender Frieden. Das einzig Irritierende sind wechselnde Gäste, das Kommen und Gehen von Fremden, die nicht zur festen Einrichtung gehören. Man betrachtet sie missgestimmt, was wollen die hier?, und brütet sich ihre Lebensgeschichte zusammen. Ein einziges Desaster von Ketten schrecklicher Irrtümer sieht man ihnen an, und der letzte und schrecklichste war, sich hierher verirrt zu haben. Aber von mir allein kann der Wirt ja schließlich nicht leben (obwohl, Franz, ich geb mir doch Mühe, oder?).

Die Stammkneipen sind so verschieden, wie wir Menschen es sind. Es kann eine Stehbierkneipe sein oder eine feine Schummerbar, ein bürgerliches Knödellokal mit mütterlicher Kellnerin oder einer von diesen kleinen erlesenen Schläuchen mit Wirt in weißer Schürze und «Dialog von Früchten» als Nachtisch, es kann ein lautes Brauhaus sein oder eine rustikale Wirtschaft mit Kerzen und frischen Blumen auf allen Tischen, es ist halt mit der Stammkneipe so wie mit dem eigenen Wohnzimmer: Man muss es täglich und in jeder Stimmung gut leiden können, sich da wohl fühlen, ja, ich versteige mich zu der Behauptung: Eine gute Stammkneipe IST das Wohnzimmer des ausgeglichenen Menschen. Um den Alkohol geht es dabei auch, ja doch, aber in erster Linie ums Nachhausekommen. Die paar Herzensfreunde, die man mit sich durchs Leben schleppt und die einen auch an den allerblödesten Tagen leiden können, die stehen da natürlich auch immer. Darauf kann man sich verlassen. Man ist nicht jeden Tag da, aber es gibt unausgesprochene Rituale, nach denen wir dort zuverlässig immer wieder zusammentreffen. Hierhin werden wir nie jemanden mitnehmen, den wir nicht mögen. Hier haben wir uns selbst über Jahre mühsam hochgedient. Heimlich haben wir auch mal andere Kneipen ausprobiert – eine Katastrophe. Und wie schön der Moment der Rückkehr – du trittst ein, und alles ist wie immer: «Hallo.» – «Hallo.» – «Na?» – «Alles klar.» – «Na dann.» *19/89*

NERVIGE MITMENSCHEN

Also ... auf jeder Reise gibt es einen Deppen, der einem fast alles verdirbt. Meist ist es ja schon der Taxifahrer, der es schafft, einen nie geahnten, höchst raffinierten Umweg zum Flughafen zu nehmen und dabei die ganze Zeit zu reden. «Flughafen? Na, wenn Sie dahin wollen, bring ich Sie eben dahin, wär ja Quatsch, wenn ich Sie dann woandershin fahren würde, haha ...», und so weiter, unsäglich, unerträglich, aus Freude am Reden füllt sich das Auto mit Wortblasen, bis ich fast keine Luft mehr kriege, und dann soll ich auch noch Trinkgeld geben. Den nächsten Trottel treffe ich gleich im Flugzeug. Er sitzt neben mir. Er kommt aber erst, als ich schon sitze, und will dann auf den Fensterplatz. Er ist sehr, sehr dick und quetscht sich mühsam durch. Er hat doch vorher schon gewusst, dass er so dick ist. Wäre da nicht ein Gangplatz besser gewesen? Nein, nur nicht mitdenken. Kaum sitzt er, muss er, «'tschuldi-gung!», noch mal aufstehen, denn er hat ja oben in seinem Mantel die Brille vergessen. Und das Gepäckfach muss dafür noch mal aus- und umgeräumt werden, im Gang staut sich alles, wir versuchen, höflich zu bleiben, es gelingt uns aber nur ein unfrohes Lachen. Die Brille wird gefunden, Dickerchen zwängt sich wieder auf den Fensterplatz. Ich versinke in dumpfes Brüten über Menschen, die zehn Minuten nach Filmbeginn aufs Klo müssen. Sie sitzen immer mitten in der Reihe vor mir. Ein Herr kommt des Weges, stutzt, liest seinen Sitzplatz laut vor: Reihe 12, Platz A. Da sitzt mein Nachbar. Könnte es sein …? Der Dicke wehrt entrüstet ab, nein, er sitzt richtig, wo hat er doch gleich seine Platzkarte, na, na … Es wird gesucht, um und um gegraben, Schweißgeruch breitet sich aus – da ist sie ja schon! In der Gesäßtasche! Und was steht drauf? 13 A. Na so was aber auch! «'tschul-di-gung!» Und wieder geht die Reise los, diesmal in die Reihe hinter uns, wo er erschöpft in sein Sesselchen sinkt und uns nun mit Geschichten unterhält über einen Koffer, der ihm einmal verlorengegangen sei, und zufällig, aber wirklich nur zufällig habe er … Er bleibt nicht die letzte Zumutung auf dieser Reise. Die Fluggesellschaft zwingt die Piloten ja anscheinend dazu, uns zu erzählen, wann wir Osnabrück überfliegen und mit welcher Geschwindigkeit. Das interessiert uns alle rasend, dafür wachen wir gern aus unserem Nickerchen wieder auf. Der Pilot, der Dicke und der Taxifahrer sollten eine WG gründen, da hätten sie es alle schön und könnten den ganzen Tag reden und nerven und sich wichtigmachen. Ja, ich will immer versuchen, die Menschen zu lieben, aber es ist verdammt schwierig und wird nicht leichter, je älter ich werde. Ich kenne schon so viele davon, und schon von weitem sehe ich ihnen an: Ärger, der bringt Ärger. Ich verlasse trotz großen Hungers beim Anblick gewisser Kellner sofort das Lokal, weil ich ahne: Mit dem da geht es schon in fünf Minuten auf Leben und Tod. Wie bei der Krankengymnastik neulich: Da lasse ich mir endlich mal Gymnastik verschreiben und gerate an einen solchen Unsympathen, so einen Schwatzheini und ein solches Weichei, dass mein Körper sich mehr verkrampft, anstatt sich zu entspannen. An manchen Tagen wär man einfach am liebsten ganz allein auf der Welt. Wenigstens kurzfristig. *10/99*

DIE SPRACHE SCHIESST AUS VOLLEM ROHR

Also ... mein Lieblingsthema ist ja immer die Sprache. Die verrät so schön viel über die Zeit, in der wir leben, und wir leben, allen Abrüstungsbeteuerungen zum Trotz, demnach in ganz schön kriegerischen Zeiten. Ist Ihnen schon mal aufgefallen, wie viele militärische Begriffe wir in unserer Umgangssprache mit uns herumtragen und auf die Menschheit loslassen, wir friedlichen Bürger? Da kriegt Onkel Otto am Stammtisch schon mal 'n «Schuss vor den Bug geknallt», und dem Kerl von gegenüber ist schon lange «der Krieg angesagt». Da kommt im Stammtisch-Deutsch «die alte Fregatte» schon wieder angesegelt! Es heißt «in Deckung gehen», wenn andere Kollegen im Job «abgeschossen» werden. Und der Lieblingssatz mancher Journalisten heißt: «Den möcht ich mal vor die Flinte kriegen.»

Alles Begriffe aus dem männlichen Heldenleben, aber das waren nur die dicken Dinger aus der ersten Reihe. Jetzt kommen die schleichenden Gifte. Das Militärische im unauffälligen Zweireiher, wenn unsere Politiker fordern: «Nennen Sie Ross und Reiter!» Oder wenn die Rede davon ist, etwas müsse «im Vorfeld der Verhandlungen geklärt» werden. Ja, dafür hatten wir doch immer den Herrn Hauptfeldwebel, brauchen wir den bei der Aufsichtsratssitzung denn auch? Klar, Gefecht ist Gefecht, schweres Geschütz wird ohnehin alleweil aufgefahren, und mobilgemacht wird dauernd irgendwas. Am Boden zerstört sein – auch so ein Bild, das traurige Stimmung macht: Am Boden zerstört war ja dann wohl ein runtergekommener Flieger, heute muss der Begriff für jede Enttäuschung herhalten – im Ausverkauf nix gefunden? Am Boden zerstört. Dabei sind wir doch wie ein Flaggschiff(!) schon um neun ins Kaufhaus eingerauscht, aber volles Rohr, und dann haben wir Attacke geblasen, aber schon bald Lunte gerochen, dass die Schlacht verloren ist. Da kann man wieder nur noch in Deckung gehen …

Ach, ich hab gar keine Lust, noch mehr aufzuzählen, suchen Sie selber in Ihrem verehrten Wortschatz: Es strotzt nur so von Geschützen. Warum? Weil wir reden, wie wir fast alles tun: ohne groß nachzudenken. Was seit Tausenden von Jahren an Kampfeslust oben im Kopf sitzt, kommt eben nicht nur bei der Faust wieder raus, sondern auch beim Mund und vervielfältigt sich und wandert durchs Land und setzt sich fest, potz Donner und Granaten. Auf was sollen wir denn noch alles aufpassen, nun auch noch auf unsere Worte. Ja, warum denn nicht, zur Abwechslung mal. Wir können doch mal versuchen, wieder etwas «komisch» zu finden anstatt «zum Schießen» – ich weiß nun auch nicht, ob dadurch gerade der nächste Krieg verhindert wird, aber wer weiß, wo so was anfängt, nicht wahr? Ich fluche sehr gern. Aber ich will, verdammt noch mal, nicht mehr von den Kerlen ihren militärischen Wortsalat übernehmen. Darauf wird in Zukunft aufgepasst. Und das schwöre ich, wer in meiner Gegenwart immer noch davon redet, dass er etwas «bis zur Vergasung» getan hat – der ist dran: Das ist uns aus einem Krieg geblieben, über den keine Kolumnen und Glossen mehr zu schreiben sind.

12/89

ÜBER GERÜCHTE

Also ... sagt ein Kollege mittags in der Kantine, pass auf, jetzt lancieren wir in diesem blöden Betrieb mal ganz gezielt ein Gerücht. Und dann warten wir mal ab, wann und wie es wieder bei uns landet. Wir denken uns aus, dass Barbara nach dem Urlaub wahrscheinlich nicht mehr zu uns zurückkäme. Irgendwie soll sie geäußert haben, nicht mehr arbeiten zu müssen oder zu wollen oder zu können oder so ...

Auf die Plätze, fertig, los. Wir fangen an verschiedenen Ecken an. Er erzählt es W.: «Barbara werden wir wohl nicht mehr wiedersehen.» – «Wieso denn das?» – «Ich hab gehört, dass sie irgendwie Geld kriegt, und sie will dann nicht mehr arbeiten. Sag's aber noch nicht weiter.»

Ich erzähl es R., Garantin für Klatsch und Tratsch in Windeseile: «Du, rede noch nicht drüber, aber ich glaub, Barbara kündigt, sie soll was geerbt haben oder so.» Am nächsten Tag schon wissen es alle. Barbara hat bereits gekündigt, Barbara pfeift auf uns, Barbara hat im Lotto gewonnen. Nein, auf Weltreise ist sie, weil sie tierisch viel Kohle geerbt hat, von einem Onkel. Onkel? Ha, den Onkel kann ich mir schon vorstellen, ausgerechnet Barbara, das wird schon so ein Onkel sein ... Wie redet ihr denn, das mit dem Geld, das ist doch nur ein Vorwand, in Wirklichkeit hört Barbara auf, weil es ihr so schlechtgeht, aber darüber will man lieber nichts Genaueres sagen ...

Im Laufe der Woche war Barbara immer schon steinreich und hat bei uns sowieso nur aus Jux gearbeitet, nein, sie hat Krebs und muss aufhören, ach was. Häuser im Ausland hat sie, und nie was gesagt. Der Ballon, einmal aufgeblasen, fliegt weiter. Und auch wenn alles nicht stimmt, «semper aliquid haeret», spricht der Dichter Plutarch, immer bleibt irgendwas hängen. In «Über den Schmeichler und den Freund» lässt er einen Herrn Medius auftreten, der den guten Rat gibt, «kühn mit Verleumdungen zu packen und zu beißen, damit, wenn auch des Gebissenen Wunde heilt, doch die Narbe der Verleumdung bleibe».

Eine gewisse Presse lebt nur von dergleichen: Die Mutter muss die Mörderin sein, sie hatte ja schließlich auch einen Geliebten; der Prinz hat Aids, weil er was mit dem Callgirl hatte; zwischen Charles und Diana kann es gar nicht stimmen, weil sie in getrennten Zimmern schlafen; und wenn es in der Zeitung steht, muss ja irgendwas dran sein, sonst stünde es da nicht. Manchmal erscheinen in Illustrierten – klein gedruckt und weit hinten abgeschlagen – Gegendarstellungen zu solchen deformierten Gerüchten, aus denen Behauptungen wurden. Aber wer liest schon Gegendarstellungen? Betroffene können sich durch Leserbriefe, Gespräche, Rechtfertigungen verteidigen gegen diese Heißluftballons mit dem stinkenden Gas der Gerüchteküche. Aber das hieße einer Sache nur noch mehr Gewicht geben – die, die bisher noch nichts gehört oder gelesen haben, kommen dann bloß auch noch drauf, dass da was war. War denn da was? Ach ja, irgendwann mal, am Anfang, ein kleines Gerücht, nicht weitersagen, bitte. *18/87*

ABSCHIED AUF DEM BAHNSTEIG

Also … wie machen Sie das denn, wenn Sie jemanden zum Bahnhof bringen? Die praktischste Version ist ja ehrlich gesagt die, am Bahnhof vorzufahren, mit laufendem Motor zu halten und den Abreisenden aussteigen zu lassen. Gut, man steigt auch rasch mit aus, hilft, die Tasche aus dem Kofferraum zu holen, und dann Küsschen, Küsschen, adieu, mach's gut, ruf an, wenn du da bist. Und weiter geht's, ein letztes Winken, der Gast verschwindet in der Bahnhofshalle, man selbst fährt weiter und musste keinen Parkplatz suchen und sich nicht auf Gleis sieben frierend die Füße in den Bauch stehen. So lob ich's mir: die schnellen, praktischen Abschiede. Das geht aber nur mit dem Herzallerliebsten, der nichts übelnimmt. Fährt Mutter, müssen wir zunächst ins Parkhaus. Dann tragen wir ihr natürlich die Tasche oder das Köfferchen auf den Bahnsteig und kaufen ihr auch noch eine Illustrierte. So, da stehen wir nun, gute zwanzig Minuten zu früh übrigens, denn wenn der Zug um elf Uhr zehn fährt, sitzt Mutter schon um acht Uhr gestiefelt und gespornt am Frühstückstisch und fragt gerade zum dritten Mal: «Wann müssen wir los?» Also werden auch wir langsam nervös, es könnte ja wirklich mal ein Stau sein, die Müllabfuhr, ein Fahrschüler, wir fahren lieber früher, und, wie gesagt, da stehen wir nun. Es ist kalt. «Du kannst ruhig gehen», sagt die Mutter, aber sie sagt es so, dass wir heraushören: «Geh du nur, lass nur deine arme alte Mutter ganz allein hier stehen, wer weiß, vielleicht war das ja mein letzter Besuch bei euch, aber geh du nur, du hast ja immer so wenig Zeit, dabei hast du das ganze Leben noch vor dir …» Natürlich gehen wir nicht. Wir bleiben, warten, immer wieder auf die Uhr oder auf die Anzeigetafel sehend. «Muss gleich kommen.» – «Ja.» – «Scheint keine Verspätung zu haben.» – «Nein.» – «Gut, dass ich einen Platz reserviert habe.» – «Ja, gut.» – «Am Fenster.» – «Ja, schön.» Dann wird wieder geschwiegen. Was soll man denn noch sagen? Es wurde alles erzählt in den letzten Tagen. «Grüß Harry», sagt Mutter. Gerade hat sie noch mit Harry am Frühstückstisch gesessen. «Ja, mach ich.» – «Und zieh dich wärmer an», sagt sie, «das ist nichts, so dünne Strümpfe bei dem Wetter.» – «Ich frier nicht.» – «Das sagst du immer, und wie schnell hast du dann was.» Schweigen. Durchsage, der Zug käme gleich. Wir atmen auf, Mutter nimmt schon mal die Tasche, obwohl noch kein Zug in Sicht ist. «Nun kannst du ruhig gehen, er kommt ja.» – «Nein, nun bleib ich, bis du eingestiegen bist.» – «Wenn ich zu Hause bin, rufe ich gleich an.» – «Ja.» O Himmel, hilf, wie sie sich ziehen, diese letzten blöden Warteminuten auf den Bahnsteigen! Sogar mit guten Freunden können sie zur Qual werden, denn verabschiedet hat man sich ja im Grunde schon voneinander, gesagt ist alles, also tritt man von einem Fuß auf den anderen und redet ein bisschen letzten Blödsinn. Oder guckt die Tauben an, die auf allen Bahnsteigen sind und fast immer verkrüppelte Füße haben. Das stimmt nicht gerade froh, und die Laune der Menschen, die reisen, ist auch gemeinhin schlecht – auf Bahnsteigen herrscht eine leicht gereizte Zwischenstimmung – nicht mehr da und noch nicht weg, nicht Fisch, nicht Fleisch, nicht die Zeit für enge Beziehungen. Nur die Liebenden hängen sich schweigend in den Armen, küssen verzweifelt letzte Küsse und schielen entsetzt auf die Anzeigetafel: nur zehn Minuten Verspätung! Wie furchtbar! *9/94*

DEUTSCHE HELDEN

Also ... unter uns leben Menschen, die wir alle kennen, und doch hat sie noch niemand wirklich gesehen. Wir kennen ihre Namen, und wir können uns auch so ungefähr vorstellen, wie sie leben und was sie tun, aber ganz genau weiß es keiner – dabei repräsentieren sie uns doch! Nehmen Sie zum Beispiel mal Lieschen Müller. Lieschen Müller, das sind wir Mädels doch alle, oder? «Die sieht aus wie Lieschen Müller.» – «Das kannst du Lieschen Müller erzählen, aber nicht mir.» Wer ist Lieschen Müller? Sie ist mit Sicherheit blond, lebt allein (Fräulein Lieschen Müller) und hat eine kleine Zweizimmerwohnung, vermutlich mit Wellensittich. Lieschen Müller hat sich ihr Leben groß und glänzend vorgestellt, aber es ist anders gekommen und alles ein wenig grau geblieben, sie ist eben nicht Liz Taylor (Lieschen Schneider), sondern nur Lieschen Müller, und wenn wir von ihr sprechen, dann ehrlich gesagt immer etwas abschätzig. Ganz anders dagegen Erika Mustermann. Erika Mustermann ist die zuverlässige deutsche Frau schlechthin. Sie war eine Zeitlang auf jedem Ausweisformular zu sehen, jetzt ist es etwas ruhiger um sie geworden, und sie widmet sich wieder ihrer Familie. (Erich Mustermann leitet ein großes Möbelhaus am Stadtrand, Erika hilft in der Buchhaltung aus.) Sie hat zwei Kinder und wohnt in einem Musterhaus mit Vorgarten, bei ihr herrscht mustergültige Ordnung, und Erika war damals sehr entschieden für die

Volkszählung. Wir erinnern uns: Erika und ihre Familie waren so ziemlich die Einzigen, die sich gern und freudig zählen lassen wollten, deshalb wissen wir auch so viel von den Mustermanns, da liegt alles klar und offen auf dem Tisch – im Gegensatz zu Hinz und Kunz. Hinz und Kunz wuseln mal hierhin, mal dahin, sind nicht greifbar, verraten uns ihre Vornamen nicht, tragen kurze Hosen, Socken und Sandalen und haben generell keinen Geschmack, keine Meinung und rennen jedem noch so blöden Trend nach. Mit Hinz und Kunz möchten wir, wenn wir ehrlich sind, nichts zu tun haben, im Ausland begegnet man diesen schrecklichen Zwillingen übrigens auch oft, da heißen die dann aber Krethi und Plethi. Hinz und Kunz treten immer mit Kind und Kegel auf, und wenn wir uns bei den Prospekten, die aus unserer Tageszeitung flattern, fragen, wer denn diese abscheulichen eichenen Schrankwände und diese Sitzgruppen in Kunstleder noch kauft, dann wissen wir es jetzt: Das sind Hinz und Kunz. Hempel möchte mit Hinz und Kunz übrigens nichts zu tun haben. Hempels sind grundanständige, ordentliche Leute – Herr Hempel ist Abteilungsleiter, Frau Hempel hat einen Schönheitssalon, sie sind tipptopp gekleidet und frisiert, und es gibt nur einen dunklen Punkt in ihrem Leben: Sie sollten mal sehen, wie es bei Hempels unterm Sofa aussieht – grauenhaft. Unbeschreiblich. Otto Normalverbraucher war da mal zu Besuch und geht nie wieder hin, so hat er sich geekelt, er geht lieber mit seinem Freund, dem Gschaftlhuber, wieder zu Theo Meier und ruft aus: «Keine Feier ohne Meier!» (Übrigens ist dieser Meier ein entfernter Onkel von Lieschen Müller, aber das würde jetzt zu weit führen.) *24/97*

KOSMETISCHE GEHEIMSPRACHE

Also … natürlich wollen wir alle schön sein! Und natürlich informieren wir uns über die neuesten Körperpflegeprodukte, aber ätsch, wenn man kein Englisch oder Französisch kann, steht man ganz schön blöd da. Schließlich fängt der Tag mit Showergel an, wahlweise mit Gel moussant pour le bain et la douche. Danach tragen wir Bodylotion und Skinrefresher auf, und dann kommt die Crème nutritive compensatrice, nicht wahr? Und bitte den Stylingschaum nicht vergessen, und ohne Hairrepair geht gar nichts. Ach, wie oft stehe ich im Bad mit Brille und Wörterbüchern und versuche verzweifelt zu entziffern, wofür denn nun welches Pröbchen ist: Muss ich es mir ins Gesicht oder auf die Beine schmieren? Morgens oder abends? Nimmt es Falten weg oder macht es die Haut feucht? Hochkomplizierte Pflegeserien – das Care Program – warten darauf, von mir dechiffriert zu werden. Was ist bitte ein Revitaliseur Intensif LTC-LC aux Thymosomines? Was ist ein Light diffusing Make-up? Was bewirkt Turnaround Cream? Was bedeutet Vital Oxygen Supply? Was ist ein Multi Vitamin (ha! Vitamin weiß ich!) Moisture Supplement? Natürlich kann ich versuchen, mir das alles irgendwie zusammenzureimen, ich ahne auch, dass ich den Morning Course morgens, den Night Course hingegen besser abends anwenden sollte. Aber da haben sich nun die Labors weltweit so viel Mühe gegeben, mich straff und schön zu machen oder zu erhalten, und ich weiß nicht, was denn nun Thymosomine sind. Sicher, irgendwo war das mal erklärt, aber kann man sich das alles merken? Was ist für ein Unterschied zwischen cleaning und cleansing und purifiante? Mach ich auch alles richtig mit Moisture, Conditioner und Lotion? Muss ich ab fünfzig das Age Management Intensified Serum gegen vorzeitiges Altern nehmen, oder reicht heimlich die Nivea-Dose? Da lese ich, dass der Line Inhibitor «intensiv und mit spektakulärem Ergebnis» wirkt, weil er das erste Hightech-Konzentrat ist und somit der «direkte Problemlöser für Falten». Wie schön! Danke! Niemand will faltig werden – aber was zum Donner ist ein Line Inhibitor? Ach, die Kosmetiksprache wird immer komplizierter, oder wissen Sie auf Anhieb, was eine Phyto-active Face Cream ist? Ja, gut, eine Gesichtscreme, aber was ist Phyto? «Phytosphären versorgen Ihre Lippen kontinuierlich mit Feuchtigkeit.» Prima! Aber was ist Phyto? Lesen Sie die Packungsbeilage, wenn Sie können, oder fragen Sie Ihre Frauenzeitschrift, die sich immer wieder bemüht, erklärend das Frauenleben zu begleiten. Im Moment ist z. B. gerade der AHA-Aktiv-Complex in. Was das ist? Ganz einfach: Alpha Hydroxy Acids = AHA. Was das ist? Keine Ahnung, klingt aber gut. Und freie Radikale sind keine politische Kampftruppe, sondern ein böser Feind schöner Haut, aber da hilft das Hydro-Nourishing-Program. Und Liposome sind immer gut. Was sind noch mal Liposome? Höchst geheimnisvoll, das alles. Und so benutzen wir unser Sérum éclat intense, und wir ahnen, dass es gegen das Altern sein soll, aber so brutal steht's eben nicht drauf, sondern hübsch in Geheimcodes verschlüsselt. Vielleicht ist die ganze undurchschaubare Kosmetiksprache letztlich ein Akt der Barmherzigkeit? «Antifaltencreme» klingt ja wirklich deprimierend … *6/96*

NAMENLOSES GRAUEN

Also ... vor einiger Zeit las ich einen Zeitungsartikel zum Ende des Zweiten Weltkriegs. Die Überschrift lautete: «Das Grauen war namenlos». Mir geht diese Überschrift gar nicht aus dem Kopf. Namenlos? Es war entsetzlich, es war riesig, es war unfassbar in seinen Ausmaßen, aber so ganz namenlos war es ja wohl doch nicht. Es gibt Menschen, die diesen Krieg, die jeden Krieg, der auf der Welt beginnt, angezettelt haben, die ihn planen und ausführen, sie heißen zum Beispiel Hitler, Saddam Hussein oder Idi Amin. Es gibt Waffenhersteller, Waffenkäufer und Waffenbenutzer. Es gibt Lagerbauer und Lagerkommandanten. All diese Menschen haben Namen. Bertolt Brecht hat gesagt, dass das Verbrechen, jedes Verbrechen, durchaus Namen und Anschrift habe. Entsetzliche Hungersnöte in Afrika – namenloses Grauen? Dahinter steht ja nicht die Unfähigkeit der Menschen, sich zu ernähren, dahinter stehen die Jahrhunderte der Kolonialherrschaft, der Ausbeutung, und dahinter steht auch unser luxuriöses Leben auf Kosten der Ärmsten. Vergewaltigte Frauen, zusammengepferchte Asylanten, geschundene Tiere in Labors und auf Transporten, missbrauchte Kinder, erschlagene Menschen, das alles hat Täter. Täter heißen zum Beispiel Priebke oder Dutroux. Es gibt Vulkanausbrüche, Erdbeben, Wirbelstürme, Überschwemmungen. Namenloses Entsetzen? Das Ausmaß dieser Schäden ist handgemacht – durch Atomtests, abgeholzte Wälder, begradigte Flüsse, die geschundene Natur, die mit Katastrophen reagiert. Und wieder lässt sich an Namen festmachen, was da geschieht, und sei es nur der Sammelname «Mensch». Wenn wir durch die Fußgängerzonen unserer Städte gehen, sehen wir eilige, tütenschleppende Menschen, satt und mit mürrischen Gesichtern. Ich gehöre auch manchmal dazu, renne und kaufe und verzettele mich in vermeintlichen Wichtigkeiten und denke wahrhaftig nicht Tag für Tag an verhungernde Kinder, gequälte Tiere, an Menschen, die in Gefängnissen für ihre Überzeugungen gepeinigt werden, an Obdachlose und das Elend in der sogenannten Dritten Welt. Niemand denkt dauernd daran, wir haben genug damit zu tun, uns an der Kasse im Supermarkt zu zanken, wer als Nächster dran ist. Ich nehme mich da ganz gewiss nicht aus. Aber als ich diese Überschrift in der Zeitung las, wusste ich: So abgestumpft will ich dann doch nicht werden, dass ich mir einreden ließe, das Grauen (welches auch immer) sei namenlos. Das eben ist es genau nicht. Es hat, wie gesagt, fast immer einen Namen und eine Anschrift. Die muss man benennen. Und dann? Dann wissen wir, dass in der Türkei, im Iran, in China Unrecht geschieht und Menschen unterdrückt werden, und wir treiben trotzdem fleißig Handel mit diesen Ländern und pflegen diplomatische Beziehungen. In solchen Fällen trägt das Grauen dann mitunter auch den Namen der eigenen Regierung. *25/96*

ÜBER EINE NERVTÖTENDE FRAGE

Also ... ich habe eine neue Macke. Ich kann die einfachste und häufigste Frage der Welt nicht mehr ertragen, die Frage: «Wie geht's?» Am Telefon fragt Robert: «Grüß dich, wie geht's?», und im Fahrstuhl treffe ich den Typ aus der dritten Etage, der sich bemüßigt fühlt zu sagen: «Lange nicht gesehen, wie geht's denn so?» Auf der Straße begegnet mir Tante Kläre und sagt: «Wie geht es dir, Kind, du bist so blass.»

Das Beste ist natürlich immer, man sagt auf die Frage «Wie geht's»: «Gut.» Damit ist sie beantwortet und bleibt klassisch unbeantwortet, Floskel gegen Floskel. Auch, wenn du gerade ein Portemonnaie mit dreihundert Mark verloren hast, jemand dein Auto zu Schrott gefahren hat, auch wenn du spürst, dass dir eine Grippe in den Knochen steckt, und der Kerl, in den du dich so wahnsinnsmäßig verliebt hast, dir gestern Abend gesagt hat, an die Liebe könne er schon seit fünfzehn Jahren nicht mehr glauben, das hielte er alles für Quatsch. Deine Mutter hat dir heute Morgen einen dieser Briefe geschrieben, die wie ein Handkantenschlag im Genick landen, und deine Waschmaschine ist ausgelaufen, und du musst die Wohnung unter deiner renovieren lassen – «Wie geht's?» – «Danke, gut.»

Du kannst ja mal versuchen, einem dieser Routinefrager ehrlich zu antworten; du kannst im Fahrstuhl anfangen und sagen: «Mir geht es ganz beschissen, weil ich mich gestern mit meinem Chef so gestritten habe, dass ich jetzt wahrscheinlich kündigen muss, und außerdem war ich beim Arzt, und mein Kreislauf ist das Allerletzte, und ich habe sexuelle Probleme und ...» Spätestens hier ist allen Mitfahrern im Fahrstuhl klar, dass du jetzt reif bist für einen längeren Aufenthalt in einem weit entfernten, möglichst geschlossenen Kurheim. Es will doch gar keiner wissen, wie es dir geht. Man sagt's halt so. Neulich habe ich es selbst in Gedanken mal wieder jemanden gefragt, so im Vorbeigehen, und da kam die traumschöne Antwort: «Es muss.» Wunderbar! Es muss! Mich hat was geritten, und ich hab weitergebohrt: «Wie, es muss?» – «Na ja, es muss halt gehen.» – «Demnach geht es Ihnen nicht gut?» – «Was heißt gut, es geht so.» – «Ja, geht es Ihnen schlecht?» – «Sagen wir mal, so schlecht und recht.» – «Was ist denn so schlecht, erzählen Sie doch mal.» – «Na ja, alles so.» – «Alles geht schlecht?» – «Gott, alles natürlich nicht, aber.» – «Also, einiges geht auch ganz gut, oder wie?» – «Na ja, es muss halt, nicht wahr.»

Man kann das auf die Spitze treiben und sich am Ende an die Gurgel gehen. Man kann es natürlich auch lassen und nur die Leute fragen, bei denen es einen wirklich interessiert, wie es ihnen geht. Man kann verunsichern, indem man zurückfragt: «Wollen Sie wirklich wissen, wie es mir geht? Wollen Sie's wissen? Wie viel Zeit haben Sie, wo soll ich anfangen?» Man kann es aber auch dabei lassen, wie es bisher gehandhabt wurde: «Wie geht's?» – «Danke, gut, und selbst?» – «Oh, auch gut, danke.» – «Na, denn.» – «Wiedersehen. Bis bald!»

Um übrigens die Frage zu beantworten, die jetzt in Ihnen tobt, liebe Leserin: Danke, mir geht's wirklich gut. Doch, ja. *9/86*

NETTER MENSCH

Also ... ich bin kein wirklich netter Mensch. (Was ist denn das überhaupt, «nett»? Will ich nett sein? Ich will nicht nett sein.) Ich fürchte, ich bin auch nicht wirklich tolerant. Ich bin schnell auf hundert. Ich bin nicht mal besonders freundlich, die sonnige kleine Elke, die jeden anstrahlt – das ist vorbei. Heute ist mir das wieder mal aufgefallen: schöner Tag, Sonne, Stadtbummel. In einem vollbesetzten Straßencafé wird gerade ein kleines Tischchen mit zwei Stühlen für mich frei – herrlich! Ich setze mich, aaah ... alle Taschen, Tüten, die Jacke auf den freien Stuhl. Kaffee bestellen, Apfelstrudel bestellen, genießen. Da kommt eine dieser immer freundlichen Frauen, weithin leuchtend. Wallende weite Kleidung, wallendes weiches Haar, alles ist offen und bereit fürs Schöne, auch für eine neue Freundschaft mit mir. Zuerst geht es nur um den Stuhl. Ist er noch frei? Ja, das ist er, wenn ich – knurrig – alles runterräume, was ich gerade darauf verstaut habe. Aber ich sehe es ein: Es ist ein Sitzstuhl, keine Gepäckablage. Sie setzt sich. Ist es nicht ein herrlicher Tag heute?, strahlt sie mich an. Ja. Herrlich. Ich rauche eine, damit es etwas weniger herrlich ist und bloß jetzt kein Gespräch gibt. Oh, sagt sie, ich könnte auch mal wieder eine rauchen. Lange kramt sie in ihrer weitläufigen Tasche, findet nichts, ich biete ihr ergeben eine an. Ich gebe ihr Feuer. Ich erkläre ihr (natürlich auf Nachfrage), dass das holländische Zigaretten sind. In Holland, sagt sie, wäre ich jetzt auch viel lieber als hier, so schön am Strand, stellen Sie sich vor ... Ich will mir das nicht vorstellen, weil ich, ehe sie kam, gerade eine wunderbare Idee für ein ALSO hatte, die wollte ich notieren, aber jetzt ... Sie redet weiter. Eigentlich raucht sie ja nicht mehr, aber manchmal ... also, man muss doch auch mal sündigen können, oder? Ich nicke knapp, versenke mich in die Speisekarte. Was ist das, was Sie da essen?, fragt sie. Sieht lecker aus. Apfelstrudel, sage ich und hätte lieber gesagt: Eisbein mit Kartoffelpüree. Man sieht, dass es Apfelstrudel ist, verdammt noch mal, warum gibt sie keine Ruhe? Weil sie nett ist. Weil sie ein bisschen mit mir plaudern will, bei dem schönen Wetter, von Mensch zu Mensch, von Frau zu Frau. Warum will ich nicht? Ja, da haben wir es wieder: weil ich nicht nett bin. Weil ich nicht freundlich bin. Weil ich einfach nur für mich sein und darüber nachdenken will, was für ein ALSO ich eben noch schreiben wollte. Sie lässt mich nicht nachdenken. Sie bestellt auch Apfelstrudel, sie will eigentlich abnehmen, aber man muss doch auch mal sündigen ... Hilfe! Sie lässt nicht locker. Sie redet all meine Gedanken kurz und klein, ich habe gegen so viel Nettigkeit einfach keine Chance. Darum entschuldigen Sie bitte, dass ich nicht dieses tolle ALSO geschrieben habe, das ich eigentlich schreiben wollte – ich habe es einfach vergessen und stattdessen über die freundliche Nachbarin geschrieben. Nur mäßig nett, zugegeben. Aber das sagte ich ja schon warnend gleich am Anfang. *14/99*

ÜBER URLAUBSBEKANNTSCHAFTEN

Also … das ist das Gefährliche am Urlaub: Das Herz wird einem immer so weit. Man unterliegt fatalen Verbrüderungstendenzen, man will ja auch endlich wieder ein guter, ein ausgeglichener, ein toleranter und menschenfreundlicher Typ werden. Seid also umschlungen, Millionen. Guten Morgen, Herr Dimmelmann! (Du liebe Güte, was ist denn schon dabei, wenn Herr Dimmelmann in seinem wohlverdienten Urlaub nur kurze Hosen trägt und dazu Socken und Sandalen! Nun lass ihn doch, du hast ja wohl den sogenannten guten Geschmack nicht allein gepachtet.) Wenn es dauernd regnet, ist es doch sehr praktisch, dass die Dimmelmanns auch so gern und so gerissen Skat spielen, da kann man sich manchen Abend gemeinsam vertreiben. (Was macht es schon, dass sie politisch auf einem völlig anderen Dampfer sind als du, schließlich kann man solche gefährlichen Gesprächsklippen im Urlaub ja auch mal meiden!) Es kommt der Tag, an dem man zu den Dimmelmanns «Horst» und «Irene» sagen darf (muss?), und schließlich werden die Adressen ausgetauscht – waaas? Daaa wohnt ihr? Da wollten wir doch immer schon mal hin, nicht, Horst? Abschied, die letzte Runde Skat, das Versprechen, die Fotos persönlich vorbeizubringen, langes Winken. Bei der Fahrt durch den Gotthardtunnel fallen schon die ersten spitzen Bemerkungen über Horst und Irene, die eigentlich doch total bescheuert waren, an der deutschen Grenze sind sie vergessen, zu Hause wandert die Adresse sofort in den Papierkorb. Die Fotos werden entwickelt: Das war der Typ – wie hieß er noch? Dümpelmann oder so, guck dir bloß den Bierbauch an, und immer Unterhemd und kurze Hosen, Socken und Sandalen. Schmeiß doch bitte diese grauenhaften Fotos weg, die wirst du ja wohl nicht verwahren wollen ... Eines Tages kommt eine Postkarte (zu bunt): «Freuen uns sehr auf euch, kommen am Wochenende vorbei, schlafen im Wohnwagen, Horst und Irene.» Natürlich kann man so tun, als hätte man die Karte nicht bekommen, und wird einfach nicht zu Hause sein. Aber warum denn – sie waren ja wirklich immer ganz nett und freundlich, dass sie tatsächlich hier anschieben würden, konnte man ja schließlich nicht ahnen, na gut, da kommen wir auch drüber weg.

Wenigstens hat er keine kurzen Hosen an. Sie haben die Fotos mitgebracht, aber die alte Urlaubsseligkeit will sich nicht einstellen. Sooo wohnt ihr? Komisch ... Hatten wir uns ganz anders vorgestellt. Übrigens können wir doch nicht über Nacht bleiben, wir haben hier in der Nähe eine Tante, da wollten wir immer schon mal ..., also dann ... wirklich schön, euch mal wiedergesehen zu haben ... Abschied, langes Winken, tiefes Aufatmen. Und das Nachdenken darüber, wer nun eigentlich von wem enttäuscht ist, die Dimmelmanns von uns oder wir von ihnen, und vor allem: Warum? Warum passt im Alltag nicht zusammen, was im Urlaub ganz gut klappt? Ach, das ist wie mit der Liebe. In lauschiger Maiennacht sieht der Mann deines Lebens auch anders aus als am regnerischen Juniabend zwei Wochen später am Hauptbahnhof: Das soll mal (fast!) der Mann deines Lebens gewesen sein? Urlaubsfreundschaften, merke, sind keine.

Meistens. Trotzdem, Freunde: Nicht aufgeben! Zu Hause herrscht eh wieder Konkurrenz am Arbeitsplatz. Wollen wir uns also wenigstens in der Fremde tapfer verbrüdern. *18/85*

CHRONISTINNEN DES ALLTAGS

Also ... dieser Tage las ich in der Zeitung, dass es im südbadischen Emmendingen ein Tagebucharchiv gibt. Dort werden persönliche Tagebücher, die – meist ältere – Menschen einreichen, archiviert und, wenn sie von allgemeinem Nutzen in Sachen Geschichte und Zeitgeist sind, der interessierten Öffentlichkeit zugänglich gemacht. Es gibt Kriegsberichte, Tagebücher über Flucht- und Hungerjahre, Liebessorgen junger Mädchen. Das, was mal ganz privat war, wird jetzt allgemein und tröstet die Lesenden vielleicht sogar: Nicht nur mir geht es bisweilen sehr schlecht – anderen auch! Man schreibt Tagebuch, wenn die Emotionen überschwappen oder wenn man etwas dokumentieren will und für die Ewigkeit festhalten. Das Aufschreiben ordnet das Denken – der Psychoanalytiker Sigmund Freud nannte diesen Vorgang «Erinnern, Wiederholen, Durcharbeiten». Meist ist das, was einen bewegt, damit bewältigt – und vielleicht trennen sich deshalb Menschen für das Tagebucharchiv von ihren intimen Aufzeichnungen: Dieser Lebensabschnitt ist abgeschlossen. Ich schleppe, seit ich fünfzehn Jahre alt war, einen Berg von Tagebüchern mit mir herum, in jeder Wohnung werden sie neu versteckt, damit sie nur ja keiner liest. In den Jugendtagebüchern: Liebesleid ohne Ende, jede Liebe war die größte und einzigartigste, bei jedem Liebeskummer wollte ich unverzüglich sterben (schon damit er leiden sollte), und immer schrieb ich aufgeplusterte

Gedichte dazu. Dann kommen die «philosophischen» Tagebücher der Studienjahre, unerhörte Gedanken, weltverändernde Theorien, meine Einordnung in die Welt. Und dann wird es ruhiger – das Tagebuch verliert seine aufgeregte Hektik, reflektiert, was ich erlebe, sehe, lese, denke, meine ganze innere und äußere Entwicklung kann ich daran ablesen, und ich bin einigermaßen gerührt, wenn ich alte Tagebücher aufschlage: Das ist wie eine Begegnung mit einem sehr vertrauten Menschen, der inzwischen aber unerreichbar weit weg ist. Es gibt Tagebücher mit eingeklebten Eintrittskarten, Zitaten aus Filmen oder Büchern, Ideenentwürfen zu Geschichten (und Kolumnen!), und ich weiß, dass mir das Tagebuchschreiben immer geholfen hat. Seit einigen Jahren ist es vorbei damit. Warum? Ist es zu altmodisch geworden, mit Tinte auf Papier zu kritzeln? Machen Computer und Internet das Tagebuchschreiben unmöglich? Habe ich an mir selbst das Interesse verloren, will ich nicht mehr festhalten, wie es mit mir weitergeht und warum? Ich kenne kaum noch jemanden, der Tagebuch schreibt – in meinem Alter sowieso nicht, aber auch die Töchter meiner Freundinnen finden das blöde, und die Söhne – schreiben Jungen oder Männer Tagebuch? Es sind fast immer Frauen, die diese Lust am Aufschreiben treibt und die das Erzählen auch erleichtert. Frauen sind die Chronistinnen des Alltags, auch in früheren Jahrhunderten waren sie das schon. Wird es später aus den neunziger Jahren dieses Jahrhunderts noch handgeschriebene Tagebücher fürs Archiv geben? Ich habe beschlossen, wieder mit dem Tagebuchschreiben anzufangen. Der erste Satz im neuen Buch ist von Camus: «Du bereicherst die Zukunft, wenn du der Gegenwart alles gibst.» *26/98*

DIE WUNDERBAREN FRAUEN

NUR FRAUEN – DIE REINE FREUDE!

Also ... schrieb mir vor einiger Zeit eine Leserin, schreiben Sie doch mal was über die Sauna. Ich gehe, erläuterte sie diesen Wunsch, nämlich so gern in die Sauna, aber immer wieder gibt es da irgendeinen lüsternen Deppen, der das Ganze missversteht und die Frauen anglotzt und abtaxiert, und dann ist es Essig mit Erholung und Entspannung. Ich kann nicht über die Sauna schreiben, weil ich nie in die Sauna gehe. Aber ich habe mich an etwas anderes erinnert, an ein wunderbares römisch-irisches Bad in einem gewissen Kurort. Da bin ich oft gewesen, und das ist eine etwa zwei Stunden dauernde Angelegenheit mit saunaähnlichen Einlagen: trockener Heißluftstrom, feuchter Heißluftstrom, Warmwasserbecken, Eiswasserbecken usw. Nur Frauen. Es gibt auch die sogenannten «gemischten» Tage, aber die habe ich als genauso unangenehm empfunden wie die Leserin ihren Saunabesuch: Irgendwer glotzt einem immer direkt auf den Busen, und das will man beim Gesundheitsprogramm wirklich nicht haben. Aber der reine Frauentag im römisch-irischen Bad – eine Freude. Wir sind unter uns, und wir sind sechzehn oder siebzig Jahre alt. Niemand taxiert und wägt ab, wir sehen alles ruhig und gelassen: die Narben der schweren Kaiserschnittgeburt, die welk gewordenen Brüste, immer noch schön, die breiten Hüften, die birnen- oder apfelförmigen Hintern, die oft unter engen Röcken so kläglich dick wirken und nackt so selbstverständlich und natürlich sind. Da stehen wir unter den riesigen, starken Duschen und haben alle andere und doch ähnliche Probleme mit unseren Körpern: zu viel Busen oder zu wenig, zu kurze Beine oder einen zu dicken Bauch, und keine von uns ist perfekt – Claudia Schiffer kommt hier nicht vor. Wir kennen uns nicht, aber wir lächeln uns zu, entspannt, tröstend. Auch Cellulite? Jaja, das Alter ... Hören Sie mal, Sie haben so einen flachen, strammen Bauch, wie machen Sie das bloß? Gucken Sie mal meine Kugel an! Krampfadern sehen wir und Blinddarmnarben, und einmal habe ich erlebt, dass ein junges Mädchen eine ältere Frau angesprochen hat, die eine amputierte Brust hatte – ob sie mal die Narbe ansehen dürfe? Sie hätte immer solche Angst vor Brustkrebs und sähe das jetzt zum ersten Mal. Sie durfte, und die Frau erklärte und erzählte, was bei der Operation schlimm war und was nicht und dass sie doch – Brust zwar ab – immerhin jetzt mit uns hier im schönen warmen Wasser schwimmen könne, anstatt tot zu sein, und das allein zähle doch wohl, oder nicht? Wir lachten alle und waren erleichtert, wieder hatte etwas ganz Drohendes seinen Schrecken ein wenig verloren. Nie habe ich so viel Liebe und Solidarität zu Frauen unter Frauen gespürt wie bei meinen Besuchen in diesem Bad. Heiter und gelöst betrachten wir uns, und kein Mann stört dabei und verteilt Zensuren nach dem Schön-oder-nicht-Kodex. Wir sind alle schön, und wir sind alle unvollkommen und wissen das und zwinkern uns schwesterlich zu. Ach, sagt eine zu mir, Sie kenn ich doch aus dem Fernsehen. Donnerwetter, Sie sind ja dicker, als man denkt! *19/92*

PERFECT FOR NOBODY

Also … schade, dass Sie mich heute Morgen nicht sehen. Schade, dass mich heute Morgen und überhaupt heute den ganzen Tag vermutlich niemand sieht. Na, vielleicht klingelt ja der Briefträger? Aber ob der dann merkt, was los ist? Nein, merkt der nicht, er ist nämlich immer im Stress und sowieso mehrmals die Woche ein anderer, der ist froh, wenn er seine Runde einigermaßen hinkriegt. Also, wir halten fest: Niemand sieht mich. Nein, ich habe kein neues beeindruckendes Kleid an. Nein, es ist überhaupt nichts Besonderes los. Ich sehe nur einfach heute Morgen fabelhaft aus, ja, man muss es in aller Schlichtheit so sagen: fa-bel-haft. Die Augen leuchten, die Haut ist schön klar, die Haare sitzen einfach prima, alles stimmt. Ich habe genug geschlafen, ich fühle mich prächtig, und man sieht es mir an. Ja. Und was mache ich heute? Kolumne schreiben, Wäsche waschen, Bad putzen, allenfalls mit dem Kater zum Impfen fahren. Der Tierarzt schaut nur den Kater an, nie mich, denn so einen gewaltigen Kater kriegt er nur selten auf den Tisch. Es ist also völlig egal, dass ich heute sozusagen mein Jahrhundertgesicht habe, dass ich strahle wie Dornröschen nach dem bewussten Kuss, dass ich blendend aussehe, dass einfach alles stimmt. Wie oft sehne ich mir so ein Gesicht herbei, wie oft stehe ich verzweifelt vor dem Spiegel und denke: Es ging doch mal, es gab doch mal Tage, da hast du großartig ausgesehen, warum denn jetzt diese graue Haut?

Dieser matte Blick, diese fusseligen Haare? Und immer an Tagen, an denen man etwas Besonderes vorhat oder sich auf etwas freut. Das war schon früher so. Die ganze Woche okay, für Lehrer und Mitschüler. Am Wochenende ein Rendezvous mit IHM, und? Ein Pickel mitten auf dem Kinn. Abschlussball? Garantiert kriegte ich genau dann meine Tage und sah entsprechend aus. Meine Haare sind immer dann besonders widerspenstig und spröde, wenn ich besonders schön aussehen will. Ich kann mich fast schon darauf verlassen: An den Tagen im Leben, die mir etwas bedeuten, sehe ich aus wie eine Vogelscheuche. Dann steht mir kein Kleid, dann brechen die Nägel ab, ich hab rote Flecken im Gesicht und bin auch in Gesprächen blöde und einfallslos. Ja, später dann zu Hause, ha, da fallen mir die geistreichen Antworten schon ein! Aber gewiss nicht auf der Party, wo ich sie hätte gebrauchen können. Heute also sehe ich aus wie, wie … nein, nicht so wie Michelle Pfeiffer. Aber immerhin, es ist keiner dieser Tage, wo man sich für einen kompletten Irrtum hält, von Kopf bis Fuß. Ich könnte jetzt in die Stadt gehen und müsste nicht bei jedem Kaufhausspiegel erschrecken: Das bin doch ich nicht? Aber ich habe keine Lust, in die Stadt zu gehen. Ich sitze mit meinem perfekten Gesicht allein zu Hause. Ich trinke ein Glas Wein auf mein Wohl, ich bin zufrieden, nein, ich will nicht mehr so sein wie Aschenputtels eitle Schwestern, ich will gern ruhig das unentdeckte, aber wunderschöne Aschenputtel sein, auch wenn es keiner sieht. Kein Prinz weit und breit. Doch! Da kommt mein Kater, rollt sich auf meinem Schoß zusammen, schmalzt mich an und schnurrt: «Du bist die Schönste.» Wie recht er hat! Danke, Kater. *4/97*

ÜBER GHETTOS FÜR FRAUEN

Also … ich habe auch manchmal Angst, wenn ich nachts allein durch eine besonders finstere Straße gehen muss. Es kann auch vorkommen, dass ich mich fürchte, wenn ich allein im Hochhausfahrstuhl stehe und ein Mann steigt zu. Ganz schlimm war das Gefühl, als bei einer nächtlichen Zugfahrt ein nicht gerade angenehmer Typ zu mir ins sonst leere Abteil stieg und sofort das Licht ausschaltete.

Mir ist noch nie etwas passiert in solchen Situationen. Woher also die Angst? Als Erbübel der Frauen trage ich sie mit mir, genährt durch Zeitungsberichte über Verbrechen an Frauen. Das sitzt einfach tief. Ob eine Frau von 1,85 m eigentlich auch Angst hat? Und fürchtet sich ein zarter kleiner Mann nie, wenn ein paar Rocker hinter ihm herschlendern, nur, weil er eben ein Mann ist? Was empfindet der alte Herr, wenn ein trüber Kerl sich zu ihm ins Abteil setzt, wie ist dem Türken zumute, der im Kaufhaus mit zwei Skinheads im Fahrstuhl steht?

Wir leben in einer Gesellschaft, in der Gewalt rund um die Uhr und in jeder Form angesagt ist. Vom politischen Bereich geht es bis in den privaten – Krieg, Folter, Terrorismus, Mord auf offener Straße, Totschlag um ein paar Mark, Überfälle, Misshandlungen, Vergewaltigungen. Im Grunde müsste man bei dieser Bilanz ununterbrochen Angst haben, Angst als Lebensgefühl, und das als Frau in besonderem Maße. Bloß: Kommt man mit Angst weiter? Hilft es, wenn man nur noch in Frauenkneipen geht? Brauchen wir wirklich das Frauentaxi in der Nacht? Muss es extra eine Frauen-Mitfahrer-Zentrale geben? Was mache ich denn mit der Frauen-Park-Etage, die die Stadt Aachen eingerichtet hat, extra gut bewacht, wenn ich weit weg von der Frauen-Garage am andern Ende der Stadt was vorhabe – muss ich in einem normalen Parkhaus wirklich sofort um mein Leben zittern? Über Frauenbuchhandlungen und das Frauenmusikfestival in München Anfang März, zu dem als Publikum nur Frauen zugelassen waren, mag ich kein Wort verlieren. So stelle ich mir die Gesellschaft nicht vor. Aber die Angst – zum Beispiel in nächtlichen Parkhäusern, die kenne ich natürlich. Ich wünschte mir die Parkhäuser generell besser bewacht und beleuchtet, schließlich sind sie meist teuer genug, warum ist nur die Sicherheit fürs heilige Auto garantiert und nicht für mich? Immer mehr Extra-Einrichtungen nur für Frauen schaffen ghettoähnliche Zustände. Wir müssen das Übel doch vielmehr da packen, wo es seine Wurzel hat, und nicht Schonräume bauen. Solange Männer vor Gericht noch erfolgreich behaupten können, die Frau habe bei der Vergewaltigung ja auch ihren Spaß gehabt, so lange wird sie ein drohender Prozess zu diesem Delikt nicht sonderlich schrecken.

Die gewaltfreie Paradiesgesellschaft gibt es nicht. Aber in lauter Schutzräumen will ich auch nicht leben, und ich will nicht zucken, wenn ich nachts bloß einen Kerl sehe. Fahre ich aber von meiner Frauenkneipe im Frauentaxi zur Frauen-Park-Etage, dann kann mir das irgendwann leicht passieren. *11/86*

ÜBER BLONDE UND DUNKLE TYPEN

Also ... jetzt will ich es doch endlich mal genau wissen: Wer ist denn nun eigentlich attraktiver, die blonde oder die dunkle Frau? Immer wieder flammt in Zeitschriften und Männergesprächen diese an alle Wurzeln reichende Diskussion auf. Ich erinnere mich an das Titelblatt einer Illustrierten, das verkündete: «Die Dunklen kommen!» Die kommen ja immer mal wieder als Carmen und Gudrun Landgrebe, als Bianca Jagger und Isabelle Adjani, und dann – ätsch – hat Mick Jagger auf einmal eine Blonde, nämlich Jerry Hall, Fotomodell, langbeinig (Blonde sind immer langbeinig, merken!), und Catherine Deneuve ist wieder da als schönste Frau der Welt, und überhaupt, Marilyn können wir eh alle nicht vergessen, und nur die blonden Frauen haben das gewisse Etwas. Ist ja gar nicht wahr! Die Dunklen sind es, die Sinnlichkeit und Sünde signalisieren, und der berühmte Filmproduzent mit den T-Shirts unter dem Jackett, der sie angeblich «alle haben kann» (Originalton!), erklärt in einer Umfrage, er wolle aber nur die Dunklen.

Obwohl wir ihn nicht wollen, meine Freundin und ich, lassen wir uns nach diesem Artikel natürlich sofort tiefschwarz umfärben, um nur ja im Trend zu liegen.

Ja, von wegen! Kurze Zeit später verraten uns die Modeschöpfer, dass sie all ihre neuen Kreationen auf Blond abstimmen würden, denn die blonden Frauen, ach!, die seien einfach ALLES, Göttin und Gretchen, Gift und Unschuld, Miss Ellie und Krystle Carrington, und wir dürfen auch Rapunzel und die Loreley nicht vergessen, wie sie ihr männermordendes goldenes Haar herunterließen: Klarer Fall, wenn uns etwas nachhaltig verwirrt, dann sind es die blonden Frauen. Also: bleichen lassen.

Und dann kommt Milva daher und ist der Inbegriff der Rasse, in Tizianrot! Und die Gorbatschowa hat einen Stich ins Erdbeerfarbene, der Nancy Reagan auf hinterste Ränge verweist. Oder ist es etwa so was wie der natürliche Charme der Gorbatschowa, der solches bewirkt? Da kommt ja ein ganz neuer Aspekt in die Diskussion!

Ist es vielleicht gar nicht nur die Haarfarbe, die uns Frauen wahlweise sinnlich oder göttlich, faszinierend oder kühl-interessant, erotisch oder verführerisch oder sonst was macht? Sollten Geist, Witz, Charme, Ausstrahlung, Natürlichkeit auch noch eine Rolle spielen? Warum aber sind dann diese tollen Frauen in der Vorabendwerbung immer erst dann so von ganzem Herzen strahlend glücklich, wenn sie endlich ihr Haar richtig koloriert haben? Und was, nun traue ich mich, die Frage zu stellen, was sind denn dann um Gottes willen meine Freundin Gudrun und ich, beide aschblond, sie mit Locken, ich mit dünnen Strähnen? Sind wir sinnlich, sind wir verwegen? Wirken wir denn gar nicht erotisch? Sollen wir verzweifeln oder uns an die Stirn tippen, wenn wieder mal von verführerischen Schwarzen und liebreizenden Blonden die Rede ist?

Na klar. Wir tippen uns an die Stirn. Denn unser Geheimnis liegt dahinter. *4/86*

EIGENTLICH SIND WIR FRAUEN DOCH IMMER SCHLECHT DRAUF!

Also … das weiß man ja: Wenn wir Mädels unsere Tage haben, dann sind wir schlecht drauf. Ist alles erforscht: An diesen gewissen Tagen (Kopfweh, Bauchweh, niedriger Blutdruck) neigen wir zu Unfällen im Haushalt, wir fahren mit Vatis Wagen direkt vor die nächste Straßenlaterne, und wir würgen unsere Oma. Alles psychisch, weil …

Wenn Vollmond ist, ist auch nichts mit uns anzufangen. Schon der Tag davor und noch der Tag danach findet uns kribbelig und fahrig, und am Vollmondtag selbst ist nichts vernünftig, was wir tun, und mitten in der Arbeit brechen wir in Brunft- oder Sehnsuchtschreie aus. Kommt ein Wettertief gezogen, nehmen wir an aus der Biskaya, dann ist absolut nichts mit uns anzufangen, und bei Wetterumschlag liegen wir völlig darnieder: Das Wolkentief löst in uns ein fatales Seelentief aus, am liebsten legten wir den Kopf auf die heiße Herdplatte oder den Föhn in die Wanne, es hat ja alles eh keinen Sinn.

Und bitte, bedenkt die Biokurve! Die geht rauf und runter, und sehr oft geht sie runter, und dann haben wir absolut keine Energie, sind matt, glanzlos und trübsinnig. An solchen Tagen zerbrechen hundertjährige Ehen.

Diese Tage muss man überhaupt auch noch mitrechnen: die Tage natürlichen Elends, wenn ER nicht anruft, wenn ein blöder Brief kommt, wenn Kränkungen das Gemüt jäh verdüstern. Wir möchten uns ins Bett legen, die Decke übern Kopf ziehen und nie mehr auftauchen.

So, Schwestern, und jetzt addieren wir das mal fix: Das berühmte Frauenleiden nimmt uns jeden Monat, na, seien wir mal großzügig, insgesamt drei Tage die Zurechnungsfähigkeit. (Sogar Gerichtsurteile fallen milder aus, wenn wir diesen Zustand leichten Wahnsinns nachweisen können!) Plus drei Tage Vor-, Nach- und Vollmond, da ist die eine Woche schon unter ferner liefen gelaufen. Das Wetter spielt mit seinen Tiefs und diversen Umschwüngen mindestens auch eine Woche pro Monat verrückt, bleiben uns noch vierzehn normale Tage, bei denen wir mindestens sechs abzurechnen haben für das Durchhängen der Biokurve und noch mal drei bis vier Tage für Liebeskummer, blöde Briefe, dämliche Anrufe, Kränkungen diverser Kategorien, bescheuerte Vorgesetzte und, und … Merkt ihr was?

Wir Frauen sind einfach toll. Obwohl wir die Hälfte der Zeit ausfallen wg. Periode und Mond und Biorhythmus, die andere Hälfte fast ganz wg. Liebe und Wetter, obwohl nur ganz wenige Tage pro Monat bleiben, an denen wir im Vollbesitz geistiger und seelischer und körperlicher Kräfte sind – wir schaffen alles! Wir kriegen und erziehen Kinder, sind berufstätig, malen Bilder, komponieren Musik, wir schreiben nicht nur Kolumnen, sondern ganze Brigitten voll – in diesen paar normalen Funktionstagen, die uns bleiben …

Wir sind einfach wunderbar. Das soll uns doch erst einmal einer von den Kerlen nachmachen. *22/87*

ZWEIERLEI FRAUEN

Also … in meiner Gegend wohnt eine Frau, die hab ich noch nie ohne Schürze gesehen. Noch nie ohne leidendes Gesicht. Noch nie ohne Besen in der Hand. Ich sehe sie immer nur das Stück Straße vor ihrem Haus fegen, leidend, anklagend, verbissen und, ach, so sinnlos, denn die Natur ist gegen sie: Üppig wachsen hier die Bäume, und der Wind weht die Blätter, wohin er will, und soll ich Ihnen was sagen? Er weht sie nur vor ihr Haus, und nur, um sie zu ärgern, und da muss sie mittags um eins schon wieder fegen, obwohl sie doch erst morgens um elf … also, es ist ein Elend. Schade, dass sie nicht den Herrn ein paar Häuser weiter geheiratet hat, der immer und immer sein Auto wäscht. Jeden Abend, wenn er von der Arbeit kommt, zieht er seinen Trainingsanzug an, und dann wird gewienert und geplanscht und poliert, und das Auto glänzt und funkelt, und wie schön sähe es erst aus, stünde dieses saubere Auto nun auf dem sauber gefegten Straßenstück der semmelblonden Nachbarin, und die beiden – die Kolumnistin gerät ins Träumen – säßen derweil zusammen in einer blitzsauberen Badewanne und würden sich ihre rosa Rücken mit dicken Bürsten krebsrot scheuern. Danach könnte man vielleicht noch zusammen die Fenster putzen und mit einem kleinen Staubsauger die Krümel aus den Autopolstern saugen – nein, in solchen Polstern sind gewiss keine Krümel, solche Menschen krümeln nicht. Die haben auch nie schmutzige Fingernägel oder ein Stäubchen auf den Schuhen. Da blitzt eben alles. Und du, Elke? Kaum bist du aufgestanden, kaum hast du dich angezogen und gewaschen, da siehst du auch schon wieder aus wie ein Schwein. Ich kann machen, was ich will, die Fingernägel sind schmutzig, die Schuhe staubig, irgendwo ist immer ein Fleck oder ein Knopf ab, sowieso sind alle Klamotten voller Katzenhaare, und wenn der Hund mich aus Liebe auf dem Spaziergang mal eben anspringt, sieht mein Trenchcoat aus wie der von Inspektor Columbo. Ich könnte ihn mehrmals täglich reinigen lassen und käme doch nie der beschürzten (schneeweiße Schürze!) Nachbarin auch nur nahe. Gott sei Dank besuchen mich solche Leute nie, sie würden wohl auch in Ohnmacht fallen. Bei mir geht's nicht keimfrei zu. Geputzt wird nur nach Lust und Laune, Spinnennetze werden eher gefördert als zerstört, denn erstens bewundere ich ihre Architektur, und zweitens halten sie mir die Mücken vom Leib. Wo fünf Tiere auf Sesseln und Sofas herumliegen, wird jeder Staubsauger sinnlos, und komisch, es ist trotzdem sehr gemütlich. Ich mag es auch, wenn sich die Zeitungen stapeln und wenn die Blumen dekorativ in den Vasen verwelken. Doch ab und zu fege ich vor meiner Haustür auch, und dann und wann werden die Fenster geputzt, aber ansonsten wird gelesen, Schach gespielt, der Hund kriegt einen Stock geworfen, und den zerkaut er dann auf dem Teppich in hunderttausend Späne, während ich diese Kolumne schreibe. Kann sein, dass die Späne dann auch schon mal zwei, drei Tage liegen. In der Zeit hat die Nachbarin schon wieder achtmal gefegt. Ob ich ihr doch mal meinen Teppich zeige … nein, lieber nicht. Wahrscheinlich würden wir uns gegenseitig nur schwer ertragen. Es gibt nun mal Frauen, die müssen sich in ihrem Küchenfußboden spiegeln können, weil die Werbung das so will, und es gibt welche, die putzen nicht mal ihren Spiegel blitzblank. Die Welten zwischen beiden sind unüberbrückbar. Das macht die Solidarität so kompliziert. 6/92

ÜBER DAS FRAU-SEIN

Also … ich hab immer ganz besonders den Witz geliebt, wo ein Mann in die Kneipe kommt, sieht vier Frauen zusammen an der Bar sitzen und fragt: «Naaa? So ganz allein?» Ja, so ganz allein, ohne euch göttliche Männer, was soll man machen! Hilde ist nach 23 Jahren Ehe geschieden, weil Harald was Junges gefunden hat. Rosi ist einfach zu dick. Christine hat immer die falschen Männer, die bleiben ein halbes Jahr, zocken ab und sind weg. Irina lebt getrennt. Juttas Mann arbeitet in einer anderen Stadt. Franzi findet einfach keinen. Der von Kathrin ist so grenzenlos doof, den darf sie bitte nicht mitbringen, den kann keiner ertragen. Ja. Und so sitzen sie da, lauter gestandene, gute Frauen, klug, lustig, alles da von magersüchtig bis dick, alle haben einen Beruf, alle haben oder hatten Männer, Beziehungen, Affären, und alle sind jetzt mehr oder weniger allein. Sie haben Spaß miteinander, lachen, sind unterschiedlich fest oder locker befreundet miteinander, sind sich gute Nachbarinnen oder Kolleginnen, kein Gezicke, Frauen gehen heute ganz anders miteinander um als früher, schönstes Ergebnis der Frauenbewegung, Ausnahmen lassen immer grüßen. Da sitzen wir nun, neun Frauen, feiern einen Geburtstag, haben Männer, Beziehungen, Affären nicht mit eingeladen – und worüber reden wir? Über Männer, Beziehungen, Affären. Kannst du dich noch an diesen dämlichen Kulturredakteur erinnern, mit dem ich …? Soll ich dir sagen, mit wem der jetzt …? Du glaubst es nicht!

Gelächter, Gekreische, keine Eifersucht, kein Neid, keine Häme. Frauen reden offen über ihre Verletzungen, Träume, Probleme, vielleicht nicht in jeder Gesellschaft, aber ich hab es in den letzten Jahren immer wieder wohltuend erlebt – über Einsamkeiten, Traurigkeiten, Fremdgehen, über Verlassensängste, Wechseljahre, Wülste an den Hüften, über Sex und das Fehlen davon kann man unter Frauen wunderbar reden. Alles ist so unkompliziert, und jede kennt das ja – sich zu verlieben, verlieren, zu verzweifeln. Aber dann. Dann kommt ein Mann ins Lokal, guckt rum, taxiert, o doch, streitet es nur ab, ihr tut es immer noch, ihr seht sofort, wer von uns die Schönste ist, wer die Dickste, wer zu kriegen wäre und welche man gar nicht erst kriegen will – ihr seht es und ihr zeigt es uns, und die Signale kommen an. Nein, da kann noch so viel geübt und emanzipiert werden: Mit den Männern und den Frauen ist es ein ewiges Kreuz – die Ausnahme, wenn es klappt, nicht die Regel. Die Balzrituale sind anders, die Signale, wahrscheinlich auch das Selbstbewusstsein, immer noch, in einen Raum zu stolzieren. Für einen Moment sitzen wir Frauen etwas betreten, dann haben wir uns wieder gefasst. Und tief drinnen wissen wir ja: Auch viele prächtige Männer im besten Alter sind allein, wo kämen sonst all diese Heiratsanzeigen und die hungrigen Blicke her. Sie sind sogar noch alleiner als die Frauen, denn ich glaube nicht, dass es unter Männern diese schönen Klatsch- und Lach- und Erzähl- und Hilfezirkel gibt wie unter Frauen. Nachbarin, mir ist so elend, komm mal rüber und bring Wein mit … machen Männer das auch miteinander? Oder klärt der kernige Mann Seelentiefs ganz allein mit seinem Whisky? *10/95*

KLEINKRIEG BEIM FRÜHSTÜCKSEI

Also … sagt sie plötzlich eines Morgens aus heiterem Himmel beim Frühstück zu ihm, wenn ich schon sehe, wie du dein Ei isst! Erstaunt hält er inne. Er war gerade dabei, mit dem Messer rundum die Schale einzuschneiden. Ach ja, sagt er, wie esse ich denn mein Ei? Barbarisch, sagt sie, du mordest es geradezu. Man macht das so.

Und sie klopft mit dem Löffel ringsum die Schale brüchig und pellt sie dann ab. Aha, sagt er, man macht das so. Seit wann? Schon immer, sagt sie knurrig. Es hat mich schon immer an dir gestört, wie du dein Ei isst.

Ihm wird das nun zu blöd. Er zieht seine Jacke an und geht. Sie heult vielleicht ein bisschen, und irgendwie ist es auch gar nicht das Ei. Es ist alles! Das ganze Leben. Es ist an diesem Morgen – aus welchem Grund auch immer – einfach nicht zu ertragen. Sie kann auch, ehrlich gesagt, diese Boxershorts nicht leiden, die er als Unterhosen trägt. Als er die vorhin anzog, hätte sie am liebsten laut und streng nein! gerufen. Und dass er abends im Bett eine Zigarre raucht – ist das noch zumutbar?

Er geht spazieren und denkt: Sie ist ja ganz in Ordnung, aber manchmal tickt sie nicht richtig. Plötzlich gefällt ihr nicht, wie ich mein Ei esse. Sie sollte sich mal sehen beim Frühstück. Wie sie ihr Hörnchen in den Kaffee tunkt, alles voller Krümel, das Hörnchen zermatscht, der Kaffee mit Fettaugen, und am Tassenrand Lippenstift, wenn ich das schon sehe. Und ich kann es auch nicht mehr ertragen, dass sie bei jeder Zeitung auf der letzten Seite anfängt! Kann sie eine Zeitung nicht von vorn nach hinten lesen, wie es jeder vernünftige Mensch tut? Nein, bei «Buntes» und «Vermischtes» fängt sie an, und dann liest sie die Fernsehseite und dann die Anzeigen, und während ich mich bemühe, die Leitartikel zu kapieren, erzählt sie mir den ganzen Schrott von Prinzessin Diana und dem Rentner, der sechs Millionen im Lotto gewonnen hat. Das interessiert mich nicht, verdammt noch mal. Er schreitet wütend aus.

Sie liegt auf dem Sofa und starrt an die Decke. Pünktlich ist er auch nie, denkt sie, immer muss ich auf ihn warten. Und dass ihm ausgerechnet die Bücher von Elsa Morante nicht gefallen – das sollte mir zu denken geben. Was hab ich an dem Kerl bloß mal gefunden? Er fährt übrigens auch schlecht Auto.

Wie sie über meinen Lieblingsfilm flucht!, denkt er. Dabei hat sie ihn überhaupt nicht verstanden. «Wenn die Gondeln Trauer tragen» ist ein surrealistisches Märchen, aber sie sieht darin bloß die Geschichte eines hysterischen Ehepaars, das hinter einem Phantom herjagt, «Butzemännchen», sagt sie, «wie niedlich», und sie sagt es so schnippisch, dass ich ihr am liebsten mal eine kleben möchte, aber das wär ja dann wohl der Weltuntergang. Da kommt dann das ganze Getue, eine Frau schlagen und was weiß ich ... nein, Männer und Frauen passen einfach nicht zusammen. Am nächsten Morgen will er sein Ei wieder köpfen – und zögert. Sie sehen sich an und müssen beide lachen. «Was denn nun?», fragt er, und sie sagt: «Wie immer», und tunkt ihr Hörnchen in die Tasse. Er reicht ihr den hinteren Teil der Zeitung, und sie sagt:

«Nein, heute mal den vorderen zuerst», und er denkt: «Alltag hin, Entnervung her, wenn's im Großen stimmt, muss man's im Kleinen eben ertragen.» Und das nennt man ja vermutlich das WUNDER DER LIEBE. Oder so ähnlich ... *21/91*

ALLE LESEN IMMER NUR BEIM ARZT!

Also … sagt Mutter, hast du gelesen, Prinzessin Diana engagiert sich jetzt in der Eheberatung, weil es in Großbritannien so viele Scheidungen gibt. Dabei soll es doch in ihrer eigenen Ehe nicht stimmen! Ich sehe Mutter streng an: Hast du dir wieder diese Schrottzeitungen gekauft, ein Herz und eine Krone, und was Prominente zu Weihnachten essen, und warum Rainier die Fürstin nie vergessen kann? Wolltest du das nicht lassen?

Mutter triumphiert: Hab ich nicht gekauft, aber ich muss ja wegen meiner Prothese dauernd zum Zahnarzt, und da liegen die immer, und dann lese ich die auch. Komisch. Ich kenn keinen, der sich die güldenen Herzenszeitungen kauft. Alle lesen sie immer nur beim Zahnarzt, beim Frauenarzt, beim praktischen Arzt. Es soll sogar Patienten geben, die ihre Termine auf den Tag legen, an dem die neue Lesemappe erscheint, und dann sind sie ungehalten, wenn sie zu schnell drankommen.

Es ist schon eine Betrachtung wert, was in den einzelnen Wartezimmern herumliegt. Bei der anthroposophischen, älteren Homöopathin finden sich zerlesene kleine Büchlein: «Mit Hesse durch das Jahr», Gedichte von Rilke, ein Inselbändchen, ein Fotoband (Natur) mit Gedanken über den Herbst. Der Tierarzt legt «Das Tier» und «Jäger und Hund» oder wie das heißt aus sowie vielfältige Broschüren über all die grauenvollen Infektionen, die unsere Lieblinge kriegen, wenn wir sie jetzt nicht sofort hier und heute impfen, entwurmen und röntgen lassen. Dazu Tipps: «Mit dem Hund in Urlaub». Der Internist hat nur Werbebroschüren der Arzneimittelkonzerne ausliegen. Er spart sich das Geld für Lesemappen und legt stattdessen seine eigene Post hin. Tief deprimiert lesen wir, was die chemische Industrie sich wieder ausgedacht hat, um uns mit Gift zu heilen. Wer noch nicht so richtig krank war, wird es hier bei den Querschnitten durch die Säuferleber und den krebszerfressenen Darm. Im Vorzimmer des Immobilienmaklers zeigen uns Glanzzeitungen, wie andere Leute wohnen, ätsch, und dass wir das in den drei Zimmern mit Balkon, die wir suchen, sowieso nie hinkriegen werden – Kamin, Marmorbad, Säulenwandelhalle und Blick aufs Meer ... Demoralisiert gehen wir in sein elegantes Büro und trauen uns nicht zu sagen, dass wir die Miete zu happig finden.

Für mich ist es am schlimmsten bei Friseuren, die auch ich manchmal aufsuche – auch wenn es mir nie jemand glaubt. Doch, ja, alle sechs Wochen lasse ich schneiden. Und während ich warte, sehe ich diese Lockenpracht in Zeitschriften und Schnellheftern, ich sehe Kaskaden von Goldhaar, raffinierte Wellen, Meere in Tizianrot, ich sehe Lockentürme und flotte Bubiköpfe, und irgendwie beschließe ich, dass ich jetzt auch mal was Neues ausprobieren werde, halte den Finger auf Seite 11, zeige es dem Meister, als ich dran bin, und er sagt «Oje!» und schneidet Bürste, wie immer. Das Tollste habe ich aber neulich bei einem Schickeria-Arzt im Wartezimmer gesehen. (Sie fragen, warum ich denn zu so einem gehe ... das wäre eine neue lange Geschichte, ein andermal!) Da lagen Broschüren von Banken, Immobilienfonds und sogar der Glanzkatalog eines Diamantenhauses: Hier ging es nur noch darum, wie, wo, womit man sein (mein?) Geld am besten anlegt. Donnerwetter, der Mann schätzt seine Kunden richtig ein.

Gell, meine Liebe, während Sie dies alles lesen, sitzen Sie im Wartezimmer, oder? Immer wieder werde ich darauf angesprochen: «Neulich hab ich was von Ihnen gelesen, was war's doch gleich, es war beim Zahnarzt ...» Gucken Sie mal hoch! Sitze ich Ihnen gerade gegenüber und lese, dass Königin Silvia jeden Abend Tagebuch schreibt? Dann können wir uns rasch mal zuzwinkern. *17/89*

FRAU UND BAR

Also ... inzwischen kann ich gut allein in eine Bar gehen. Das war nicht immer so. Lust hätte ich auch früher schon gehabt, aber ich hatte nicht das Selbstbewusstsein, die taxierenden Blicke auszuhalten, und am liebsten hätte ich mir ein Schild umgehängt: «Suche keinen Kerl, hab schon einen, will nur einen Drink.» Ich habe mich immer direkt an die Bar gesetzt, weil ich dachte: Der Barkeeper beschützt dich, und da kannst du dich festhalten, und es gibt auch was zu gucken. Heute weiß ich, dass genau das falsch ist. Denn im männlichen Aufreißerkodex bedeutet Frau an der Bar: Sprich mich an, nimm mich mit! Wenn man sich aber brav an einen Tisch setzt, was ich in Bars immer so empfunden habe, wie etwa das Warten im Kontakthof vom Puff sein muss, dann heißt das: Lass mich in Ruhe!

Du liebe Güte, wer sich so was immer ausdenkt, aber mehrere Kenner der Aufreißszene haben mir die Richtigkeit dieser Signale bestätigt. Und ich dachte, so was gibt's nur als Pubertätsscherze, wenn man die Briefmarken in gewissen Schrägen so klebt, dass es in der Briefmarkensprache «Ich liebe dich» heißt ... Nun, auch die Rituale in der Tierwelt sind vielfältig, und wir stammen eben vom Affen ab. Heute setz ich mich an die Bar, obwohl ich's weiß, und mach mein schauderbarstes Gesicht, mein «Hüte dich!»-Gesicht, denn ich will wirklich nur einen Gimlet trinken, und manchmal eben allein.

Die Männer, die über Bars geschrieben haben, sind Legion – die Bar, das ist für sie ein Ort der Entspannung und Anregung gleichermaßen. «Manche köstliche Stunde habe ich in Bars verbracht», schreibt Luis Buñuel, «die Bar ist für mich ein Ort der Meditation und der Sammlung, ohne sie könnte ich mir mein Leben nicht vorstellen.» Malcolm Lowry hat fast all seine Bücher in Bars erdacht, zum Teil geschrieben. Hemingway schrieb in Bars, Männer fühlen sich in der Bar wohl und zu Hause, und Frauen haben da nur etwas zu suchen als attraktiver Blickfang. Dass eine Frau den gleichen Antrieb haben kann, in eine Bar zu gehen, wie ihn ein Mann hat – Lust am Voyeur-Sein, Einsamkeit, aber ohne Lust darauf, jemanden kennenzulernen, Lust aufs Dasitzen und Trinken, Lust auf Lärm, ohne reden zu müssen, Lust auf Nachdenken und Schreiben und Rauchen und Wegtauchen –, das geht den Männern nur schwer in den Kopf. «Eine Bar, die mir gefällt, hat mit Frauen nichts zu tun», schreibt Wolf Wondratschek, «in diese Bar verirren sich Frauen nur durch Zufall – bei ihrem Anblick hat man das sichere Gefühl, dass hinter der Tür die Wüste beginnt oder ein Ozean.»

Nein, dieser Satz bringt mich nicht auf die Palme, wie Sie vielleicht jetzt denken. Auch für mich hat eine Bar nichts mit Scharen schnatternder Frauen zu tun, die sich ihre neuesten Erlebnisse erzählen. In einer Bar sitzt man entweder sehr intim zu zweit oder ganz allein, ob Mann oder Frau. Sonst könnte man ja in eine Kneipe gehen. In einer Bar will man starke Drinks und starke Gefühle, und die stellen sich in größeren Gesellschaften nicht ein. Die Drinks schon, aber die Gefühle dazu nicht. Barkeeper sind meistens Männer – warum nicht, mir gefällt das, und wahrscheinlich haben sie die kräftigeren Handgelenke zum Mixen.

Die Gäste aber, das sollten doch ruhig auch Frauen sein, Frauen, die allein kommen, ohne dass sich sofort ein Mann dafür persönlich verantwortlich fühlt. Ihr wisst doch nun, dass auch Frauen eine Seele haben. Lasst uns dieser Seele ab und zu Futter geben wie ihr der euren – allein in einer Bar, mit einer dominikanischen Zigarre und einem großen Wodka! Danke schön, prost! *24/91*

MÄNNER, KATER UND ANDERE KINDER

ÜBER FLIRTS AUF DER AUTOBAHN

Also ... der Typ da hinter mir, der hat sie ja wohl nicht mehr alle beisammen. Wie der auffährt! Wenn ich jetzt wegen irgendwas voll bremsen müsste, der säß mir drin. Spinnt der, jetzt macht er auch noch mit der Lichthupe rum – aber wie sagt J. R. in Dallas immer sehr richtig? «Die Oper ist noch nicht zu Ende, solang noch nicht die dicke Dame singt.» Ich drück ein bisschen aufs Gas, aber der Zombie dahinten hat anscheinend auch ein Gaspedal, gut, dann eben nicht, runter vom Gas, ganz langsam, schön rechts fahren, soll er doch vorbei, der verklemmte Angeber. Einen Blick hinüber riskiere ich. Ja, typisch, das ist diese Sorte, auf die ich total abfahre: offenes Sporthemd, Kettchen, einen Arm am Steuer, einen lässig im heruntergekurbelten Fenster, gespiegelte Sonnenbrille. Da brettert er vorbei, so long, honey. Hat mir der ein Kusshändchen zugeworfen? Der hat mir ein Kusshändchen zugeworfen! Das darf nicht wahr sein.

Kaum hat er überholt, fährt er rechts vor mich, obwohl jetzt die ganze linke Seite der Autobahn frei ist. Du hattest es doch so eilig, Mann, na, dann kachel doch los jetzt, was ist? Nichts. Der scheint sich die Fingernägel beim Fahren sauber zu machen oder was, jedenfalls trödelt er vor mir her und macht mich verrückt, also geh ich links rüber, zack, vorbei, ohne einen Blick. Mit solchen halt ich mich doch nicht auf.

Was macht der Kerl denn? Setzt schon wieder zum

Überholen an … ich kann aber nicht nach rechts, ein Laster am andern, ich bleib links, schön zügig, und er fährt mir schon wieder bald an die Stoßstange. Der ist ja wirklich die härteste Schicht, echt. Wusste gar nicht, dass es solche noch gibt, Dinosaurier. Der hat es gar nicht eilig, der langweilt sich, der sucht ein Spielchen … Nix, Kollege, du bist bei mir nicht in den Charts, null vibrations angesagt, obwohl … bis Köln ist es noch eine ganze Ecke, und so geht wenigstens die Zeit rum. Also gut.

Die Laster sind überholt, ich fahre nach rechts, übe ein hochnäsiges Lächeln und werde schön langsam. Da kommt ja schon mein Romeo, fährt auf gleicher Höhe links neben mir. Ich riskier noch einen Blick: Sooo schlecht ist er gar nicht, ich hab schon Schlimmere gesehn. Er hat den linken Arm jetzt am Steuer, und der rechte liegt lässig über der Lehne des leeren Beifahrersitzes, so à la «Wärst du doch hier, mein Täubchen». Bin ich aber nicht, du König der Liebe, ich bin hier in meiner Karre, und da bleib ich auch, und heute Abend in Köln hinter den sieben Bergen bei den sieben Zwergen sitz ich neben einem, der ist tausendmal schöner als Ihr, Herr Großvater – ich muss lachen, mein neuer Freund legt das falsch aus, zeigt begeistert auf das Parkplatzschild. Na, der legt ja Tempo vor. Das dann doch nicht, Schönster. Ich lasse ihn wieder vor mir herfahren, und jetzt pass mal auf, du Prinzchen, was die Tante kann. Bei der nächsten Raststätte bin ich weg, im letzten Moment, er donnert weiter geradeaus. Den bin ich los. Ja, bis zum nächsten Parkplatz, da kommt er wieder hervorgeschossen zur Fortsetzung des neuen Flirts, schnell, unverbindlich, auf die Dauer lästig. Aber ich hab selbst schuld: Es gehören schließlich immer zwei dazu, it takes two to tango … *18/84*

MEIN ERSTER WAR EIN RICHTIGER HERR …

Also … ich möchte unbedingt eine Liebesgeschichte loswerden, eigentlich sind es drei Liebesgeschichten. Mein Erster zum Beispiel – der war ein richtiger Herr. Er war schon etwas älter, er kannte das Leben, er wusste immer, was sich gehört – gut, er war ein bisschen füllig, aber er strahlte eine gewisse Würde aus, das verfehlte seine Wirkung auf mich nicht. Er war immer pünktlich, allerdings kam ich nie so richtig dahinter, was er trieb und wo er war, wenn er nicht zu Hause war – kontrollieren ließ er sich nicht. Eine Nachbarin sagte mal, als sie mich suchend am Gartentor sah: «Suchen Sie ihn? Dann gehen Sie mal zu Frau Jungblut, da hab ich ihn gesehen!» Ich lege noch heute meine Hand dafür ins Feuer, dass er nie bei Frau Jungblut war – im Gegenteil, der von Frau Jungblut war mal bei mir, aber das wäre jetzt schon wieder eine andere Geschichte.

Ich gebe es zu: Er war auch ein bisschen zu bieder für solche Abenteuer. Schließlich: Er war ein Schwabe. Häuslich, bürgerlich, und wenn nicht alles am gewohnten Platz in Ordnung war, konnte er stundenlang beleidigt sein. Anfangs hatten wir getrennte Schlafzimmer – er war so eigen! (Aber ein guter Esser.) Und als wir uns etwas nähergekommen waren – da war unser kurzes Glück auch schon vorbei. Ich habe ihm sehr nachgeweint.

Der Zweite war bedeutend jünger, schlank, ein richtiger Freak. Er ging wie ein Matrose, der nach vier Monaten auf See endlich an Land kommt, wiegend, und er trug auch gestreift. Er war wendig und – ich gebe es zu – auch ein bisschen windig, so ein Luftikus: immer gut gelaunt, raffiniert, ein Charmeur, der das ganze Viertel beflirtete. Und doch kam er immer wieder zu mir zurück und gab mir mit unnachahmlichem Augenzwinkern zu verstehen: Du bist die tollste Frau der Welt! Ich war sehr glücklich mit ihm – aber dann kam mein Dritter.

Das war ein Kerl! Rothaarig, wild, unberechenbar, so einen habe ich nie wieder gehabt. Der hatte Vergangenheit, das sah man – aber solche haben keine Zukunft, sie leben zu exzessiv. Er passte sich an gar nichts an, hielt sich an keine Uhrzeiten, keine Gebräuche, an keine guten Sitten. Ich wusste es sofort, als er in mein Leben trat: Das ist ein Pirat, ein Abenteurer, ein Routinier der Liebe, den hast du nicht lange! Er nistete sich sofort bei mir ein, rücksichtslos, egoistisch, selbstbewusst. Er wusste, wie schön er war, ach, und er war so leidenschaftlich! Keiner konnte so zuschlagen wie er, wenn ihm was nicht passte, und meine Freundin zeigte entsetzt auf meine Wunden und sagte: «Wie siehst du denn aus?» – «Das war er!», strahlte ich, und alles war schon längst verziehen, denn von ihm bekam ich nicht nur Hiebe, sondern auch tüchtig Liebe. Ihm hätte ich so sehr ein langes Leben gegönnt, er hat alles so genossen – die Sonne, das Leben, die Mahlzeiten –, aber er wurde überfahren, wie die beiden anderen auch.

Jetzt lebe ich mit zwei Mädchen. Die eine ist ziemlich dick, ein bisschen doof und unendlich gründlich, die andere ist kokett, frech und übermütig. Aber: Sie sind häuslich. Es sind eben Katzen und keine wilden Kater. Und es ist ja der Mann, den es ins feindliche Leben zieht. Die Mädels bleiben daheim und wundern sich, dass es kaum noch Kater gibt, die mal eben vorbeischauen. *20/87*

HAT ERZIEHUNG EINEN SINN?

Also … eine Mutter liebt alle ihre Kinder gleich. Das setzen wir mal voraus, und Miss Ellie, die mit den Hängerkleidchen aus «Dallas», hat uns das ja vorgelebt: Den fiesen J. R. und den grundguten Bobby hat Miss Ellie gleich lieb, sogar den doofen Ray, der bloß ein unehelicher Sohn ihres Mannes ist. Wenn nun aber eine Mutter alle ihre Kinder gleich liebt und wir auch annehmen, dass sie sie ungefähr gleich erzieht – warum geraten die denn dann so grundverschieden? Gut, vielleicht hat der Vater alles vermasselt – schon aus dem Märchen wissen wir, dass der König immer drei Töchter hat, wovon die jüngste jeweils automatisch die schönste ist (was will uns der Dichter damit sagen?), und also liebt er die am meisten. Aber der moderne deutsche Vater ist ja den größten Teil der Zeit nicht da. Er muss mit Intercity und Aktenkoffer in die Welt hinaus, und Mutter macht zu Hause das Erziehungswerk. Sie erzieht gleich, sie liebt gleich. Beide Söhne haben ein schönes Zimmer, ein Fahrrad, eine Stereoanlage. Und eines Tages sind sie groß, und der eine geht zur Bundeswehr und der andere verweigert. Der eine sagt zum Vater: Mensch, lass dir doch mal die Haare schneiden, du läufst immer noch rum wie ein Altfreak, man schämt sich ja tot (unnötig zu erwähnen, dass das dann nicht der Vater mit dem Intercity und dem Aktenkoffer ist, sondern vielleicht der freischaffende Autor); der andere Sohn sagt: So wie du will ich nicht werden, nur Stress und Geld, das ist kein

Leben, ich fahr jetzt nach Saint-Tropez und mach Straßenmusik, für irgendwas muss die Scheißgeige ja taugen, ciao. Und weg ist er, und wenn er braun gebrannt zurückkommt, drei Monate später, ist sein Bruder schon Unteroffizier, und sie wissen nicht, worüber sie noch reden sollen, dabei, so sagt die Mutter, haben sie doch als Kinder so schön zusammen gespielt. Was ist da passiert und wann? Und war es denn egal, ihnen beiden die gleiche Erziehung, die gleiche Liebe zu geben?

Kommt immer so Unterschiedliches dabei heraus, das von allem Anfang an festgelegt ist? So wie wir es inzwischen aus den Studien über Zwillinge kennen, die bei der Geburt getrennt wurden, in unterschiedlichsten Ländern, Familien, Religionen aufwuchsen und mit fünfzig die gleichen Marotten hatten? Warum geraten die Kinder antiautoritärer Eltern autoritär, warum schlagen die Kinder, die mit strenger Hand erzogen wurden, über die Stränge? Das können wir zur Not noch verstehen. Aber warum sitzen bei gleichen Ausgangsbedingungen plötzlich zwei am Tisch, die sich fremder sind als Wildfremde? Und wenn sie miteinander reden, dann erbittert darüber, dass die Ausländer uns Deutsche ausnutzen und ihre Mentalität auf unsere Kosten austoben, und der andere Bruder sagt zornbebend: «Das sag noch mal, sag das noch mal», und die Mutter geht dazwischen und will es, «solange ihr unter unserm Dach wohnt», nun nicht mehr hören.

Bald werden sie woanders leben, andere Freunde haben, sich vielleicht höchstens im Elternhaus alle paar Jahre noch mal treffen, und die Eltern liegen wach nebeneinander im Bett und fragen sich: Haben wir denn was falsch gemacht? Was? Wir hatten sie doch immer beide gleich lieb. *2/89*

ÜBER DEN NEUEN MANN

Also … ich habe einen neuen Typ Mann kennengelernt. Was ein Macho ist, wissen wir ja alle: Der sieht männlich-kernig aus, trägt das Goldkettchen auf gebräunter Brust unterm offenen Hemd, bevorzugt Leder und Sportwagen, er hat ein kantiges Kinn und pfeift ansehnlichen Frauen nach. Was ansehnlich ist, bestimmt er, alle anderen sind Emanzen, Lesben oder frigide Ziegen.

Was ein Softie ist, wissen wir auch. Das ist der sanfte Mann, der nie befiehlt und immer schmusen will, er möchte zu den Frauen aufsehen und wäre auch gern so stark wie sie, er weiß, dass er ihre Schönheit auch mit dem seidigsten Blondhaar nie wird erreichen können. Der Softie will nicht der Herr im Haus sein, und bei Krisen verzieht er sich, die machen ihn ganz krank. Diese beiden Typen lassen sich leicht voneinander unterscheiden.

Umso verwirrender, was sich seit einiger Zeit in meinem Bekanntenkreis tut: Da entwickelt sich eine Art Macho-Softie, eine Kombination aus diesen beiden Schreckensmännern. Der Macho-Softie ist rein äußerlich von herber Eleganz. Aber: Er finanziert sie nicht selbst. Sein Lagerfeld-Parfüm zahlt Ariane, seine Gianni-Versace-Lederjacke hat Franziska gekauft, den Urlaub auf Ibiza verbringt er mit Nicole, die dafür einen Kredit aufnimmt. Der Macho-Softie ist mit all seinen Freundinnen lieb, sanft und zärtlich. Er scheut sich nicht, zuzugeben: «Ohne dich bin ich nichts.»

Und doch ist er immer auch ein Mann zum Vorzeigen, er ist dezenter als der Ur-Macho, aber das gewisse Etwas hat er. Der Wolf hat Kreide gefressen, denn bei der neuen Art Frau kommt er so viel besser zum Ziel. Die alte Männlichkeit gepaart mit dem neuen Gefühl, so steht er vor unserer Tür und spricht mit honigsanfter Stimme, und wir machen ihm auf wie weiland die sieben Geißlein dem bösen Wolf. Ist der Macho-Softie erst mal in deiner Wohnung, ist es schwer, ihn wieder rauszubringen. Entweder musst du eines Tages ausziehen, oder du zahlst ihm eine Abfindung, damit er endlich geht. Deine Videoanlage nimmt er auch noch mit – schließlich, was willst du damit ohne Filmkassetten – die sind alle seine, und den Schlüssel zu deiner Wohnung gibt er dir sowieso nie zurück. Er hat ja so oft diese wahnsinnig traurigen Abende, und an denen würde er dann gern kommen, damit du ihn tröstest – am besten mit einem alten Chablis und einem Essen in dem süßen französischen Lokal.

Er findet Mittel und Wege, ganz lange in deinem Leben zu bleiben, dieser Mann. Immer, wenn du ihn siehst, denkst du ja auch: Wie schön er ist! Und das merkt er, und schwupp, hat er dich schon wieder. Mit seiner neuen Freundin ist er sofort viel, viel glücklicher, die ist ja auch viel, viel jünger, aber du, nur du allein hättest etwas, das kann keine andere ersetzen – fahren wir ins Van-Morrison-Konzert? Aber du musst zahlen, ich hab gerade kein Geld. Der Macho-Softie ist die teuflischste Versuchung, seit es Männer gibt. Wir sind nicht unschuldig an seiner Existenz: Erst wollten wir den Mann ja stark, dann lieber schwach, jetzt soll er beides zugleich sein. Wir haben schon so viel gelernt. Nun lassen wir ihn auch mal lernen: ein ganz vernünftiger, normaler, netter Mann und Partner zu werden. Es liegt nicht nur an den Männern, wenn sie sich oft so dämlich benehmen: Es liegt auch an Ariane, Franziska, Nicole. Nichts für ungut. *2/84*

WAS DER MANN ZUM LEBEN SO BRAUCHT

Also … der Dreitagebart ist so ziemlich out, glaube ich. Der männliche Zopf bei gleichzeitiger Stirnglatze ist aber noch in. Was will uns der Träger damit signalisieren? Dass auch in einem rauen Kerl weibliche Anlagen stecken? Aber vielleicht überlege ich mir auch einfach nur zu oft, was dieses oder jenes zu bedeuten haben möge, und vielleicht bedeutet das in Wahrheit alles rein gar nichts …

Männer brauchen eben Computer. Männer haben keine kleinen zerfledderten Adressenbüchlein, sondern elektronische Diarys, und Männer brauchen auch noch mehr Swatch-Uhren als Frauen – zu jedem Outfit die passende. Wir Frauen haben so oft diese sentimentale «Lieblings»-Nummer drauf: die Lieblingsuhr, die Lieblingstasche, das ausgeleierte Lou-Reed-T-Shirt. Männer können (wollen?) sich dergleichen Sentimentalitäten nicht leisten. Sie umgeben sich mit Status. Eine Männer- und eine Frauenwohnung unterscheiden sich wie Tag und Nacht. Er hat keinen von Katzen zerrissenen geblümten Lesesessel, und es stehen auch keine weißen Röschen in Sektkübeln herum. Er hat – mitten im Zimmer – einen sündhaft teuren Designerstuhl stehen, und die Wohnung verrät nichts von ihm außer erlesenem Geschmack. Während manche Frauen ihr Auto mit Erinnerungen befrachten – vertrocknete Blumen, Papierrosen von der Kirmes, Teddy, alles liegt neben Schirm und Wolljacke auf dem Rücksitz herum –, ist sein Auto dagegen durchgestylt und aufgeräumt. Gerade mal ein Golfschläger. Eine ganz ausgefallene Kunstzeitschrift. Im Handschuhfach ein silberner Flachmann mit tausendjährigem Cognac. Das sind die Dinge, die er braucht, und zwar wohlgeordnet. Und sonst nichts.

Wir kaufen uns mal irgendwo einen schönen Strohhut mit Blumen drauf. Bei ihm muss es ein Borsalino sein oder gar nichts. Männer legen viel Wert auf Firmen, Namen, Qualität – nicht das Sonderangebots-T-Shirt von der Stange, sondern die Designerware mit eingesticktem Markenzeichen. Männer brauchen länger im Bad als unsereins. Wir sind ja auch (klassische Mehrfachbelastung!) immer irgendwie in Eile, und da muss das ruck, zuck gehen – Haare bürsten, getönte Feuchtigkeitscreme, Wimpern tuschen, pfft pfft – Parfüm an den Hals und fertig. Monsieur salbt sich vierzig Minuten. Bis alles eingeölt ist! Bis genügend massiert und parfümiert ist, bis das lange Seidenhaar richtig liegt und die hohe Stirn freigibt! Und das alles nur für uns? Oder ist das Teil männlichen Gebalzes untereinander? Kuscht der mit dem Hollandrad automatisch vor dem Platzhirsch mit dem 16-Gang-Alu-Rad? Sind geheime Imponierrituale im Gange, von denen wir Frauen nichts wissen? Gehören dazu auch Autotelefone und Satzanfänge wie «Als ich kürzlich in New York war …» oder «In Genf gibt es so einen Laden, da …»?

Der heutige Mann setzt sich aus Erlesenem zusammen. Der heutige? Frühere Herren trugen auch schon nachts Bartbinden für die Schönheit. Und wir die Fischbeinkorsetts für die Taille. Auf dem Jahrmarkt der Eitelkeiten wird stolziert mit den wechselnden Produkten der jeweiligen Saison. Unsere Welt – ein großer bunter Hühnerhof mit den schönsten Hennen und Gockeln, kikeriki. *20/90*

DIE ZIPPERLEIN DER MÄNNER

Also … natürlich jammern wir Frauen auch schon mal: diese Kopfschmerzen, dieser Vollmond heute, der Stress, und wir werden trotz eiserner Diät immer runder, und guck mal hier, um die Augen herum: lauter neue kleine Falten! Aber das ist alles NICHTS im Vergleich zu den Tiraden, die die Männer meiner Umgebung in letzter Zeit zunehmend loslassen. Männer in den angeblich besten Jahren, aber sie scheinen alle kurz vor dem sicheren, qualvollen Dahinsiechen zu stehen. Joachim hat den Hexenschuss, ganz krumm muss er gehen, aber er wird sogleich verhöhnt von Hermann: Hexenschuss? Pah! Hermann wünscht sich glühend einen Hexenschuss, wenn er dafür seinen Ischias loswürde. Horst zeigt seine Hände und nennt eine unaussprechliche Krankheit: Seht ihr all die dicken Knubbel und Knorpel? Bald werden meine Hände völlig steif sein! Dass Monika anbietet, ihn dann liebevoll zu waschen und zu füttern, quittiert Horst mit gequältem «Du verstehst mal wieder nichts»-Blick. Rainer hingegen versteht ihn. Er tastet die Knubbel und Knorpel ab und sagt: Ja, fühlt sich schlimm an, ist aber gar nichts gegen meine Gicht. Gicht?, ruft Lotte, wo hast du denn Gicht? In den Händen, sagt Rainer düster, hier, bitte. Er zeigt uns seine tadellosen Hände und schüttelt traurig den Kopf: Gicht. Bald sind sie steif. Das kommt vom Rotwein. Warum nur ist in diesem Leben für alles ein Preis zu zahlen?

Und meine Schleimbeutelentzündung?, ruft Rüdiger, warum hab ich die, wofür muss ich zahlen? Dafür, dass du dir immer die billigsten Turnschuhe kaufst, sagt Joachim, und dann spielst du Volleyball, in deinem Alter, und der Fuß federt nicht richtig, und bitte. Schleimbeutelentzündung, brummelt Horst, das bedeutet irgendwas. Jede Krankheit bedeutet irgendwas. Meine Hände zum Beispiel, das hatte Goethe auch. Das ist eine Schreibhemmung. (Horst schreibt Hörspiele.) Ich glaub, Schleimbeutelentzündung bedeutet was Sexuelles, du hast Probleme, weil du nicht schwanger werden kannst oder so ähnlich.

Rüdiger ist empört. Das will ein Freund sein? Der mit den Gebrechen eines andern geschmacklose Scherze treibt? Er wisse ja gar nicht, wie weh so eine Schleimbeutelentzündung im Knie tue.

O doch!, ruft Joachim, ich hatte mal eine im Ellbogen, hier. Er krempelt das Nadelstreifenhemd hoch und zeigt seinen makellosen Ellbogen. Wochenlang, betont er, konnte ich den Arm nicht bewegen, stimmt's, Renate? Renate verdreht die Augen zur Decke. Rüdiger ist inzwischen aufgestanden und humpelt durch die Gaststube, in der wir alle sitzen. Ellbogen!, bellt er bitter, Ellbogen! Jahre meines Lebens gäbe ich, wenn ich es im Ellbogen hätte! Hier! Im Knie! Jeder Schritt bedeutet eine Qual für mich!

Was Sexuelles, murmelt Horst und bestellt noch einen Schnaps. Zu billige Schuhe!, kräht Joachim, und Thomas zeigt plötzlich seinen Bauch. Ihr habt Sorgen, sagt er, was soll ich erst sagen, ich werde immer dicker und krieg beim Treppensteigen keine Luft mehr. Dann stehen alle auf, zeigen ihre Bäuche, Rüdiger, Joachim und Hermann humpeln verbissen um die Wette, Sonja soll entscheiden, wer am kränksten ist. Der kleine schmale Hansi wirft schüchtern in die Debatte, dass er nur einen Blutdruck von 50:80 hat und sich immer schlapp fühlt. Aber damit kann er bei niemandem landen. Alle haben sie plötzlich zu hohen Blutdruck und hätten gern zu niedrigen, sie tätscheln Hansi den Kopf und sagen, Alter, du überlebst uns alle, und dann zeigen sie sich noch ihre Altersflecken, zählen mit umflorten Stimmen ihre Geburtsjahrgänge auf und mutmaßen, wen von ihnen es am ersten trifft.

Als es dann darum geht, wer was an wessen Grab sagen wird, kommt wieder Stimmung in die Runde, und die Gebrechen sind vergessen. Gegen zwei, als wir wein- und bierselig den Ort verlassen, humpelt keiner mehr, Horst probiert auf dem Parkplatz sogar noch den Stechschritt. Unsere tapferen, wunderbaren Männer in den besten Jahren! *16/89*

MUTTERS EWIGES KIND

Also ... vor kurzem traf ich zufällig nach mehr als dreißig Jahren einen alten Schulfreund wieder. Ein schönes Gefühl übrigens, wenn da plötzlich jemand ist, der einen noch als Teenager in Erinnerung hat und aus seinem Gedächtnis längst vergessene Sachen kramen kann! «Du musst», sagte er, «aber einmal mit mir zusammen meine Mutter besuchen, die ist jetzt alt und würde sich bestimmt riesig freuen, dich wiederzusehen.»

Nun gut. Zusammen gingen wir eines Nachmittags, natürlich angemeldet, zur Mutter. Wie das so ist mit den (meisten) Müttern: Der Tisch bog sich unter Kuchen und Plätzchen, kaum war das alles aufgegessen («Nehmt noch! Du hast ja noch gar nichts gegessen, Elke»), kamen aus der Küche auch schon die Platten mit den Schnittchen und Gürkchen und Tomätchen, alles lieb gemeint, alles zu viel, aber alles musste gegessen werden, sonst wäre Mutter ja in Tränen ausgebrochen. Das hat noch etwas Rührendes, wir erwiesen uns denn auch, beide 50-jährig, als brave «Kinder». Aber unterschwellig lief da noch so ein anderer Ton mit. «Arno», sagte die Mutter streng zu ihrem Sohn, «jetzt setz dich mal anständig hin und lümmel dich nicht so.» Arno und ich waren gleichermaßen verdutzt. «Meinetwegen», sagte ich keck, «muss er nicht schön sitzen, wir haben uns auf Ihrem Sofa damals, wenn Sie nicht zu Hause waren, noch ganz anders gelümmelt.» – «Das mag sein», sagte die Mutter, ganz Dame, «aber er hat so einen Bauch gekriegt, ich will nicht, dass man das sieht.» Ach, wie mich das erinnert an die Blicke meiner Mutter, wenn ich mal wieder nicht anständig gekämmt bin! «Komisch», sagt sie, «Dagmar Berghoff kann's doch auch, warum kannst du es nicht?» Der Blick der Mütter ruht auf uns bis ins hohe Alter. Da werden die Söhne Familienväter und haben schon Kinder, die im Berufsleben stehen, aber Mutter wirft einen tadelnden Blick auf die Schuhe und sagt: «Hast du sie schon wieder nicht geputzt, Karlheinz.» Da sind die Töchter in den Wechseljahren, aber Mutter fragt mit einem Blick auf das sinkende Thermometer: «Hast du auch einen warmen Schlüpfer an, Rosemarie, damit du dir bei dem Wetter nichts holst?» Sollen wir nun in Wutschreie ausbrechen, in Tränen der Rührung, oder ist es das Beste, alles ganz einfach zu überhören? Es wird Ausnahmen geben, gewiss, aber für viele Mütter bleibt DAS KIND eben immer DAS KIND. Vorsichtig wage ich zwei Vermutungen: Das sind entweder die, die ihr Kind als fast einzigen, sicher aber wichtigsten Lebensinhalt unter Mühen und Sorgen ganz allein großgezogen haben – verwitwet, geschieden oder ledig –, oder es sind die, deren Ehe nie glücklich war, Vater und Mutter redeten sich mit Papi und Mami an, und Karlheinz leuchtete nun mal als einziger Sonnenschein. Oder es ist irgendein Verdrängungsmechanismus am Werk: Arno war doch so ein süßer, zarter Junge – und nun ist er ein Mops ohne Karriere, das kann Mutter doch nicht einfach so wegstecken – flugs bastelt sie sich ein paar Lebenslügen, aber dazu muss er wenigstens den Bauch einziehen, der kleine Junge von damals. «Du bist immer noch so zart und schmal!», strahlt sie mich an, und ich denke: O nein, das bin ich nicht, aber so willst du es halt sehen, auch gut.

Und ich gehe nach Hause, wo mir am Gartentor mein Lieblingskater entgegenkommt. «Mein Kleiner», sage ich und bücke mich zu ihm, «mein liebes kleines Mäuschen.» Nero ist ein fetter Riesenbrummer und der Schrecken der Nachbarschaft. Mein kleiner Liebling. *13/93*

MEIN AUSLEIH-MANN

Also … Rita ist geschieden. Elisabeth lebt getrennt, Marion hat wechselnde Liebhaber. Ludmilla ist nicht so blöd, sich noch mal einen Kerl in die Wohnung zu holen, der dann seine Klamotten überall rumliegen lässt. Ursel hätte gern einen, findet aber keinen. Sie ist eben sehr anspruchsvoll. Maria hat einen, der ist total intellektuell und im Haushalt eine Null, zwei linke Hände. Wenn Rita in ihrem Garten den Wein am Haus hochziehen will, ruft sie bei uns an – ob er das mal machen könnte? Mit der großen Leiter? Das wär einfach toll. Er macht es. Elisabeth hat sich einen Schrank gekauft, den haben die blöden Typen vom Laden einfach unten in den Flur gestellt, ob er nicht mal eben vorbeikommen und den rauftragen könnte? Wir wollten zwar gerade eine Radtour machen, aber man kann ja mit alleinstehenden Frauen nicht so gemein sein – er geht hin und schleppt den Schrank nach oben. Marions Lover sind gerade alle nicht zur Hand, und nun hat sie sich doch dieses Bücherregal gekauft, aber sie kommt einfach mit dem Zusammenbauen nicht klar – könnte er nicht mal eben …? Das wär aber irr-sin-nig lieb. Er ist irrsinnig lieb und kann mal eben. Ludmilla braucht die Bohrmaschine, sie kann alles selbst machen, hat aber keine Bohrmaschine und vor allem kein Auto, um sie bei uns zu holen. Er bringt sie vorbei, die Bohrmaschine, mein Gott, und wenn er dann schon mal da ist, kann er die paar Löcher ja auch dübeln, oder? Ursel ruft vom Tierarzt aus an: Der Hund liegt noch halb in Narkose, wie soll sie den zu Hause allein aus dem Auto kriegen? Wir lassen keine Freundin und keinen Hund verkommen – natürlich fährt er hin und hilft. Und dass Marias Mann mit den Fingern an der Steckdose klebt, weil er nun mal keinen Herd anschließen kann, das wollen wir doch auch nicht! Meiner kommt schon, Marias Mann kann weiterlesen. Ja, ruft nur alle an, ihr alleinlebenden Freundinnen, bei mir, dem Monster, das es seit zwanzig Jahren mit einem Mann aushält! Ich leih ihn euch gern. Er kann dübeln und schleppen und reparieren und elektrische Leitungen legen, er kann alles, was ihr nicht könnt, und er hilft euch gern. Ihr leiht ihn euch mal eben, dann schickt ihr ihn mir aber schnell zurück – der Alltag besteht ja nicht nur aus nettem Bastelkram. Jeden Tag so ein Mann, mit allem, was dazugehört – ganz schön anstrengend, was? Aber ab und zu kann so ein Kerl ganz praktisch sein. Bedient euch nur. Ich erlaube mir, euch demnächst seine Hemden zum Bügeln rüberzuschicken, okay? Wenn er mit Grippe im Bett liegt, werde ich in Urlaub fahren, eine von euch macht ihm sicher Wärmflaschen, heißen Tee und Wadenwickel, oder? Und, Ludmilla, wenn er wieder seine Tour kriegt und mich anschreit, weil er schlechte Laune hat – darf ich ihn dir dann auch rüberschicken? Ist in Ordnung. Würdest du, liebe Elisabeth, bitte an den Tagen mit ihm frühstücken, an denen ich einfach mal gern allein wäre? Und an ihn hinreden, und er antwortet ja doch nicht? Und kann er vielleicht von einer seiner nächtlichen Kneipentouren bei euch vorbeikommen und um drei Uhr nachts mit fröhlichem «Hallo, da bin ich schon!» in die Diele poltern, ja, kann er? Na prima.

So. Jetzt hab ich es mir von der Seele geschrieben.

Natürlich lasse ich mein Herzblättchen weder mit euch frühstücken noch bei euch krank sein, und er soll sich hüten, nachts woanders heimzukommen als bei mir. Aber diese Mann-Ausleiherei, also, ich weiß nicht so recht, wie lange ich mir das noch mit ansehe. Er macht's halt, er ist ja immer so nett. Ich bin aber nicht nett. Ich dübele ihn jetzt hier an, basta. Sucht euch einen andern. *24/90*

DIE HÄHNCHEN

Also ... es gibt eine Sorte Männer, die heißen jetzt bei mir nur noch die Hähnchen. Hähnchen sind es, kleine Gockel, die – oft auch mit Goldkette – herumstolzieren und uns Mädels sagen, wo es langgeht. Gern sind sie Abteilungsleiter in Supermärkten, in denen die Frauen die Arbeit tun. Wenn man dann zum Beispiel die junge Frau, die gerade Kaffeepakete einsortiert, fragt: «Haben Sie in diesem Supermarkt irgendwo eingelegte Senffrüchte?», dann kommt das Hähnchen aus der Ecke geschossen, wo es die Arbeit der Kollegin (Kollegin? Der Untergebenen!) beobachtet hat, und kräht: «Worum geht's? Fragen Sie mich, ich bin hier zuständig.» Leicht angewidert wiederholen wir unsere Frage: Senffrüchte, ob es die hier gibt? Und was tut der Gockel? Er sagt zu der am Boden Knienden: «Frau Kellermann, haben wir Senffrüchte?» – «Hinten bei Essig und Öl», sagt Frau Kellermann, und weil Herr Gockel sicher ist, dass wir auf so eine Stimme gar nicht erst hören, wiederholt er noch mal laut: «Senffrüchte sind hinten bei Essig und Öl.» Nun ist eigentlich der Zeitpunkt gekommen, an dem wir ihm einfach eine reinhauen sollten, aber leider ist das bei den pazifistischen Bemühungen der letzten Jahrzehnte ganz aus der Mode gekommen. Ich bedaure es oft und erzähle an dieser Stelle nur zu gern die Geschichte meines äußerst kultivierten, intellektuellen Freundes M., der neulich zu einem «Philosophenessen» geladen war. Man aß nicht etwa Philosophen (nun lassen Sie mich doch auch mal scherzen), sondern Philosophen aßen zusammen und philosophierten, ganz wie in den Salons vor hundert Jahren. Und einer soll dabei gewesen sein, der einfach immer nur penetranten und reaktionären Unsinn redete, auch unter Philosophen soll es ja Hähnchen geben. Mehrmals bat ihn M., er möge doch nun mal den Mund halten und nicht die ganze Diskussion stören, er nervte weiter, und dann, erzählte M. stolz, habe er ihn am Kragen hochgezogen und ihm einfach eine reingebrettert, mein Gott, hat das gutgetan! «Ich wusste gar nicht», sagte er, «dass ich nach jahrzehntelangem Ausdiskutieren aller Probleme so was überhaupt noch konnte, das letzte Mal habe ich mich vor 32 Jahren geprügelt.» An diese Geschichte denke ich, als der Supermarktwichtigtuer hier vor mir steht, und Frau Kellermann stapelt weiter Kaffee. Sein Kittel ist weiß, sein Gesicht ist grenzenlos dumm, und ich möchte ihn zu gern ohrfeigen. Was würde Alice Schwarzer dazu sagen? Was tut man mit Männern, die intelligenten Argumenten nun mal nicht zugänglich und einfach nur dummdreist sind? Wäre eine Tracht Prügel nicht das einzig Wahre? Wir gehen entsetzlich mit Menschen um, nutzen sie aus, sperren sie ein, auch wenn sie dringend andere Hilfe bräuchten, wir schlagen Kinder und quälen Tiere, aber einem aufgeblasenen Gockel einfach mal eins aufs Maul zu hauen, das verbietet uns der Anstand, wir sagen nicht mal: «Verpiss dich, du Wicht.» Noch nicht. Kommt schon noch, ihr Hähnchen, aufgepasst, kikeriki. 25/99

ÄLTER
WERDEN

VOM EWIGEN WARTEN

Also ... eigentlich ist das ganze Leben eine einzige lange Warterei. Wir warten immer. Wenn wir Kinder sind, warten wir aufs Großwerden, ohne zu ahnen, wie schnell das kommt und wie alles in allem enttäuschend und anstrengend es dann sein wird. Wir warten darauf, dass die Schulglocke zur Pause klingelt und dass die großen Ferien beginnen. Und in den Ferien warten wir auf Sonne und darauf, dass ER endlich schreibt. Nachdem wir lange genug auf einen Studienplatz gewartet haben, warten wir bei der Studentenvermittlung auf Jobs; wenn es ganz schlecht kommt, verbringen wir anschließend viel Zeit, sehr viel, mit Warten auf dem Arbeitsamt. Es gibt ganze Berufsstände, die eigens Zimmer für das Warten eingerichtet haben – Zahnärzte, Rechtsanwälte, Gynäkologen. Da warten wir Stunden unseres Lebens ab, lesen in Illustrierten, die uns vom Leben der Prinzessinnen erzählen, und fragen uns, ob die auch dauernd warten müssen oder eigentlich immer sofort drankommen? Ach, die warten auch, wie wir wissen – auf die Liebe, auf das Glück, darauf, dass der Gatte endlich König wird oder dass die Schwiegermutter doch mal lächelt. Wir warten vor den Umkleidekabinen in den Kaufhäusern, wir warten an den Kassen von Kino und Theater, und wir warten in der Pause auf ein Glas Sekt. Danach warten wir an der Garderobe auf den Mantel und anschließend auf die Straßenbahn. Viel wird auch auf Bahnhöfen gewartet; wenn ich all die

Verspätungsminuten zusammenrechne, die mir Züge schon beschert haben, komme ich auf ganze Wochen vertrödelten Lebens. Was geschieht eigentlich mit dieser ganzen verwarteten Zeit? Wir sitzen oder stehen da oder gehen hin und her, wir denken nach, lesen, träumen, wir ärgern uns, wir beobachten die anderen Wartenden, und auch daraus setzt sich das Leben zusammen: aus Mußezeit, geschenkt da, wo wir sie eigentlich nicht geschenkt haben möchten. Müssten wir nicht dauernd warten, würden wir ständig hektisch irgendwas tun, es fällt einem schon immer etwas ein, was noch erledigt werden müsste. Nein, geht nicht: Erst mal warten, dass die Post aufmacht, dass der Handwerker kommt, dass der Kater aus der Narkose erwacht, dass die Winterreifen gewechselt werden, dass sich der Stau auflöst, dass man nach Hause kommt. Und zu Hause warten wir auf die Tagesschau oder einen Anruf. Und in der Wartezeit schreiben wir unsere heimlichen Sehnsüchte in Tagebücher, in denen vom Warten auf das goldene, schöne Leben die Rede ist. Vom Warten handelt eines meiner Lieblingslieder meiner deutschen Lieblingsband «Element of Crime»: «… und du wartest auf irgendwas – auf den gestrigen Tag, auf längeres Haar, auf den Sommer und darauf, dass einer das Klo repariert – sogar auf ein Zeichen von ihr.» Irgendwann werden wir über all der Warterei grau und müde, warten nicht mehr, reihen uns ein und nehmen es hin, dass der Sommer nicht kommt, dass keiner das Klo repariert und dass von ihr/ihm kein Zeichen kommt. Und darauf, dass einer unser Herz repariert, warten wir dann auch nicht mehr. Und dann sind wir endlich, was wir doch immer werden wollten: erwachsen. *23/98*

ÜBER DESSOUS

Also … schöne Unterwäsche zu tragen, ist wunderbar. Schöne Unterwäsche zu kaufen, ist ziemlich furchtbar. Beim Unterwäschekauf gibt es kein Ausweichen mehr: Alles muss runter. Der BH muss auf die nackte Haut, und dann quillt und zwickt es und sieht klumpig aus und gar nicht mehr so elegant und luftig wie eben noch, als wir das zarte Ding in der Hand hielten. Die Fachkraft prüft, berät, rät zu, rät ab, begutachtet Polster und Fettröllchen, sagt: «Da brauchen wir ein größeres Körbchen!», und schwebt davon. Sie kommt lange nicht zurück, wir frieren, Auge in Auge mit unserer Nacktheit, preisgegeben, hier mitten in der Stadt in einem fremden Geschäft, in einer kleinen Kammer. Dann kommt sie und erlöst uns mit einem weiteren Angebot – größere Körbchen, Elastikslips, die den Bauch wegklemmen, raschelnde Unterröcke aus Seide, aprikosenfarbene Hemdchenträume. Wir bleiben wieder allein, probieren, versuchen verführerisch auszusehen, drehen und wenden uns, trauen uns nicht so recht, möchten doch gern – und entscheiden uns am Ende, wie immer, für kochfeste Baumwolle. Aber das nächste Mal, da schlagen wir zu! Da leisten wir uns einen Hauch in bordeauxroter Spitze! Da kaufen wir graue Seidenunterröcke, jawohl, und endlich doch die süßen kleinen Boxershorts mit blauen Blümchen drauf! Und missmutig tragen wir unsere gesunde schneeweiße Baumwolle nach Hause. Wenigstens ist da kein Schnickschnack dran –

alles klar, übersichtlich, formschön, praktisch. Gut so! Waren nicht an den zarten BHs vorn Schleifchen? Pah! Schleifchen! Was soll ich mit Schleifchen? Die drücken sich nur durch den Pullover. An einem hing sogar ein goldenes Schlüsselchen, zu und zu niedlich, damit soll er dann wohl den Weg zu meinem Herzen aufschließen? Oder zu meinem Busen? Oder passt der ins Tagebuch? Manche BHs sind mit Glitzersteinchen verziert. Nicht nur kratzen die, kleben am Pullover fest oder schimmern durch, nein, es ist überhaupt nicht einzusehen, dass wir uns schmücken sollen wie die Weihnachtsbäume. Warum muss ich glitzern? Erhöht das den Reiz, wenn ich mich ausziehe? Trage ich Glitzerndes nur, wenn ich mich vor jemandem ausziehe, oder auch für mich allein, zu Hause beim Kartoffelschälen? Hebt Glitzer die Stimmung? Oder sind all die Schleifchen, Spitzchen, Schlüsselchen, die Verzierungen und Rüschen und niedlichen rosa Röschen an den Nähten einfach nur der Tribut ans Schöne, an die weibliche Ästhetik? Wir müssen uns entscheiden: Wollen wir es praktisch und kochfest, oder wollen wir es sexy mit Glitzer und Schabernack? Soll der Busen gestützt werden oder nur verführerisch verhüllt, damit man ihn gleich wieder auspacken kann? Soll die Strumpfhose wärmen oder der Straps reizen? Tragen die Models wirklich auch privat immer diese hauchzarten Dinger mit den verspielten Kleinigkeiten drunter? Bin ich die Einzige in kochfester Baumwolle? Nächstes Mal traue ich mich! Sollen doch Schleifchen und Sternchen dran sein, beim nächsten Wäschekauf schau ich nur aufs Frivole und nicht aufs Praktische. Das schwöre ich mir zumindest seit, na, sagen wir, gut dreißig Jahren. *4/99*

ÜBER DAS GESPRÄCH MIT DER JUGEND

Also … unsere Politiker suchen ja immer das Gespräch mit der Jugend. Zumindest sagen sie das, und im Fernsehen sieht man sie ja auch manchmal mit sorgfältig sortierter Jugend reden. In den Kneipen, in denen man noch grünen Irokesenschnitt trägt, sieht man die Jungens aus Bonn allerdings selten, na ja, sie müssen eben auch immer so viele Akten lesen … dabei ist die Musik ganz gut da, und aus meinem Kopf zumindest fallen dann immer endlich die Sachen raus, die zu viel drin sind, und das könnte einem Abgeordneten doch auch mal guttun …

Schwellenangst? Dabei beißen die Jungen nicht – auch wenn sie neben mir stehen mit Glatze, reicher Tätowierung und Hundehalsband, und ich seh ja nun irgendwie auch ganz anders aus und trink da bloß mein Bier, weil ich keinen Schlips mehr sehen kann nach einem Tag in deutschen Funkhäusern. «Hey», sagt einer zu mir, «ich bin total abgebaggert, kaufste mir 'n Bier?» Na klar kauf ich ihm ein Bier, mich hat ja auch schon mal irgendwann irgendwer eingeladen, und David Bowie singt gerade, dass wir alle Helden sind, für eine Nacht. «Tierisch», sagt mein Nachbar und prostet mir nett zu, «astrein, der Bowie.» Er sieht sich um, in der Kneipe sind fast nur Männer. «Heavy übermackert», stellt er fest, «keine Bräute, nix.» Zu uns kommt einer mit Sicherheitsnadeln in der Halshaut und erzählt von einem Superbike, das er sich gekauft hat für mächtig Schotter, blau gebündelt, und damit brettert er jetzt irre durch die Botanik, ein Wahnsinnsleistungshammer, echt, aber kiesmäßig ist deswegen bei ihm jetzt total tote Hose. (Es handelt sich um ein ziemlich teures Motorrad, und jetzt ist er pleite.) Mein Nachbar bleibt gelassen, und als der mit den Sicherheitsnadeln aufs Klo geht, um «No Atomkraft in my Apfelsaft» an die Wand zu sprühen, sagt er verächtlich: «Zombie, der. Hat meine Tussi abgegraben, der kriegt sowieso noch einen auf die Glocke.» Arno Steffen singt jetzt, dass alles «Supergut» ist, und er singt es mit der wilden Wut, die das Gegenteil ahnen lässt. Mein Nachbar mit dem Hundehalsband flippt herum, bei der Musik, sagt er, geht der Punk wenigstens mal ab, sonst wär das ja hier ein ziemlicher Frustschuppen, und was ich denn eigentlich so machen würde?

«Schreiben», sage ich, und das findet er total abartig. «Gibste etwa auch Ratschläge?», fragt er, und ich nicke, ja, könnte man sagen, ich versuche es wenigstens. Er brütet in sein Bier. «Ratschläge sind auch Schläge», sagt er schließlich, «ich mach Ersatzdienst im Altersheim.» – «So?», frage ich und zeige auf das Hundehalsband. Er muss grinsen: «Nee, tagsüber ganz prolo, abends starke action, sonst halt ich das alles nicht aus.» Was er nicht aushält, frage ich, und er redet über einsame und verlassene alte Leute und dass er Angst hat, in dieser Gesellschaft alt zu werden. Der mit den Sicherheitsnadeln kommt vom Klo zurück und erzählt wieder von seinem bärenstarken Ofen und wie sauber der am Gas hängt, und wenn man loskachelt, zieht er giftig hoch. Ich zeige auf die Sicherheitsnadeln und frage: «Tut das eigentlich weh?» – «Logo tut das weh», sagt er und ritzt mit dem Messer «Anarchie statt Lethargie» in die Theke. «Und», frage ich, «warum machst du es denn?» Er sieht mich an: «Damit ich spür, dass ich noch lebe.» Diese Antwort tut mir so weh, dass ich es in diesem Moment auch spüre. *20/84*

TRÄGHEIT DES HERZENS

Also ... Karin – Name natürlich aus Gründen der Freundschaft und Diskretion gründlich geändert! –, Karin war jetzt ziemlich lange schon allein und sehnte sich danach, sich endlich mal wieder zu verlieben. Da lernte sie an einem Samstag Dietrich kennen und stand in Flammen. Etwa bis Mittwoch. Da lernte sie nämlich Josef kennen, und nun? Josef oder Dietrich? Der eine war schöner, der andere aber lieber. Der Schönere war ein bisschen zu jung, der Liebere ein wenig zu brav, ja, die Mischung aus beiden – die wär es gewesen! Da saß die doppelt verliebte Karin in unserer Wohnung und stöhnte und haderte mit dem Schicksal: Erst ewig lange gar nichts und dann gleich zwei gute Typen auf einmal! Für wen sollte sie sich entscheiden? Und wäre es nicht, wie immer sie sich auch entschiede, sowieso falsch? Und so ist es immer, das Leben. Ich kenne das doch. Tagelang ruft niemand an, es kommt nur Post vom Finanzamt und von der Krankenkasse, nichts ist los, die Wochenenden sind fade wie dicke Erbsensuppe. Und dann – drei Einladungen für ein und denselben Samstag! Das Telefon steht nicht mehr still, und als wäre die Post im Postamt erst wochenlang gesammelt und dann zugestellt worden, schreiben jetzt alle gleichzeitig. Jugendfreunde aus vergangenen Epochen melden sich, sind gerade zwei Tage in Köln, ob ich nicht Zeit hätte. Und ich sitz da und muss Prioritäten setzen und wählen. Schauspieler erzählen gern vom langen Warten auf gute Rollen, dann kommen gleich mehrere fabelhafte Angebote, und man könnte verzweifeln, weil man nur eines davon annehmen kann. Und wählt wahrscheinlich das falsche. Oder es kommt bei den Dreharbeiten etwas dazwischen, aus dem ganzen Film wird nichts, und der andere, den man auch hätte machen können – ein Riesenerfolg! Für den Kollegen! Nein, hier nicht weiterdenken! Überall gilt anscheinend das Gesetz der Serie. Mit den guten und den schlechten Tagen ist es ja genauso, wenn etwas schiefgeht, dann gleich alles. Und wenn es schön ist, dann ist es rundum schön. Warum zum Teufel dosiert das Schicksal nicht ein bisschen besser? Kann das Leben nicht bitte in Häppchen gereicht werden? Muss gleich die volle Dröhnung kommen? Jeden Tag ein Schuss Glück, jeden Tag eine Prise Pech, jeden Abend eine nette Verabredung oder ein Brief oder ein Anruf, damit wären wir doch schon hochzufrieden! Aber nein – Dürre, Wüste, Arktis und dann tropische Gärten der Lust, nichts stimmt, das Schicksal lässt keine klare Linie erkennen. Irgendjemand würfelt da, und er würfelt ziemlich schlecht. Oder begreifen wir das Gesetz von Ruhe und Bewegung nicht? Fürchten wir uns – Hand aufs Herz! – mehr vorm ewig Gleichbleibenden oder vor Veränderung? Vierzig Jahre stand die Mauer, alle haben wir gejammert: Nichts bewegt sich! Dann hat es sich bewegt, und was war? Es ging uns alles viel zu schnell! Ja, so ist der Mensch, hin- und hergerissen zwischen der Trägheit des Herzens und der Sehnsucht nach Aufbruch ins Freie. Liebe Karin, du wirst dich entscheiden müssen. Und diese Entscheidung – das ist es: das Leben.

9/99

ÜBER ANSTRENGENDEN BESUCH

Also … was ist schlimmer: irgendwo zu Besuch sein oder Besuch bei sich zu Hause haben? Wenn das Ganze nur einen Abend dauert, na, das geht ja noch. Die erste halbe Stunde kann ganz lustig sein, und möglicherweise gibt es ja auch wirklich was zu sagen. Dann kommt das Essen auf den Tisch – wenn man Glück hat. Es gibt auch diese Schreckenseinladungen, bei denen «wir jetzt alle zusammen» den Salat machen, und man kommt um acht und isst um elf und muss dann noch bis mindestens eins herumsitzen. Was hätte man alles lesen können in der Zeit! Schreiben! Mit den Katzen auf dem Schoß einfach nur dasitzen! Stattdessen trinkt man diesen selbstaufgesetzten Johannisbeerlikör und hört zum dritten Mal, wie Ute und Thomas sich kennengelernt haben. Hat man die Gäste bei sich selbst zu Hause, ist es nicht ganz so schlimm – man kann ihnen die eigenen Geschichten aufzwingen, darf aber nicht allzu witzig und unterhaltend sein, dann wollen sie nicht mehr gehen.

Aber diese fürchterlichen Abende finden allemal ein Ende. Schlimm wird es bei Übernachtungsbesuchen. Wieder mal ist man, statt ins Hotel zu gehen, auf das Angebot irgendwelcher freundlicher Menschen hereingefallen, man könne doch bei ihnen, und sie hätten auch ein Gästezimmer, und es wäre doch wirklich nett, wenn …

Und natürlich ist es grauenhaft. Mit dem Einheitsschrecken der Hotels hat man sich im Laufe der Jahre arrangiert – aber die Gästezimmer netter Menschen! Da liegen die selbstgehäkelten Decken, die nur der Gast noch ertragen muss, die Familie schon längst nicht mehr. Da steht das Bügelbrett, und die Zeichnungen der Kinder hängen unter Glas an den Wänden. Morgens wird man gefragt, ob man Kaffee oder Tee will, Brot oder Brötchen, wenn Brötchen: Sesam oder Mohn? Und wie soll das Ei sein? Und man ist erschöpft vom Auskunftgeben, eh das Frühstück losgeht, und dann ist doch alles falsch, und der Hausherr sitzt da im Bademantel, und die Kinder essen Joghurt, was einem selbst morgens widerstrebt, und am liebsten wäre man tot.

Hat man selbst Übernachtungsgäste (dieser Aufwand! Kochwäsche, schleudern, für eine Nacht! Alles aufräumen! Fremde im Bad, grauenvoll!), kann man wenigstens rücksichtslos alles selbst bestimmen: Es gibt Tee, und aus. Leider muss man sich unterhalten und darf nicht Zeitung lesen, aber dafür geht der Zug (hoffentlich) auch schon um 10 Uhr. Wir sind lauter Individualisten. Wir haben unsere festen Lebensrituale, gelegentliches Über-die-Stränge-Schlagen mit eingerechnet. Aber das Talent zum Gast oder zum großherzigen Gastgeber – das kommt abhanden. Die Wohnung ist durchgestylt auf die eigenen Bedürfnisse – alles, was von außen dazukommt, stört. Und noch entsetzlicher ist es, selbst dazuzukommen in einen fest gefügten Familienkosmos. Nur mit wirklichen Freunden kann das funktionieren – also mit ein bis zwei Menschen pro Person und Welt. Alles andere: lächelnd absolvierte Qual der Anpassung, Schluss damit. Ich werde auf keinem Gästesofa mehr schlafen. Und wenn mich wer besuchen will, bitte! Dann fahre ich eben solange weg.

17/87

ÜBER WOHNUNGEN

Also … wenn ich mich nicht verzählt habe, dann ziehe ich in diesen Tagen zum 17. Mal in meinem Leben um (diverse Studentenbuden, mit- und vorübergehende Aufenthalte in den Wohnungen vorübergehender Herren abgerechnet). Und wieder ändert und reduziert sich der Haushalt total. Nie passen die alten Möbel in die neue Wohnung. Wieder fängt man an, Regale auseinanderzusägen oder anzustückeln. Und weil sich ja auch der Geschmack ab und zu ändert, ist ein Umzug willkommener Anlass für ein neues Wohngesicht. Beim Plänezeichnen dachte ich eben darüber nach, wie sehr man die Lebenssituation an der Wohnsituation ablesen kann …

Als Kinder wohnen wir so, wie unsere Eltern es schön finden. Stil und Geschmack kriegen den ersten Schubs, die Weichen sind gestellt: So, wie es zu Hause aussieht, so ist zu Hause. Dann in der Pubertät das erste eigene Zimmer, um Gottes willen alles anders als bei Papa und Mama. Die Matratze muss auf dem Boden liegen, ja kein Schrank! Ein Schrank ist das Allerspießigste, die Kleider liegen im Koffer oder hängen an ein paar Haken, man hat ja eh nur ganz wenig. Jeans, ein paar schwarze Pullover, einen Flohmarktfummel, Kaninchenpelz, Muff, Lederjacke, zwei Paar Ballerinas, Turnschuhe, Westernstiefel, aus. Bloß keine Gardinen! Und an den Wänden Poster, möglichst Frank Zappa mit heruntergelassener Hose auf dem Klo, damit Papa und Mama das Zimmer auch wirklich nicht mehr betreten. Dann, nach der Schule, die erste eigene Bude – bei mir war es ein möbliertes Zimmer bei einer alten Dame. Da fand ich mich im Sperrmüll der fünfziger Jahre wieder, den ich bei den Eltern so verabscheut hatte. Alle meine möblierten Zimmer waren Ansammlungen schaurigster Betten, polierter Anrichten, Gardinen- und Lampenmonster. Übermächtig wuchs der Wunsch nach einem eigenen leeren Zimmer. Dann endlich – die erste leere Wohnung, bloß ein Flokati kam auf den Boden, wieder die alte Matratze, die runde Papierlampe aus Japan, Apfelsinenkisten als Regal. Später lieferte das berühmte schwedische Möbelhaus die ersten Billigsessel, ein Hauch Chrom kam in die Küche. Dann die erste Wohnung zusammen mit Mann: Plötzlich mussten die Sessel dicker sein, die Stereoanlage wurde wichtiger als die Spüle, die ersten festen Bücherregale wurden installiert, ein Kleiderschrank angeschafft. Mit den Jahren wuchs sich das alles immer mehr aus, die Wohnungen wurden größer, das Improvisierte verschwand, eines Tages stand die erste «richtige» Küche da, das Sofa passte zum Sessel. Und dann, wenn man Glück hat, ein eigenes Haus, und nun kann man auch Mutter zu sich nehmen, die kann ja in den Möbeln wohnen, die man nicht mehr braucht. Plötzlich ist Mutter in der Situation, in der man selbst als Kind war: aufgehoben in einem Zuhause zwar, aber das Zuhause ist geprägt vom Geschmack eines anderen Menschen, und man fügt sich halt rein. Eines Tages bin auch ich alt und ziehe in irgendein Zimmer, statt mit Matratze mit Gesundheitsbett, ohne Zappa, aber mit Opa im Goldrahmen und mit Mutters alten geerbten Möbeln, zur Erinnerung. Wieder Kind in dem, was man vor sechzig Jahren so verächtlich verlassen hat. Und dafür zieht man bis zu 20-mal um, vom Alt- in den Neubau, vom Parterre unters Dach und zurück. Viel Arbeit, so ein Leben … *6/87*

DIE ALLEINSTEHENDE ÄLTERE FRAU

Also … mit uns lebt seit Jahren eine imaginäre Person. Wir kennen sie nicht, reden aber fast täglich von ihr und fast immer im Ton des Bedauerns oder des Mitleids. Wir haben sie zwar erfunden, sind jedoch sicher, dass es sie irgendwo gibt und dass sie all das erlebt, was wir ihr andichten und was das Leben einem eben so zumutet.

Die Person heißt «eine alleinstehende ältere Frau». Wir nehmen an, dass auch eine alleinstehende ältere Frau gern mal eine Flasche Sekt trinkt. Wenn sie Besuch erwartet, wird schon jemand dabei sein, der ihr die Flasche öffnet. Wenn sie nun aber selbst mal den Korken knallen lassen will, was tut sie da? Sie kauft sich entweder drei Piccolos oder fragt die Nachbarn, was man auch nicht immer gern tut und schon gar nicht, wenn einen die Laune auf die Flasche Sekt abends um zehn überkommt. Gestern erst hatten wir wieder so eine Flasche – eine, bei der sich der Korken eben nicht langsam und glatt rausdrehen ließ, sondern bockig und zementfest ohne jede Regung und Rührung im Flaschenhals stecken blieb. Mit nassen Tüchern haben wir rumgewürgt, mit der Zange, irgendwann ging es dann und spritzte an alle Wände – aber: «Was würde eine alleinstehende alte Frau jetzt machen?», fragte mein Liebster, während er noch krebsrot im Gesicht vor Anstrengung wurstelte. Ja, und was hätte sie neulich bei dem Glas Himbeermarmelade gemacht, das auch um keinen Preis der Welt aufgehen wollte?

Und was eigentlich macht sie, wenn die Glühbirne in der Lampe über dem Küchentisch nicht nur durchbrennt, sondern so herausspringt, dass die Scherben fliegen und die Fassung obendrin stecken bleibt? Ja, was macht sie dann schon, sie lässt einen Elektriker kommen: telefonieren, warten, Anfahrt, Stundenlohn. Dabei kann man so was mit zwei Handgriffen erledigen – wenn man kann. Kann aber nicht jeder, und alleinstehende ältere Damen können eben oft nicht. Ich weiß es doch von unsern Müttern – jeder Besuch bei ihnen ist mit irgendeiner Bastelei verbunden, das Kabel flutscht nicht mehr zurück in den Staubsauger, in der Kühlschranktür ist die Halterung für Flaschen rausgerutscht, wie hängt man die denn wieder rein? Der Duschkopf ist verkalkt, das Gewinde geht aber zu schwer aufzudrehen, die Türklinke wackelt, lässt sich aber nicht mehr festschrauben, weil das Gewinde der Schraube ausgeleiert ist, guck mal, der Sonnenschirm, der ist seit Tagen offen, ich krieg ihn einfach nicht mehr zu, da klemmt was, hinter den Küchenschrank ist das beste Küchenmesser gefallen, aber wie soll sie denn allein den Schrank abrücken?

Die Kleinigkeiten sind Legion, jede einzelne ein Problemchen, alle zusammen erschweren das Leben. Wir kommen ab und zu basteln, reparieren, ordnen, helfen. Was tut die alleinstehende ältere Frau, die keine Kinder hat? Muss sie an solchen idiotischen Kleinigkeiten, an zu fest sitzenden Gewinden, an nicht zu entkorkenden Flaschen, an Dosen, die kein Öffner knackt, verzweifeln? Ich nehme es einfach mal an. Und hoffe insgeheim, dass ich entweder keine alleinstehende alte Frau werde oder dass ich mehr von den praktischen Dingen des Lebens verstehe als unsere Mütter, die beim Tod der Väter nicht wussten, wo der Sicherungskasten ist oder dass Deckel, Dosen und Flaschen dann einfach leichter aufgehen, wenn in der Nähe jemand Nettes wohnt, den man mal um Hilfe bitten kann, oder, oder …

Im großen Ganzen kommt man ja irgendwie klar mit dem Leben, aber die Kleinigkeiten …

Das Waschbecken ist verstopft. Das Knie geht nur sehr schwer aufzudrehen. Was täte da jetzt die alleinstehende … den Klempner holen. Wenn der denn kommt, für so was Blödes. *8/91*

ÜBER WEGGEWORFENE ERINNERUNGEN

Also ... jetzt begehe ich eine Riesendummheit: Ich werde versuchen, den 14- bis 16-Jährigen etwas aus dem reichen Schatz meiner Erfahrungen mitzugeben, und das hätte mit mir mal einer wagen sollen in dem Alter. Aber lasst es mich wenigstens versuchen.

Ich war schon immer Weltmeister im Wegwerfen: Was ich nicht mehr trage, nicht mehr leiden kann, überflüssig finde – weg damit. Briefe von verflossenen Lieben – bloß weg damit. Tagebücher, vollgeschrieben mit Seufzern und höchst erregenden Bekenntnissen: ja nicht verwahren! Erstens könnte jemand das lesen, zweitens ist ja heute schon alles nicht mehr wahr. Kaum war ich verliebt, flogen die Puppen in die Mülltonne; blöder Kinderkram, aus den Augen damit, aber schnell. Der Teddybär hielt sich am längsten. Und eines Tages holte ihn meine Mutter, von der ich diese Wegwerfneigung geerbt habe, unterm Bett hervor, wo er sich versteckt gehalten hatte, und sagte: Bah, ist der dreckig, und dafür bist du schon zu groß. Weg war er. Ich gestehe, in diesem Moment hatte ich ein wehes Gefühl von Verrat. Ich hab's verdrängt.

Und vor ein paar Tagen stand ich im Spielwarenladen, um den ersten Teddy für das erste Kind einer Freundin zu kaufen. (Wussten Sie, dass ein guter Teddy, mittelgroß und nicht aus Plastik, unter hundert Mark kaum zu kriegen ist? Das nur nebenbei.)

Da war es plötzlich wieder: dieses Gefühl von Verrat, die Erinnerung an all die Tränen, die der Teddy mir mal getrocknet hatte, an alle Nächte, die er in meinem Arm gelegen hatte, ach, seien wir ruhig mal sentimental: die Erinnerung an das verlorene Kind in mir. Will ich heute wissen, wie ich früher war, gibt es kaum noch Fotos. Es gibt keine Kinderbücher (wo ist «Die grüne Schule»?), es gibt kein Spielzeug und kein Poesiealbum, keine Kinderbriefe, keine frühen Gedichte, nicht mal mehr den Teddy. Alles weg. Und ich gäb was drum, wenn …

In meinem Regal stehen Bücher, die ich nie wieder lese. Die stehen und stehen, ich bringe es kaum je fertig, eins wegzuwerfen – angelernte Pietät der ehemaligen Studentin gegenüber dem Heiligtum Buch. Aber wehe, ich wachse über eine Liebe hinaus – schwupp, schon sind Briefe, Fotos, Geschenke im Müll, und jedes Mal tut es mir – irgendwann – bitter leid. Ja, was will uns die Schreiberin eigentlich damit sagen? Sie weiß es ja selber nicht. Sie wollte im Grunde nur das wehe Verlustgefühl beim Anblick eines Teddys, mittelgroß, Glasaugen, Charakter, 51 % Wolle, 49 % Baumwolle, schildern. Und vorsichtig darauf hinweisen, dass man vielleicht doch nicht alles vernichten sollte, was daran erinnert, dass man gestern kleiner war als heute.

Ich werde aufpassen, was das Kind mit dem Teddy macht, den ich ihm geschenkt habe. Ich werde ihn und das Kind vor einem elenden Trennungsschicksal bewahren, wenn die Mutter sagt: Den brauchst du ja nicht mehr. Den braucht man immer!

Auf meinem Sofa sitzt jetzt auch wieder einer. Es wird lange dauern, bis er richtig lebendig aussieht, aber wir haben ja Zeit, der Bär und ich. *26/86*

WEHMÜTIGES HERZ

Also ... neulich sah ich einen besonders schönen Film – «Cinema Paradiso» von Giuseppe Tornatore. Da kehrt ein Mann nach mehr als dreißig Jahren Abwesenheit in das Dorf seiner Kindheit zurück. Er hat Angst davor, dass ihn die Eindrücke überwältigen werden – aber das passiert nicht. Ja, er ist ein wenig gerührt, er erinnert sich an den kleinen Jungen, der er einmal war, aber: Er ist fertig mit der Vergangenheit. Die Gegenwart ist wichtiger, und doch wäre sie ohne diese Vergangenheit in diesem kleinen sizilianischen Dorf nicht so geworden, wie sie ist. Um erwachsen zu werden, muss man die Kindheit irgendwann gründlich hinter sich lassen. Wenn man lange genug wartet, kann man an die Orte von früher ohne Wehmut zurückkehren. Tut man es zu früh, schmerzen alte Wunden wie ein Besuch auf dem Friedhof, wenn man am Grab steht und bitter den Verlust spürt. Jeder, der schon einmal an Orte zurückgekehrt ist, an denen er glücklich war, kennt dieses Gefühl, und viele Filme, Romane, Gedichte leben davon, es zu beschreiben: Hier bin ich Kind gewesen! Hier war ich verliebt! Hier, auf dieser Bank, saß ich damals und hatte meinen Hund dabei, jetzt sitzt da jemand anders mit Hund, und meine Mascha ist tot und liegt unterm Pflaumenbaum ... Schon purzeln die Tränen. Es tut weh, sich an vergangenes Glück zu erinnern. Es tut auch weh, Orte der Erinnerung nicht wiederzufinden. Wo das Haus stand, in dem ich aufgewachsen bin, ragt jetzt ein fremder Wohnblock hoch. Meine Schule gibt es nicht mehr – es ist, als würde ein Stück von einem sterben. Das Kino, in dessen Dunkel er mich das erste Mal geküsst hat – abgerissen für ein Kaufhaus. Aus Trotz werde ich da niemals etwas kaufen. Es gibt Männer, die mit jeder neuen Frau an die Orte fahren, an denen sie schon mit anderen Frauen waren, und sei es nur, weil man das Hotel und den Strand schon kennt und somit nichts schiefgehen kann, die neue Frau ist gerade Experiment genug. Ich war einmal mit einem Mann an einem Ort, an dem ich Jahre zuvor mit einem anderen glücklich war. Es war die Hölle. Man erinnert sich, man vergleicht, man wird sentimental im Rückblick und ungerecht dem Augenblick gegenüber. Ein bestimmtes Lokal – da saßen wir damals und lachten! Jetzt sitze ich hier allein und heule in meine Suppe, und der Ober fragt ratlos: «Zu viel Salz? Ist etwas nicht in Ordnung?», und wir möchten mit Bob Dylan antworten: «It's alright, Ma, I'm only bleeding» – schon in Ordnung, Mama, ich sterbe bloß gerade an gebrochenem Herzen. In der wirklich mir fremden Fremde bin ich nicht so einsam und verloren wie an Orten, die ich nach langer Zeit wiedersehe. In der Fremde erwachen meine Neugier und mein Pioniergeist. In dem bekannten Ort erwachen Wehmut und schmerzliche Erinnerung, überwältigen mich, und ich denke: Warum bin ich bloß noch mal nach Sils-Maria gefahren? Es ist nichts mehr so wie damals. Thomas Mann hat das Travemünde seiner Jugend nach dem Krieg so wenig wiedergefunden wie Heinrich Böll sein Köln. Nichts finden wir wieder. Nur in unseren Herzen. Und da gehört es auch hin. *5/99*

WENN FREUNDSCHAFT EINFACH EINSCHLÄFT

Also ... Freunde sollte der Mensch schon haben, sonst wird es wirklich kalt in der Welt. Irgendein weiser Mann hat gesagt, das Traurigste unter der Sonne wäre ein Mann ohne Freunde – von uns Frauen war da nicht die Rede, aber ohne DIE wirklich gute enge Herzensfreundin, die alles versteht, über Jahre alles mitkriegt, alles erzählt und tröstet und getröstet wird, ohne diese Freundin ist das Leben trübe. Wenn sich nun aber zwei zusammentun, zwecks Ehe oder gemeinsamen Lebens, dann wird die Sache mit den Freunden ganz heikel: Im Idealfall sind deine Freunde auch meine Freunde und umgekehrt. Was aber, wenn deine Freunde meine Freunde nicht mögen oder, noch schlimmer, wenn du sagst: «Weißt du, was, wenn H. kommt, geh ich einfach solange spazieren, ist ja doch mehr dein Freund ...»? Gar nicht so einfach, an einer Freundschaft festzuhalten, die der Lebensmensch, der wichtigste, nur mit gesträubtem Nackenhaar ertragen kann. Manchmal zerbricht eine Freundschaft, die Jahre überdauert hat, an so einer Abwehr.

Wenn Freundschaften zerbrechen, tut das weh. Sie tun es entweder mit einem Knall, weil irgendetwas Fürchterliches gesagt oder angetan wurde, oder sie tun es schleichend – sie sind einfach irgendwann nicht mehr so wichtig, und dann fragt man sich schuldbewusst: Was hab ich falsch gemacht? Oder: Konnte ich mich denn so irren?

Und das Günstigste ist noch, wenn so eine Freundschaft auf beiden Seiten gleichzeitig einschläft. Wehe, einer leidet, ruft an, fragt, schreibt Briefe, will wissen warum, schickt Geburtstagsgrüße – wie mache ich klar, dass mir das alles nichts mehr bedeutet? Und warum eigentlich? Es ist doch eh nur so ein vages Gefühl … Entsetzlich ist auch, wenn Freunde, die man liebt, etwas Blödes tun – wenn sie sich irgendwie unmöglich machen oder einen ganz schlechten Artikel schreiben (vielleicht finden nur wir ihn schlecht!) oder sich sonst wie eine Blöße geben, die dann Leuten, die auf diese Freundschaft immer schon neidisch oder argwöhnisch blickten, das Recht gibt, zu sagen: «Na, hast du gelesen? Soooo ein Quatsch! Ich denke, das ist dein Freund?», und man fühlt sich immer ein bisschen mitschuldig.

Meiden sollte man die «Freunde», die sich Küsschen rechts, Küsschen links, Champagnerflasche unterm Arm, immer mal wieder einschleichen, intimste Vertrautheit vortäuschen und allen Klatsch der Welt ins Heim tragen, vornehmlich Klatsch, der einen selbst betrifft – «Ich war ja so empört, aber stell dir vor, die Soundso hat doch tatsächlich über dich gesagt … Ich wollte nur, dass du es weißt, auf alle Fälle.» Ja und? Jetzt weiß ich's, und es ärgert mich: Raus mit solchen Freundschaftsschmarotzern, mehr als, na, sagen wir, zwei (allenfalls drei) wirklich enge Freunde sollte man gar nicht haben, alles andere ist Seelengeldverschleuderung, Zeitverschwendung, frisst auf, statt aufzubauen.

In einem langen Fernsehinterview wurde Max Frisch zu seiner – nun beendeten – Freundschaft mit Friedrich Dürrenmatt gefragt: Warum ist es vorbei? Er überlegte lange und formulierte es dann sehr schön und sehr vorsichtig: dass auch Freundschaften ihre Zeit haben, nicht auf ewig gelten, dass es auch auf die Dauer eigentlich gar nicht ankomme, sondern auf die Intensität. Und die kann man ja nicht immer auf dem gleichen hohen Niveau halten. Dürrenmatt und Frisch haben sich, alter Freundschaft erinnernd, etwas fest versprochen, als letzten Freundschaftsdienst: Wer immer zuerst stirbt, der andere redet NICHT an seinem Grab. Das ist doch auch was!

24/87

IRGENDWIE
ANDERS

WIE SÜSS SIND KLEINE KINDER?

Also ... Hand aufs Herz: Sind kleine Kinder automatisch süüüüß, lieb, wonnig, niedlich, goldig, entzückend, nur weil sie kleine Kinder sind? Ich nehme jetzt mal an, es ist selbstverständlich, dass jede Mutter ihr kleines Kind hinreißend findet. Von den Vätern weiß ich das nicht so genau, aber bei Müttern habe ich es selbst beim quengeligsten Balg immer wieder erlebt: «Ist der nicht süß?» Gut. Mag er süß sein. Aber: Muss ich ihn süß finden? Bin ich als Frau und Mensch verpflichtet, jedes kleine Kind niedlich zu finden? Muss ich mich freuen, wenn die Bekannten androhen: «Ich komm mal vorbei, du kennst ja unsere Patrizia noch gar nicht», oder darf ich einfach freiweg sagen: «Komm doch bitte vorbei mit ihr, wenn sie zehn Jahre alt ist»?

Also, nur Mut, mitten ins Zentrum des Problems, meines Problems, das da lautet: Darf ich sagen, ohne sofort gevierteilt zu werden, dass ich kleine Kinder höchst selten, fast gar nicht, eigentlich überhaupt nicht süß finde? Dass es mich stört, wenn ich mit ihren Müttern nichts mehr reden kann, weil sie immer dazwischenplappern? Dass ich verrückt werde bei Gesprächen, die sich nur ums Kind drehen? Dass ich es nicht ausstehen kann, wenn erwachsene Menschen plötzlich umflorte Augen kriegen und aus ihrer Brieftasche Fotos ziehen, in Gesellschaft herumreichen und auf ein dickes Baby deuten, das aussieht wie Millionen andere dicke Babys, und alle schreien: «Gott, ist das niedlich!» Und ich empfinde rein gar nichts – was muss ich tun, um Mitglied der menschlichen Gesellschaft zu bleiben? Muss ich schweigen, was als Kränkung ausgelegt wird? Soll ich heucheln und auch begeistert ausrufen: «Gott, wie niedlich»? Je älter ich werde, desto weniger Lust habe ich auf Höflichkeitsfloskeln.

Natürlich geht es überhaupt nicht an, einfach zu sagen: «Also, ich finde es nicht besonders niedlich.» Es ist niedlich! Kleine Hunde und kleine Katzen sind schließlich auch niedlich, wie sehr also erst kleine Kinder! Nur, wer keine hat, sieht nicht den überwältigenden Zauber dieser putzigen kleinen Wonneproppen, dududu, wo isses denn? Da isses ja. Das allgemeine Kleinkinderbewunderungsprogramm läuft ab wie die ewig alte Leier, dass Eltern immer nur das Beste wollen und dass man als Kind seine Eltern zu lieben hat, koste es, was es wolle. Es gibt da so eiserne Regeln, die gipfeln in Miss Ellies Satz: «Eine Mutter liebt all ihre Kinder gleich.» (Miss Ellie ist die Dame mit dem Hängerkleidchen aus «Dallas», und sie liebt Bobby genauso sehr wie J. R., denn beide waren auch mal so süüüüße kleine Babys, drum!)

Ich will jetzt gar nicht so weit gehen und behaupten, dass es J. R.s auch schon unter kleinen Kindern gibt. Aber ich behaupte, dass nicht alle kleinen Kinder entzückend sind und dass ich das Recht habe, das so zu empfinden. Soeben schüttet Patrizia das Glas Orangensaft über den Teppich, räumt die drei unteren Reihen des Bücherregals aus und quengelt dann: «Mama! Langweilig! Gehen!», und Mama sagt zu meinem Entsetzen: «Aber Schatz, wir sind doch eben erst gekommen, da können wir doch nicht schon wieder gehen.» Könnt ihr natürlich nicht, weil die Tante ja Patrizia einfach süüüüß findet, was denn auch sonst? *23/87*

DER KREATIVE SCHUB

Also ... kennen Sie auch diese Anfälle gnadenloser Kreativität? (Nicht nur, wenn der neue BRIGITTE-Kreativ-Teil da ist, auch so, an einem ganz normalen Montag.) Man wacht auf und weiß: Heute werde ich die Bettwäsche färben! Indigoblau! Es muss sein, und es muss heute sein. Ich muss niemandem, der so was schon mal gemacht hat, erklären, was alles schiefgehen kann. Was eingekauft und vorbereitet werden muss. Welche Fehler passieren können und, weil sie passieren können, auch passieren müssen. Warum ist ein Bettbezug traumhaft schön und der andere fleckig? Warum gelingt hier etwas, was da schiefgeht? Für mich, mit den sogenannten zwei linken Händen geboren (und an jeder Hand fünf Daumen), immer ein absolutes Rätsel: Wie schaffen es diese tollen patenten Frauen, in null Komma nix Patchworkdecken herzustellen, die Zimmerdecke auberginefarben zu streichen und die Stühle abzubeizen? Mich kostet das Jahre meines Lebens, den Verlust von Fingern und das Scheitern der Beziehung. Aber ich bin doch auch ein Mensch mit seinen Sehnsüchten! Ich hab doch auch meine kreativen Schübe, die mich dazu treiben, alles umzuräumen und aus alten Obstkisten entzückende Küchenregale zu basteln. Warum kann ich es nicht, trotz Anleitung? Ich weiß auch nicht, warum meine Fenster mal glasklar und mal streifig sind – ich hab das Gefühl, ich putze sie immer gleich, aber sie haben anscheinend Launen und danken es mir nicht. Heute koche ich Sauerkirschmarmelade! Wo ist das Rezept? Ich hatte mir doch ein Rezept ausgeschnitten, wo habe ich das denn bloß hingelegt? Na, egal, es kann ja wohl nicht so schwer sein, Sauerkirschmarmelade zu kochen, auf der Tüte mit dem Gelierzucker steht ja auch drauf, wie man es macht. Pah! Es ist das Schwierigste überhaupt, Sauerkirschmarmelade zu kochen! (Nein, Haare-Föhnen ist noch schwieriger. Haare-Föhnen macht mich wahnsinnig. Es kann gar nicht gehen, kein Haar legt sich freiwillig da hin, wo es sein soll, wenn es nicht will.) Aber gleich nach Haare-Föhnen kommt Sauerkirschmarmelade-Kochen. Es ist nicht zu bewältigen. Es wird zu dick oder zu dünn, geliert nicht, die Gläser platzen, die Küche muss renoviert werden, ich heule, ich verzweifle, ich frage mich, wozu ich so lange studiert habe, wenn ich selbst zum Marmeladekochen zu doof bin. Aber vielleicht darf man so nicht an die Dinge rangehen. Vielleicht ist das ein geheimer Zauber, eine spezielle Begabung, ich kann Kolumnen schreiben, andere können Marmelade kochen, andere Klavier spielen. Aber die Sehnsucht treibt uns über die uns vom Talent zugewiesenen engen Grenzen. Ich will auch schöne Lederarbeiten machen! Warum soll ich denn kein Briefmäppchen aus Leder nähen können? Ich weiß nicht, warum. Aber ich kann es nicht. Und der ganze Kreativ-Teil, der mir versichert: Jeder kann aus Radiergummis lustige Stempel schnitzen, lügt. ICH kann eben nicht. Und ich will es jetzt endgültig aufgeben, darüber zu verzweifeln. Es ist eben auf der Welt so eingerichtet, dass dem einen grüne Lodenmäntel stehen und dem anderen nicht. Und dass die eine Hefekuchen backen kann und die andere nicht. Es gibt einen Zeitpunkt im Leben, an dem man sich damit abfinden muss, nie mehr den dreifachen Rittberger springen zu lernen. Das ist ja auch noch einzusehen: das Alter, die lahmen Knochen ... Aber es ist so schwer, sich endgültig einzugestehen: Ich werde niemals ein einziges Glas brauchbarer Kirschmarmelade zustande bringen. Ich werde sie immer kaufen müssen. Das tut weh! *10/94*

ÜBER EIN VERSICHERUNGSPROBLEM

Also … ich möchte meine Phantasie versichern lassen, sage ich zu dem Versicherungsvertreter, der laut Werbung immer Zeit und Rat für mich hat. Machen wir, sagt er, ich komme vorbei. Er kam. Was ist sie denn wert, Ihre Phantasie, fragte er. Das weiß ich nicht, musste ich ihm antworten.

Er lächelte milde. Wissen Sie, sagte er wie zu einem kranken Kind, wir können nur Dinge versichern, die einen definierbaren, schätzbaren Wert haben. Na, sagte ich, dann lassen Sie meine Phantasie doch mal schätzen. Er sah mich mit diesem Lächeln an, das nur durch langen Umgang mit schwierigen Klienten entstehen kann. Sie wollen sich einen Spaß mit mir machen, ja? Ich kenne Sie doch, Sie und Ihre Kollegen! Nein, nein, habe ich ihm geantwortet, sehen Sie, ich meine das ganz ernst. Ich habe Phantasie, und ich brauche sie, täglich, denn ich lebe davon. Ich schreibe Geschichten, Glossen, Kolumnen. Sehen Sie, mein Haus hier – das ist alles aus Wörtern erbaut, aus Phantasie.

Ich verstehe, sagte er und verstand nun gar nichts mehr.

Ich möchte, fuhr ich fort, meine Phantasie deshalb unbedingt versichern lassen. Sie darf mir nie versiegen. Wenn ich eines Tages krank werde …

Er strahlte: Wir machen eine 1-a-Krankenversicherung für Sie! Wenn Sie krank sind, lassen Sie sich krankschreiben, wir zahlen Krankentagegeld, der Fall ist geritzt. Nein, sagte ich, das war nur ein Beispiel – ich muss nicht krank sein, um keine Phantasie zu haben, manchmal habe ich sogar erst recht welche, wenn ich krank bin. Aber um zu arbeiten … Ich hab's rief er. Verdienstausfallversicherung, das ist es. Gut, was? Nein, sagte ich. Sie verkennen das Problem. Das Verdienen ist mir nicht so wichtig wie meine Phantasie, wenn das eine auch oft erst das andere bedingt. Aber gegen Verdienstausfall will ich nicht versichert werden, sondern gegen Phantasieausfall. Wenn ich phantasielos schreibe, kauft man mir meine Geschichten nicht mehr ab. So einen Fall, murmelte er, haben wir an und für sich noch nicht gehabt. Sehen Sie, sagte ich, es gibt Leute, die haben mehr Phantasie als andere. Die schreiben immer etwas Neues, da kommt unsereins nicht mehr nach. Peter Härtling zum Beispiel … Kenn ich nicht, sagte er, ist bei uns nicht versichert. Auch nur ein Beispiel, versuchte ich es noch mal. Härtling hat einfach mehr Phantasie als ich, und ich …

Da müssten Sie mal rauskriegen, was der so ungefähr verdient, sagte er, dann könnten wir dementsprechend … Nein!, schrie ich, ich will nicht so viel verdienen wie Härtling, ich will nicht mal so viel Phantasie haben wie er, ich will nur die Phantasie, die ich habe, versichern lassen. Ich denke, Sie versichern alles?

Er will auf der nächsten Versammlung das Problem zur Sprache bringen. Das Thema, sagt er, sei interessant, das habe ihn gepackt, diese Lücke im Versicherungswesen, was die Phantasie beträfe, müsse geschlossen werden. Jetzt grübele ich, ob ich recht daran tue, mit meiner Phantasie eine Lücke im Versicherungswesen zu schließen!

25/86

ÜBER MODISCHE PROBLEME

Also ... mit großem Vergnügen durchblättere ich in jeder sogenannten neuen Saison die Modehefte und staune, was sich diese Schneider aus Mailand und Paris wieder alles ausgedacht haben. Und wenn manches auch so exotisch, wie es da über die Laufstege huscht, nie in meinem Kleiderschrank landen wird und sich allenfalls auf dem Rotkreuzball in Monaco, dem Ball der Ölbarone in Texas oder den Festen der Gloria von Thurn und Taxis zeigen wird, so gehen doch von jeder neuen Mode-Idee Impulse aus: verwegene Neuheiten, phantasievolle Details, die wir aufgreifen können. Also, nur her mit immer neuen Modemätzchen. Solange ich aussuchen kann, was mir gefällt, macht mir die Sache Spaß. Aber gerade da hört der Spaß für mich oft schon auf. Weil ich mich nicht gern bevormunden lasse, was MAN trägt und was nicht. Kennen Sie auch das fassungslose Gesicht der Verkäuferin, wenn Sie in der Saison mit den Sand- und Erdfarben nach Bordeauxrot fragen? Noch nie in ihrem Leben hat die so ein Ansinnen gehört. Bordeauxrot? Was soll das denn für eine Farbe sein? Na, Weinrot, sage ich, fast nach Lila hin. Ach, sagt sie, das wird aber nie verlangt, das trägt man ja gar nicht. Ich versichere Ihnen, die gleiche Verkäuferin wird mir in zwei Jahren ein Sortiment in Bordeaux vorlegen, und dann will ich sicher gerade Petrol, und sie wird mich traurig ansehen und sagen: Petrol? Nein, das haben wir nicht, das ist nicht gefragt.

Deshalb sehen wir, neue Mode-Ideen hin oder her, eben doch immer alle ziemlich gleich aus, denn wenn Rot angesagt ist, tragen wir Rot, und wenn jetzt die Pünktchen kommen, werden Sie keine Streifen kriegen, und die Hawaiiblusen, nach denen ich seit meiner Kindheit giere, schmeißt man uns jetzt in jedem Laden nach, und es ist nichts Besonderes mehr, eine zu tragen. Mode soll doch aber was über den Träger aussagen, eben das Besondere sein? Nichts zu machen. Ich mit meinem langen Hals liebe Rollkragenpullover, aber seit zwei, drei Jahren trägt man diese idiotischen U-Boot-Ausschnitte, bei denen immer alle Träger vorgucken, oder V-Ausschnitte, die den BH freilegen, und noch dazu friert man am Hals. Rollkragen?? Unmöglich, nicht auf Lager, wird nicht verlangt. (Jetzt gerade halten sie wieder ihren Siegeszug in die Läden, die so verachteten Rollkragen. Jetzt will ich nicht mehr. Jetzt suche ich Stehkragenblusen. Stehkragenblusen? Unmöglich, das war mal, ist aber ganz out.) Stattdessen soll ich mir diese Steghosen aus den fünfziger Jahren wieder anziehen. Wenn mir die nicht gefallen, bleibt mir die hüftenkaschierende Bundfaltenhose. Und wenn ich es dann ganz schmal will – schmal? Nein, dann trägt man das gerade überhaupt nicht. Ist ja klar. Erst nächste Saison wieder, dann wird es nur schmale Hosen geben, und wir werden mit Fingern auf die Tonnengewölbe in den Bundfaltenhosen zeigen und sagen: Ist das nicht unmöglich? Aufheben, bis etwas wieder modern wird, nützt übrigens nix. Das ist ja das Verwegene an der Mode: Nie kommt sie ganz genauso wieder.

Die machen's mit uns, was? *14/86*

ÜBER SIEGER UND VERLIERER

Also ... ich bin immer ganz begeistert, wenn es in einer Fernseh-Unterhaltungsshow darum geht, dass Kandidaten sich gegenseitig beweisen, wer der Allerbeste ist. Uns allen wollen sie es beweisen, dem Showmaster, dem Publikum, dem Fernsehen, der Nation, sich selbst: Ich bin besser, ich bin der Beste, der Sieger, ich hab's geschafft, und darum krieg ich auch die Siegerprämie.

Das Leistungs- und Konkurrenzdenken, das uns den ganzen Tag umtreibt, verfolgt uns bis in unsere Abendunterhaltung. Ob es TV-Rate- oder Spielshows sind, ob es Sport ist, the winner takes it all, der Gewinner kriegt Preise, Ruhm, Rampenlicht, Ehre, die Schlagzeile, das lange Interview, und wir waren dabei. Ich plädiere ja nun nicht dafür, dass man die Verlierer feiert. Möge er nur erhalten bleiben, der uralte Wettkampfgedanke. Aber er hat zunehmend so was Krankes. Wer nicht sofort gut ist, ist sofort weg. Verliert ein Verein, wird der Trainer weggejagt, versagt ein Kandidat, muss er die Bühne mit dem kostbaren Rampenlicht sofort verlassen. Macht jemand, der gewöhnlich als Sieger gefeiert wird, erste Fehler, kriegt er gnadenlos eins drübergedroschen von allen, die glauben, mitreden zu können. Mein Held, mein Boris hat mich enttäuscht! Da ist er so reich geworden, nur weil wir ihm zugejubelt haben, und was macht er? Nimmt sich eine Freundin und verliert – wir hätten es wissen müssen, Rothaarigen ist nicht zu trauen!

Das Sieger-, Wettkampf-, Leistungs- und Konkurrenzdenken führt zu solchen Blüten. Es ist ein Mist, auf dem Häme wächst und der wahnwitzige Beurteilungskriterien hervorbringt, und wer nicht der Beste, Größte, Schönste, Reichste ist, ist sofort der Allerletzte, der Betrüger, Versager, der, der uns um unsere Illusionen gebracht hat. Stellvertretend sollte er doch unsere Träume leben, und nun diese Enttäuschung. Verachtung ist dem Verlierer sicher. Und wir strengen uns am nächsten Tag bei der Arbeit an, selbst endlich der Beste zu sein, denn alles andere zählt nicht. Gestern Abend im Fernsehen haben wir es ja wieder mal gesehen. Den Ärmelkanal durchschwommen? Na und? Drei Sekunden langsamer als der Rekord, darauf ist doch gepfiffen! Haarscharf daneben ist auch daneben, und nur der Beste zählt. Am schlimmsten sind die, die sich selbst für die Besten halten, die in Disziplinen oder Berufen arbeiten, die ihnen den Zugang zu Massenblättern und Fernsehen bringen, wo sie ihre einzige maßgebliche wahre Wahrheit vorstellen dürfen, und der unsichere Leser / Zuschauer denkt sich: na ja, der / die ist ja so berühmt, der / die wird's wissen, wenn der / die es sagt, dann muss es wohl so und doch nicht anders sein.

Konkurrenzdenken, Wettbewerbsdenken, Siegerverehrung, Obrigkeitshörigkeit – lauter schleichende Gifte. Sie untergraben das Selbstbewusstsein und verschleiern den klaren Blick. Unsere Manager machen Führungskurse und trainieren Härte, unsere Hunde werden zu Siegern ausgebildet, unsere Kinder durch die Leistungskurse gepaukt, am Ende sind wir dann ein Volk von Allerbesten, werden alle Bundeskanzler, und morgen gehört uns die ganze Welt.

Lasst uns endlich die Drittbesten sein! Auf dem zweiten Platz kriegst du noch die Verliererhäme ab, es hat eben nicht gereicht. Auf dem dritten kannst du wunderbar leben und arbeiten, ungestört und unbelastet. Bronze für alle! *11/87*

GROSSE KÜCHE GESUCHT

Also ... ich betrauere den Verlust der Küche. Meine Freundin war noch eine der Letzten, die eine richtig große Küche hatten – mit Vorratskammer, gescheuertem Holztisch, Büfett, mit Eckbank und Ausgang in den Garten, ach, wie oft haben wir da gesessen, Pilze geputzt, gekocht, gebügelt, gegessen, Wein getrunken bis morgens, geredet! Die Küche war der gemütlichste Raum im Haus, Zufluchtsort und Zauberreich der schönen Düfte, wenn gebacken, gebraten, eingemacht wurde. Die Freundin ist umgezogen, hat ein Wohnzimmer mit Essecke und Küchenzeile, offen, alles praktisch umbaut, das Büfett ist beim Trödler, der Holztisch steht im Keller, man zieht aus der Zeile nach Bedarf Arbeitsplatten und schiebt sie wieder zurück, fertig, aufgeräumt, praktisch. Kalt. Die Küche ist tot. Ganz früher, als ich ein Kind war, gab es ja sogar noch die Wohnküche mit Sofa, Nähmaschine, Waschecke, Radio oben auf dem Bord. Mutter schälte Kartoffeln oder bügelte meinen Petticoat, ich machte Schularbeiten, Vater lag auf dem Sofa und hörte die Sportnachrichten. Dahin, dahin. Kochnischen haben wir, die moderne Küchenbar, wir frühstücken auf Chromhockern vor Granitplatten, und unsere Katzen haben keine Körbchen mehr auf dem Backherd stehen. Nein, ich will sie nicht, die «guten alten Zeiten», sie waren alles andere als gut. Wir waren arm, Vater hätte ruhig auch mal Kartoffeln schälen können, und die gemütliche Küche hielt die Ehe nicht zusammen.

Aber es fehlt trotzdem was. Es kann doch nicht sein, dass der Platz vorm Wohnzimmerfernseher der Familientreffpunkt ist – am Couchtisch, der nur zum Abstellen der Bierflasche taugt. Die Küche hatte eine so schöne Funktion: gemeinsam etwas kochen, sich Geschichten erzählen, die Töpfe auslecken, mitkriegen, was der andere tut – die übrigen Zimmer waren ja eh nicht geheizt. Oder die Abende bei der Freundin – kamen die Kinder heim, dann gingen sie nicht auf ihre Zimmer, sondern sie schauten zuerst in die Küche, flegelten sich an den Tisch, aßen, erzählten, brachten Freunde mit. Es gab immer genug Stühle. Wer hat schon heute noch eine so große Küche! Auf DIN-Maß ist er zusammengeschrumpft, dieser schöne Ort, und da kann man weder Spaß am Haushalten noch Muße für die Familie haben. Wer außer der Person, die gerade den Braten in den Mikrowellenherd schiebt, in der Küche herumsteht, der stört schon. Dafür ist alles elektrisch oder elektronisch und bis auf den Millimeter und in die letzte Ecke ausgetüftelt. Glückliche Hausfrauen in bunten Prospekten zeigen uns ihren Stolz auf das perfekt organisierte Reich der sparsamen Handgriffe. Durch die Hilfe immer raffinierterer Maschinen ist ja auch die Zeit, die wir in der Küche zubringen, kürzer geworden, also kann Platz gespart werden, und die Wohnzimmer geraten dafür zu Tanzsälen mit dieser berühmten Essecke, die nach den Mahlzeiten sofort wieder auf- und abgeräumt wird, weil ja sonst das ganze Wohnzimmer irgendwie unordentlich aussieht. Adieu, ihr schönen langen Abende mit hitzigen Diskussionen vor abgegessenen Tellern, und noch um zwei Uhr nachts säbelten wir an der Salami rum und machten noch eine Flasche auf und sagten: Weißt du noch? Und es gab keinen Fernseher in der Küche.

Ich brauche kein Wohnzimmer. Was ist denn dieses «Wohnen»? Repräsentation vor Besuch? Geschenkt. Ich brauche ein Arbeitszimmer mit Schreibtisch und Büchern, ein Zimmer mit Kleiderschrank und Bett und eine große, helle Küche mit zehn bequemen Stühlen. Wo sind die Architektinnen, die uns das bauen? *17/90*

ÜBER SPORT UND FITNESS

Also ... mit mir stimmt was nicht. Alle sind so durchtrainiert und sportlich, und ich will einfach keine Jazzgymnastik machen. Warum finde ich Aerobic so blöd? Weshalb fahre ich nicht Ski und schwimme nur höchst ungern? Ich meide Trimmpfade und weiche schnaubenden Joggern aus wie ansteckenden Kranken. Warum habe ich nie den Ehrgeiz verspürt, die Hände flach auf den Boden legen zu können und dabei die Knie durchzudrücken? Ach, wirklich, mit mir stimmt etwas nicht. Ich will auf keinem Pferd sitzen und in keinem Ruderboot, ich schnall mir keine Schlittschuhe unter und wollte noch nie ein Surfbrett haben, ich will nicht fit sein, das ist es wahrscheinlich. Darum werde ich – Strafe muss sein! – im Alter auch nicht so aussehen wie Nancy Reagan, die ist nämlich verdammt fit.

Alle tragen Legwarmers, Turnschuhe, Trainingsanzüge und Frottébänder um die Stirn. Warum nicht ich? Warum besitze ich keine Kniebundhose, keinen Wanderanorak, keine roten Kniestrümpfe, auch kein gewürfeltes Hemd? Warum habe ich keine Muskeln an den Waden, was läuft da falsch? Angeblich ist es doch toll, in kurzen weißen Röckchen und Söckchen hinter einem Bällchen auf einem roten Platz herzulaufen und es pingpong, pongping so lange hin- und herzuschlagen, bis man schwitzt und einen Sonnenbrand hat? Pam Ewing und Krystle Carrington haben phantastische Rückenmuskeln, sie machen Bodybuilding und dürfen (deshalb?) ja auch in Dallas und Denver mitspielen, so eine wie ich niemals.

Ich gehe durch den Wald spazieren und benutze den Trimmpfad nicht, ich schwimme nur mal so aus Spaß, wenn es sehr heiß ist, ich fahre ein paarmal im Jahr mit dem Rad über Land, das ist alles. Ich trimme mich nicht, ich stähle mich nicht, ich trainiere mich nicht, ich helfe weder Jane Fonda noch Sydne Rome zu mehr Geschäften, und wenn Monika Jazzgymnastik hat, sitze ich schon wieder im Kino.

Ich bin ein Außenseiter. Ich achte zwar darauf, einigermaßen gesund zu leben, aber eben nicht «fit». Ich hab Angst, wenn sie mich einfangen wollen mit ihren Trainingsprogrammen. In der Schule konnte ich mich vor dem Sportunterricht noch leicht drücken, aber wie lange werde ich mich in dieser fitnessverliebten Gesellschaft noch weigern können, einem Turnverein anzugehören? Immer neue Ausreden muss ich erfinden, wenn die Freunde wieder auf so eine tolle Skihütte fahren oder im Sommer auf die Berge wandern, die sie im Winter so gründlich zerstört haben. Immer schweigsamer muss ich werden, wenn sie von ihren Leistungen erzählen, vom Wildwasserfahren und Drachenfliegen. Da trau ich mich nicht, zu sagen, dass mir immer schon jeder Sport ein Gräuel war, dass ich nicht weiß, wozu ich noch fitter werden soll (damit ich noch mehr leisten kann?), und dass ich einfach gern faul und unsportlich vor mich hin lebe, mich im Sessel lümmele, vielleicht gerade so ein bisschen Brecht lese und in Gesammelte Werke Band 20 den Satz finde: «Das Scheußlichste, was man sich ausdenken kann, ist Sport als Äquivalent.» *21/86*

CRAZY CHRISTMAS!

Also … woran kann man sich denn bloß noch halten? Sagen Sie doch selbst – irgendwie ist nichts mehr wie früher, oder? Früher wussten wir: Sonntag war, wenn es nach Braten roch und man die weißen Kniestrümpfe anziehen musste. Weihnachten war, wenn es nach Plätzchen roch, draußen Schnee lag und man nicht ins Wohnzimmer durfte. Mai war, wenn es Erdbeeren, Dezember, wenn es Grünkohl gab. Eine Schreibmaschine sah aus wie eine Schreibmaschine. Heute sind Schreibmaschinen Computer mit Fähigkeiten wie speichern (?) und Proportionsschrift (??). Und Weihnachten … ach du liebe Zeit. Wo ist sie, die letzte Woche vor Heiligabend, wenn in jedem Zimmer noch schnell was gebastelt, geklebt und heimlich getan wurde – Weihnachtsgeschenke kaufen wir doch im Sommer, wenn der neue Katalog kommt, und dann haben wir diese Kiste, in der immer Geschenke für alle Gelegenheiten liegen. Und wahrscheinlich, ja so gut wie sicher, sind wir Weihnachten sowieso nicht zu Hause – was sollen wir auch hier bei Nieselregen. Weihnachten geht es ab in die warme Sonne! Unter Palmen wollen wir sitzen und eisgekühlte Cocktails trinken, zum Teufel mit Mandelkeksen und Tannenbäumchen, außerdem kann man sich einen Wahnsinnsspaß machen und ein zusammenklappbares Plastikweihnachtsbäumchen mitnehmen, das steht dann am Swimmingpool und wirkt rührend.

Was sollen wir denn Weihnachten essen, wir dennoch

Daheimgebliebenen? Festtagsbraten ist ja auch passé, wie wär's mit einem leichten Spargelgericht? Es gibt ja alles immer, Mandarinen im Sommer, Spargel im Winter, Erdbeeren rund ums Jahr, und das Weihnachtsoratorium, «Jauchzet! Frohlocket!», das bringt uns am meisten in Stimmung, wenn wir im Frühling auf der Wiese in der Toskana liegen und in den blauen Himmel gucken. Alles ist verschiebbar! Alle Werte lassen sich umkrempeln! Männer haben wieder Zöpfe, Frauen ausrasierte Nacken, Unterwäsche trägt man außen, und im Sommer fährt man Ski, um im Winter surfen zu können.

Ich will ewige Werte! Ich will Regen am Totensonntag und Schnee an Neujahr, Kirschen im Sommer und Nüsse im Herbst, ich will männliche Männer und weibliche Frauen und nicht dies androgyne Getue, ich will Weihnachten Weihnachten und Ostern Ostern, und die Braut soll Weiß tragen und der Gärtner eine grüne Schürze, und der Mörder ist der Gärtner. Alles soll sein wie immer, und alle Menschen sollen alles verstehen. Prost.

Wahrscheinlich hab ich jetzt ein Glas zu viel getrunken? Was ist denn los?

Ich weiß auch nicht. Da sitze ich im Dezember im leichten Blumenkleid in der Sonne, ich sag nicht, wo! Und sehne mich nach Weihnachten und Stille Nacht, hier ist heute «Rock rund um die Uhr», und wir essen Mangos und schenken uns nix, schenken ist out, und alles ist möglich und alles ist egal, ja, was denn nun? Will ich alles so haben wie früher? Nein, nicht doch! Aber das Romantische, das Althergebrachte, das Gewohnte, ach, wenn es so ganz verschwindet, dann wird der Mensch ein Rohr im Winde. Wo anfangen? Wo aufhören? Mit zehn lesen wir Shakespeare, mit vierzig sehnsüchtig umflort «Die Häschenschule». Rote Rosen auf dem Grab, weiße Lilien am Bett, nicht mal ein Bundeskanzler ist heute mehr, was er früher mal war. Und stellen Sie sich mal vor, eines Tages könnte der Bundeskanzler sogar eine Frau sein! Dann fällt Weihnachten auf Ostern, wetten? *26/88*

GARTEN, WAS WILLST DU?

Also … es gibt da diese sonnengegerbten, höchst patenten Frauen, die zu jeder Jahreszeit im Garten herumwursteln. Sie tragen Gummistiefel, Kopftuch, grüne Handschuhe und haben immer eine Heckenschere oder eine Schaufel in der Hand und einen Korb neben sich, in den Nutzloses fliegt. In ihren Gärten herrscht strenge Ordnung, alles blüht zur rechten Zeit, weil alles zur rechten Zeit gedüngt, geschnitten, gemäht und was weiß ich noch wird.

Und ich sitze am Schreibtisch, sehe die Nachbarin mit der Lederhaut schon wieder die Natur besiegen und seufze. Ich blicke in den ersten Garten meines Lebens, ich, ewiges Stadtkind, das ich jede Automarke kenne und früher mein Motorrad selbst reparieren konnte, ich habe plötzlich einen Garten, der siebzig Jahre alt ist, und ich denke: Was ist denn bloß das Grüne für ein Zeug, das da neuerdings so wuchert? Und wie heißt die komische rosa Blume, die auf einmal in solchen Mengen hervorbricht? Keine Ahnung! Neulich war meine Freundin Elisabeth da, Großbürgerkind mit lebenslangen Gärten, und ich habe gefragt: «Was ist denn das da, was so aussieht wie Rosenkohl und im Herbst blüht?» – «Fette Henne», hat Elisabeth gesagt, und ich dachte zuerst, sie meint mich. Wussten Sie, dass es Pflanzen gibt, die Fette Henne heißen? Wo soll man denn so was lernen, ich bitte Sie? «Du musst», hat Elisabeth dann streng gesagt, «den Giersch wegmachen, der macht dir sonst alles kaputt», und hat auf das dichte Grün gezeigt, in dem der Igel wohnt und sich jeden Abend Apfelstückchen holt. Als Elisabeth weg war, habe ich im Lexikon nachgeguckt: «Giersch, (niederdeutsch), Geißfuß, Aegopodium podagraria, ein staudiger Doldenblüter feuchter Gebüsche Europas und Nordasiens, auch Gerhards-, Mai-, Podagrakraut, Dreiblatt, Krähenfuß, kleine Engelwurz, wilde Angelika.» Und in Suppe, Salat und Gemüse könne man die wilde Angelika tun, na bitte, so was macht man doch nicht weg! Obwohl ich zugeben muss, dass dieses Teufelszeug wirklich allmählich alles andere überwuchert, und mit Rausreißen ist es nicht getan, das wird man umgraben müssen.

Oh, Garten! (Garten, german., ursprünglich mit Gerten eingefriedetes Gelände zum Anbau von Nutzpflanzen für den Eigenbedarf ...) Ich hätte das alles so gern, die Nutzpflanzen für den Eigenbedarf, aber ich scheitere ja schon am Schnittlauch. Und beim Umgraben kommen so komische Zwiebeln an den Tag, die im Salat nicht schmeckten, sich aber beim Wiedereinpflanzen im nächsten Frühjahr als lila Krokusse entpuppten. So lerne ich doch immerhin dazu, wenn ich auch nicht begreife, was meine Rosen gegen mich haben und wie sie denn nun geschnitten sein möchten, um zu blühen, und warum der Flieder nur ganz hoch oben blüht und unten kahl ist – macht er das extra, damit ich ihn nicht pflücken kann? Verschwört sich mein Garten eigentlich gegen mich? Will er autoritär behandelt oder in Ruhe gelassen werden? Ich ziehe die dicken Schuhe an, gehe hinunter und harke mal so ein bisschen Laub, das kann ja nie falsch sein. Die Wiese mag ich nicht mähen, jetzt blühen gerade so schön die Gänseblümchen. Ich seh mal nach dem Salat – nichts mehr da, die Schnecken ... Gift mag ich nicht streuen, den Rat, die Schnecken im Bier ersaufen zu lassen, fand ich höchst unappetitlich. Salat kann ich schließlich auf dem Markt kaufen, der deutsche Bauer will auch leben.

Und so blüht und treibt mein Garten vor sich hin, setzt mich in Erstaunen und ist voller Geheimnisse, die ich nicht enträtseln kann. Was willst du, Garten? Soll ich es der wetterfesten Nachbarin gleichtun und dich unterjochen, oder soll ich dich allein machen lassen? Gib ein Zeichen! *14/91*

ABWARTEN! ALLES KOMMT WIEDER!

Also … ich frohlocke! Man muss nur lange genug warten können, dann kommt alles wieder. Jahrelang habe ich meinen runden Busen unter weiten Pullovern versteckt oder ihn mit Bustiers platt gedrückt und habe neidisch die Models in ihren enganliegenden Rippenpullis und Stretchkleidern betrachtet und geseufzt: Warum kann ich das nicht tragen?! Ja, warum wohl, weil ich da rund war, wo es zwar die Männer heimlich gernehaben, aber die Modeschöpfer eben nicht. Die elegante Frau ist vorn und hinten schnurgerade. Gewesen. Jetzt auf einmal hat sie wieder Busen – wo hat sie den nur so schnell her? Sie hat auch Schmollmund und hochtoupiertes blondes Haar, aber vor allem rekelt sie sich auf der Titelseite von «Vogue italia» und lässt sich tief in den Ausschnitt gucken: runde Kugeln sehen wir da, und sogar Claudia Schiffer hat welche, und jetzt, wo mein Dekolleté schon nicht mehr so lupenrein ist, weil das Alter ja unbarmherzig an allem nagt, auch an den schönsten Stellen, jetzt dürfte ich es wieder zeigen! Ich tu's nicht, aber zufrieden bin ich doch und sage: Ich hab's ja immer gewusst. Irgendwann stellen «DIE DA OBEN» (wer? wo?) gewiss auch fest, dass Frauen Hüften haben und einen runden Hintern und dass das dann nicht gleich bedeutet, in den «Mode für Mollige»-Laden zu gehen, sondern dass ein Körper normale Formen hat, die sich im Laufe der Jahre verändern. Mit

Gelassenheit sehe ich all dem entgegen, mit mir und meinem Outfit längst ausgesöhnt.

Auch auf anderen Gebieten erleben wir ja diese erstaunlichen Wandlungen und Erkenntnisse. Wissen Sie noch? Jahrelang war die wirklich elegante Wohnung klinisch kühl und weiß, hier ein Designerstuhl, auf dem man nicht sitzen konnte, dort der Plexiglastisch und in der Ecke das Futonbett mit dem Überwurf im Keith-Haring-Graffiti-Look. Jetzt auf einmal ist die neue Behaglichkeit angesagt. Gemütlich sollen wir es uns machen, raten die Einrichter dieser Welt (ein Lob für BRIGITTE: ihr wusstet das immer schon!). Aber die weltweiten Propheten der Wohnkultur raten uns nun ganz offiziell wieder von Lichtschienen mit Halogenspot ab und zur seidenbezogenen Stehlampe im schummerigen Eckchen, gleich neben dem Ohrensessel mit dem provenzalischen Blumenmuster. Vielen lieben Dank! Darf ich mir nun auch wieder einen Teppich hinlegen, oder muss es der weiß lackierte Dielenboden bleiben? Anders gefragt – MUSS ich jetzt vielleicht Kutscherlampen im Flur haben, oder heißt gemütlich: ich darf so wohnen, wie ich will, und bin trotzdem nicht hoffnungslos out? Immer habe ich die Fotos von den Zimmern der Dichter neugierig erforscht: Da quellen die Regale über vor Büchern, alle Wände sind mit Bildern vollgehängt, der Schreibtisch birst unter Papier, Blumen, Andenken, Fotos, Glaskugeln, Zeugnisse eines aufmerksamen Lebens mit Erinnerungen an zahllose Begegnungen. So habe ich auch immer wohnen wollen, und so habe ich auch immer gewohnt, egal, was gerade verordnet wurde an deutscher Eiche oder postmoderner Kühle. Klar, alles kommt wieder. Aber es geht uns möglicherweise viel besser, wenn wir nicht darauf warten. Heraus mit dem Busen auch in mageren Zeiten, her mit den Kerzen auf dem Tisch im Halogenzeitalter, und von dem, was gerade so angesagt ist, schnappen wir uns hier ein Stückchen und da eins, und so kann man ja sogar Modemacher wie Gaultier ertragen – nicht im Ganzen, aber scheibchenweise, und in der Mitte als Kern stolz und unerschütterlich: ICH. *2/92*

STREITEN WIR MAL ÜBER GESCHMACK!

Also … ich flehe Sie an, helfen Sie mir, ich muss, ich will es endlich wissen, klären wir es gemeinsam: Was ist denn nun guter Geschmack, und was ist schlechter? Bitte kommen Sie mir jetzt nicht mit dem Allerweltsatz, dass sich über Geschmack nicht streiten ließe. Über nichts, sage ich Ihnen, lässt sich so heftig streiten wie über Geschmack. Und gerade heute, mein Gott, was hetzen wir uns ab mit unserm Geschmack! Alle paar Wochen muss er wg. Zeitgeist die Richtung wechseln, konnten wir gestern noch Trachtenjacken tragen, sind heute alle Tische besetzt, wenn wir damit aufkreuzen. Wir haben Wohnkultur und modischen Chic, gell, wir haben Geschmack, auch in der Auswahl unserer Bücher und Platten, und Geschmack ist nicht gleich Mode, nein, es ist viel komplizierter. Das Besondere eben. Zum Beispiel Nelken. Würden Sie jemandem Nelken schenken? Ganz, ganz grauenvoll, die Nelke ist die geschmackloseste Blume schlechthin, oder? (Du arme Nelke, ich liebe dich und deinen Duft, aber du musst bis ans Ende aller Tage büßen, dass sie dich in den fünfziger Jahren zu dritt mit Zittergras verschenkten. Für die langstielige Vase aus Muranoglas. Kurzgeschnitten in dicken Büschen bist du die Liebste von allen, aber das bleibt unser Geheimnis!)

Jemand schenkt mir einen echten Alpenmilcheimer als Schirmständer. Abgesehen von der Frage, wie ich mich bei dieser Scheußlichkeit verhalte, ob ich's überhaupt annehme, gleich zurückgebe oder morgen wegschmeiße, denke ich: Wie kommt der darauf? Er muss es ja schön finden, das ist sein Geschmack. Es ist nach seinem Geschmack, einen Gegenstand für etwas anderes zu nehmen, Autoreifen als Blumenschale, Melkeimer als Schirmständer, Pferdehalfter an der Wand und Spinnrad an der Südwand auf dem Balkon, mit Fischnetz garniert. Hab ich den besseren Geschmack oder nur den anderen oder gar den schlechteren?

Ist Geschmack nur was für reiche Leute, die sich erlesene Klamotten kaufen können? Kann man sich also Geschmack überhaupt erst zusammen mit Geld leisten? Manche Leute werden eben immer gepunktete Blusen zu karierten Röcken tragen, und es sieht popelig aus, aber bei unsereins ist es flotter Mustermix und hat Pfiff? Aber Reiche haben auch nicht, ätsch, automatisch Geld plus Geschmack, da gibt's doch alle Jahre wieder die Liste der am geschmacklosesten angezogenen Frauen der Welt, Barbra Streisand, Cher, Liz Taylor, Joan Collins und so weiter. Und die könnten doch ohne weiteres anders ... Die finden aber schön, was sie tragen – viel Glitzer und Walle-walle Woge-woge.

Geschmack wäre demnach, zu tun und zu lassen, was man will? Die Klorolle im Auto umhäkeln, die Zigeunerin mit den Glutaugen und der halbentblößten Brust über die Sitzgruppe hängen und das Che-Guevara-Plakat ins Klo? Oder ist Geschmack die keimfreie Wohnung in Chrom, Glas und ganz in Weiß? Ha, was für ein tückisches Thema. Aber ich ahne es schon: Die Beigabe «gut» oder «schlecht» ist falsch. Davon müssen wir uns trennen. Wir sollten Sätze wie «Du hast aber einen guten Geschmack!»

nicht mehr durchgehen lassen. Es gibt keinen guten oder schlechten. Es gibt meinen und seinen und Ihren. Da müssen wir durch – ich durch Ihre Sofakissen aus Brokat mit Knick, Sie durch meine Glasperlenketten, und wir durch seine Schweinesammlung.

Geschmack hat der, der sich traut, mit den Dingen zu leben, die er liebt. Punktum. Wer immer nur der neusten Strömung hinterherrennt, die ihn schon morgen wieder woanders hinspült, hat nicht mal Zeit, einen zu entwickeln. Können wir uns darauf einigen? In geschmackvoller Harmonie? *13/89*

VOM SUCHEN UND FINDEN

NUR MAL SCHNELL ANPROBIEREN!

Also ... ich kann mich nicht entscheiden – der enge graue Rock oder der weite grüne? Brauchen tu ich keinen von beiden, aber beide sind schön, und mir ist fürs neue Jahr heute nach was Neuem zumute. Selten genug, ich bin kein großer Klamottenkäufer, und ich weiß im Moment, nach der Feiertagsschlemmerei, auch nicht mehr: noch Größe 38 oder doch schon 40?

Kann ich das mal anprobieren?

Ja, da hinten. Aha. Drei Umkleidekabinen mit Vorhang, alles besetzt. Umtauschboom nach Weihnachten? Die Jahres-Ausklangs-Sonderangebote? Ich warte. Wozu brauche ich einen grünen Rock? Ich hab nix, wozu Grün passt. Und im Grunde mag ich gar keine weiten Röcke. Und der graue – der sieht sehr eng aus. Zu eng. Der passt nie im Leben, da mach ich mir was vor. Gut, wäre jetzt eine Kabine frei gewesen, hätte ich mal schnell probiert, aber auch noch warten ...

Unauffällig häng ich alles zurück und mach mich aus dem Staub. Das ist ja gerade noch mal gutgegangen. Obwohl, es war eigentlich ein tolles Grün ... Egal. Hauptsache, ich hab's mal wieder geschafft, nicht in eine dieser Umkleidekabinen zu müssen. Letztlich, gestehe ich mir ein, letztlich war's wohl das. Ich hasse euch! Ich fürchte und verabscheue euch von ganzem Herzen, ihr winzigen Zellen mit dem Schweißgeruch von Generationen, ihr ungemütlichen Buden ohne Stuhl und mit einem einzigen Kleiderhaken! Und einer Beleuchtung, die man nicht mal seiner ärgsten Feindin wünscht. Immer hängt der Vorhang schief oder schließt nicht ganz, sodass jeder reingucken kann. Oder die neckische Western-Schwingtür ist so knapp, dass unten die Beine und oben der Kopf rausragen und jeder zusehen kann, wie ich mich aus Jeans und T-Shirt wurschtele. Das neue Stück kann am Haken hängen, aber wohin mit meinen Sachen? Häng ich das Zeug über die Schwingtür, pendelt sie auf, leg ich's auf den Boden, wird es dreckig, und ich kann mich überhaupt nicht mehr bewegen. Oft ist nicht mal ein Spiegel in diesen Löchern! Dann bin ich gezwungen, in nicht passenden Klamotten rauszugehen, durch den halben Laden zu laufen und mir einen Spiegel zu suchen, auf Socken, von allen neugierig betrachtet, und die Tasche mit dem Geld liegt derweil allein in der Muffelkabine. Es wundert mich, dass mich da noch nie einer beklaut hat; aber sicher ist das andern Frauen schon passiert, denn wer schleppt schon, halb an-, halb ausgezogen, die Tasche mit vor den Spiegel?

Ganz wunderbar ist das Anprobieren von Bademoden oder Wäsche. Resolut kommt die Verkäuferin herein und prüft von Frau zu Frau, ob das Körbchen richtig sitzt. Wenigstens liegen solche Kabinen im dezenten Abseits und haben mitunter sogar Spiegel. Einige Boutiquen können sich, kleinheitshalber, überhaupt keine Umkleidekabinen leisten, da steht dann eben ein Paravent, hinter dem man sich mal rasch entblättert – «Oh, Verzeihung, ich wollte nur mal eben hier an die Blusen, machen Sie ruhig weiter, stört mich nicht».

Na, dann ist ja alles gut. Ich glaube, dass ich sogenannte Fehlkäufe zum Teil auf meinen Kabinenfrust zurückführen kann – bloß raus hier, oder: ja nicht jetzt raus und vor den Spiegel, fühlt sich gut an, wird schon gut aussehen, oder am besten: gar nicht erst rein. Den grauen engen Rock habe ich übrigens dann doch noch genommen. Ohne Anprobe. Er passt nicht, war ja klar. *1/89*

ALLES NEU AM NEUEN ORT

Also ... du bist in eine andere Stadt gezogen, und nicht nur, dass du dir neue Freunde suchen musst – nein: Du musst beim Wasserwerk den Härtegrad des Wassers erfragen, sonst ist deine Waschmaschine bald hin. Du musst dir den Mann mit der Paketpost gewogen machen, damit er nicht jedes Mal alles wieder mitnimmt, wenn du nicht zu Hause bist. Er muss dir einfach glauben, dass du die 2,20 Mark dann eben ein andermal bezahlst, Hauptsache, du musst nicht wegen jeder Büchersendung zum Postamt. Du musst eine Reinigung, einen Schuster, einen guten Bäcker in deiner Gegend finden, aber das geht ja alles noch. Du brauchst einen Arzt. Einen praktischen, einen gynäkologischen, einen für die Zähne, und hast du Hund oder Katze, auch einen fürs Tier. Jetzt geht das Theater los. Der erste Doktor schüttelt sich vor Entsetzen bei dem Wort «Homöopathie», der zweite würde am liebsten alles durch Handauflegen heilen und sieht dir sofort an, dass deine ständigen Erkältungen etwas mit der traumatischen Kindheit zu tun haben. (Geneigter Leser, liebste Leserin, statt «der Arzt» können wir getrost auch immer «die Ärztin» lesen, schreiben, denken. Es sieht nur so umständlich aus.)

Der dritte von dir ausprobierte Arzt behandelt alles erst mal vorsichtshalber mit Cortison oder Antibiotika. Du sitzt im Wartezimmer des vierten. Ein paarmal ist er schon vorbeigehuscht, sieht ganz nett aus, könnte was werden. Du überlegst, was für eine Art Arzt du denn gern hättest … ach, am liebsten einen, der rigoros den vielen Wein verbietet! Einen, der sagt: Schluss mit Schnaps, Zigaretten und Zuckerplätzchen, ein für alle Mal, sonst knallt's! Ja, das wär's: der autoritäre Arzt. Da wurden wir so autoritär erzogen, und nun sollen wir plötzlich selbst für alles verantwortlich sein, sollen entscheiden, was uns bekommt und was nicht – her mit dem Doktor, der endlich streng verbietet! Und wo ist der Zahnarzt, der sagt: Jetzt stellen Sie sich gefälligst nicht so an, Sie haben doch sonst so eine große Klappe. Stattdessen gerätst du an einen, der mitleidig fragt: Tut weh, was? Und du nickst, und die Tränen rollen auch schon aus lauter Selbstmitleid. Der Tierarzt, stellst du fest, kann zwar gut mit deinem Hund, aber tief drin mag er Katzen nicht, und deine Katze sträubt ihr Fell, wenn sie ihn nur sieht. Einen andern suchen? Hoffen, warten, ihn geduldig erziehen? Einen für den Hund, einen für die Katze? Vom Friseur will ich gar nicht reden. Ein einziges Mal – ein einziges Mal! – kam ich in meinem langen Leben vom Friseur, ohne die nächsten drei Wochen tränenblind mit Kopftuch rumzulaufen. Es dauert ewig, bis einer begreift, dass er mit seiner flotten Dauerwelle bei meinen Haaren eben nicht alles schöner macht, sondern im Gegenteil …

Und nun bist du umgezogen. Du suchst. Du tastest dich vor – von Laden zu Laden, von Kneipe zu Kneipe, von Praxis zu Praxis. Du abonnierst auch erst mal die falsche Zeitung in deiner neuen Stadt, bis dir die Leitartikel zu merkwürdig vorkommen. Alles braucht eben seine Zeit.

Nach drei Jahren geht es dir gut: Dein Frauenarzt versteht alles, der praktische verbietet alles, der Tierarzt liebt jetzt Katzen und juchzt, wenn er deinen Tiger sieht, der

Zahnarzt schimpft, und der Briefträger ist dein Kumpel. Und da kriegst du einen andern Job. Und musst umziehen. Du solltest dich lieber erschießen. *6/90*

KOMISCH, AUSGERECHNET DIE KIRCHE …

Also … vielleicht bin ich sentimental, oder, um es positiver auszudrücken, vielleicht bin ich hoffnungslos romantisch. Ich gehe gern in Kirchen und auf Friedhöfe. Kein Wort jetzt über meine Schwierigkeiten mit gewissen Kirchenherren und ihren absoluten Ansprüchen, auch den lieben Gott lassen wir mal aus dem Spiel und betrachten das Ganze vom Standpunkt der Architektur, der Schönheit, der Stille – Kirche und Friedhof als besonderer Ort. Kirchen: Mitten in den Städten sind sie plötzlich ruhige und im Sommer kühle Räume. Es ist hoch und still, die Tür geht zu, der Straßenlärm bleibt draußen, die Augen gewöhnen sich an ein wohltuendes Dämmerlicht. Kerzen brennen. Es riecht gut, in katholischen Kirchen noch besser als in den protestantischen, und ihre vielen Bilder an den Wänden, Luther möge mir verzeihen, mag ich auch ganz gern. Gott hat schöne Häuser, meist in bester Stadtlage und von großzügigen Ausmaßen. Man kann hier einen Augenblick zur Ruhe kommen – ob man es Nachdenken, Beten oder Kraftauftanken nennt, mag jeder für sich entscheiden, und es schadet nichts, eine Kerze anzuzünden und zu glauben, dass jetzt alles gut wird. Was wäre Köln ohne seinen vor sich hin bröckelnden Dom, Ulm ohne sein Münster, München ohne die Türme der Frauenkirche, was eine Fahrt über Land ohne Zwiebeltürme, ohne Wetterhähne auf Kirchturmspitzen und kleine

Dorfkirchen auf grünen Wiesen – auch wenn man sich von dem, was drin gepredigt wird, oft meilenweit entfernt fühlt, in den großen Domen übrigens in der Regel noch viel meilenweiter als in den kleinen Landkirchen – ein Stück Kultur ist es allemal, was da steht, und wir möchten es nicht missen. Es sind nicht nur die Türme, die bunten Glasfenster, die Orgel, die Blumen und die Kerzen, aber es ist auch all das. Es ist eine Stätte der Ruhe, eine Insel der Zuflucht – in diesen Zeiten ja sogar für viele Ausländer ganz konkret – und ein Ort außerhalb der Zeit. In einem Land ohne Kirchen würde ich nicht gern leben. Und mit den Friedhöfen ist es ähnlich – kein öffentlicher Park kommt an die erhabene Festlichkeit eines Friedhofes heran. Erstens gibt es hier keine Radfahrer und keine Hunde – NEIN, die Kolumnistin hat nichts gegen Radfahrer und nichts gegen Hunde, sie fährt selbst Rad, und sie hat einen Hund, aber es ist auch mal sehr angenehm ohne das, oder? Das kann man auf Kinder, Mütter, Männer etc. beliebig erweitern. Es tut sehr gut, mal ohne ALLES zu sein, mit sich selbst und bei sich selbst. Auf dem Friedhof kann man das, und dazu muss man nicht erst tot sein. Man geht unter alten Bäumen auf sorgfältig gepflegten Wegen und sieht zu jeder Jahreszeit, auch im tiefsten Februarfrost, alle Blumen – weiße Lilien, rote Rosen, Nelken –, und Kerzen brennen auch hier, und wenn man richtig kombinieren kann, stehen auf den Grabsteinen ganze Lebensgeschichten. Weiße Marmorengel, in Vorgärten kitschig, kriegen hier einen feierlichen Ernst, und überall hockt jemand und gießt und gräbt und pflanzt und rupft, und Hasen huschen herum und Eichhörnchen, und die Vögel leben hier völlig ungefährdet und singen für die, die es nicht mehr hören. Ein Gang über den Friedhof ersetzt eine Kur für Gemüt und Nerven, selbst wenn einem angesichts von so viel sicherem Tod – wir stehen ja auch auf der Liste – mitunter etwas trübe zumute wird. Macht nichts, trübe gehört dazu, und das Leben spürt man unter den Toten plötzlich wieder sehr kräftig. Komisch, ausgerechnet die Kirche, die einige unserer Freiräume so drastisch einzuschränken bemüht ist, bietet uns die letzten schönen Zufluchtsorte in unseren autodurchtobten Städten. Na, immerhin. *4/92*

MÄNNER BEIM EINKAUFEN

Also … sagt sie, heute gehen wir beide mal schön in die Stadt. Er weiß nicht so recht. Unter «schön in die Stadt gehen» versteht er, ein bisschen Schaufenster gucken, ein gepflegtes Bier trinken und die Fußgänger mustern, die alle nicht so schön sind wie man selbst. Sie versteht darunter etwas anderes – er ahnt es: Sie will ein Kostüm, nein, nicht diese Farbe, ein Hauch mehr Mauve, nein, nicht solche Knöpfe, eher Perlmutt. Und für ihn will sie einen Blazer, nein, bloß kein Karo, eher Streifen, nein, aber nicht dieses Blau, eher ein bisschen mehr ins Türkis, nein, die Taschen dürfen nicht aufgesetzt sein, auf keinen Fall die affigen Seitenschlitze, die machen einen dicken Hintern. Er seufzt still. Das kann heikel werden, aber man kann es ja mal versuchen. Er trägt ihr nicht das Täschchen, o nein, das ist vorbei, aber er schleppt später dann die Tüten. Was ist schlimmer, wenn für sie oder für ihn eingekauft wird? Für ihn ist Anprobieren eine Qual. Braucht er einen neuen Anzug, ist es eine mittlere Katastrophe. Erst will er gar nicht in die Stadt, dann nicht in den Laden, dann nicht in den dritten Stock zur Herrenabteilung – macht doch endlich die Herrenabteilung unten! Wir Frauen gehen für ein Blüschen auch bis ganz nach oben, aber wir kriegen die Kerle nicht hoch für ein Jackett! Und dann will er nicht in die Kabine. Ist er doch endlich drin, ruft er beim ersten Anzug dumpf von innen: Passt!, und ist nicht bereit, sich zu zeigen und «im Schritt» prüfen zu lassen, er kennt die

Szene bei Loriot und fürchtet die Lächerlichkeit. Kauft sie für sich ein, probiert sie mit Lust Kleid um Kleid, kommt herausgetänzelt, dreht sich vor den Spiegeln, Schatz, wie findest du es denn? Schatz nickt mühsam, die Verkäuferin klatscht entzückt in die Hände: Sieht Ihre Gattin nicht wundervoll aus? Ja, sagt er, wundervoll, nimm das, Margret. Und Margret sagt: Weißt du, was, ich zieh doch noch mal das mit den Pünktchen an und dann noch mal das Blaue, und dann musst du es ganz ehrlich sagen, welches mir besser steht, ja? Er seufzt, nimmt sich vor, ganz ehrlich zu sein, und sagt nach weiteren zwanzig Minuten: Das Blaue. Sie denkt lange nach, legt den Kopf reizend schief, küsst ihn flüchtig und sagt der Verkäuferin: Also, ich glaube, ich nehme DOCH das mit den Pünktchen, das gefällt dir doch auch, Schatz, ja? Aber ja, es gefällt ihm auch, und die Verkäuferin sagt: Ihre Frau weiß, was sie will. Warum nimmt sie ihn mit, warum geht er mit? Und wenn er etwas braucht, warum geht er nicht allein? Ist er wirklich ohne seine Frau nicht in der Lage zu sehen, ob die Ärmel zu kurz und die Hosen zu eng sind? Einkaufende Paare machen zumeist einen tief desolaten Eindruck, vor allem der männliche Teil. Kann dem nicht abgeholfen werden? Schön ist es nur, Rentnerpaaren im Supermarkt zuzuschauen. Mutti, sagt er und schmatzt, koch doch mal wieder Böhnchen. Und Mutti kauft Böhnchen, und Vati stellt sich schon mal an der Fleischtheke an für ein gutes Stück Speck. Da kennt er sich aus, da gibt es keine Peinlichkeit und keine Pünktchen. *20/92*

BADEANZUGKAUF

Also … wer wüsste nicht, wie absolut grässlich es ist, im Winter einen Badeanzug zu kaufen! Dabei ist im Winter noch Auswahl … Kommt man im März oder April, lächelt die Verkäuferin nur müde: Nein, da müsse man schon früher aufstehen, alles weg, nur noch Ladenhüter und Übergrößen … Das Kaufen von Badeanzügen gehört zum Allerschlimmsten. Einerseits zögert man es deshalb hinaus, andererseits auch, um so wenig Klamotten wie möglich vom Leib schälen zu müssen in diesen engen Kabinen. Ich habe schon Röcke über Jeans anprobiert, weil ich einfach keine Lust hatte, die ganze Schnürschuh-und-Hosen-Auszieh-Arie durchzustehen, aber beim Badeanzug schlägt die Stunde der Wahrheit: Es muss alles runter. Nur die Kniestrümpfe dürfen anbleiben und natürlich der Slip. Da steht man nun, weißfleischig nach langen Wintermonaten, dick geworden an Stellen, von denen man gar keine Ahnung hatte, aber die Kabine für Bademoden ist mit Spiegeln reich ausgestattet. Muss man sonst in schlechtsitzenden Kleidern und auf Socken rausschleichen vor einen Spiegel mitten im Laden, so ist beim Badeanzugkauf gut vorgesorgt: Man darf in der Kabine bleiben und wird gleich von drei Seiten unbarmherzig ausgeleuchtet. Was für hässliche Kniekehlen! Noch nie habe ich gewusst, wie hässlich Kniekehlen sind. Der einstmals schöne Rücken! Nein, bloß nicht so einen tief ausgeschnittenen Badeanzug, der Rücken bringt es nicht mehr. Die bis zum

Hüftknochen hochgeschnittenen Tangabeine sind ja zum Glück endlich verschwunden, und es gibt für unsereinen wieder den normalen Beinausschnitt, bei dem man nicht vorn alles abrasieren und hinten den gesamten Po herausfallen lassen muss. Es gibt sogar wieder Badeanzüge mit angeschnittenen Beinchen, wie in den dreißiger Jahren. Aber haben Sie das mal anprobiert mit Winterweiße am Leib und dunklen Wollstrümpfen? Es gibt keinen armseligeren Anblick, und das denkt dann auch die Fachkraft, die ihren Kopf durch den Vorhang steckt und aufmunternd fragt: «Na, passt irgendwas?» Ja, irgendwas passt immer – beim einen Modell passt der Busen gut rein, dafür sieht man den Bauch zu sehr. Das andere drückt den Bauch schön platt, aber der Busen fällt oben raus. Ein drittes passt perfekt, aber es ist rot-grün gestreift, und lieber wär man ja wohl tot. In der Regel sitzen die Badeanzüge, die von Muster und Design her die schönsten sind, gerade an mir eben nicht. Oma-Modelle hingegen mit gedeckten Farben und biederen Mustern passen vorzüglich. Was tun? Und warum kostet dieses bisschen Stoff um die 200 Mark? Nur jetzt nicht den Fehler machen und resigniert die Kabine verlassen und sagen: «Ich überleg's mir noch mal!» Da gibt es nichts zu überlegen ... Er kommt, der erste warme Sommertag, an dem wir schwimmen gehen, und da ist sie dann, die Stunde der Wahrheit: Zwängt man sich das fünfte Jahr in den verschossenen Blumenmusteranzug, der schon nicht mehr richtig passt, oder hat man endlich den Badeanzug, mit dem man am Strand auch ein bisschen auf und ab gehen kann, ohne sich zu genieren? Also, tapfer weiter anprobieren – der Wintermantel fällt vom Haken, die Kabine ist stickig, du probierst den achten Anzug – nur Mut. Der dreizehnte ist es dann. Vielleicht. *2/96*

IN DER ZWEITEN REIHE

Also ... immer sind die schönen Schuhe in Größe 39 schon weg. Lassen Sie mich raten: Sie haben auch Größe 39? Aha, dann sind Sie es, die mir die vor der Nase wegkauft, wusste ich es doch. Dann sind es auch Sie, die immer schon das Kleid in Größe 40 gekauft hat, das ich gerade kaufen wollte? Und wenn Größe 40 aber wirklich zu groß ist, dann hängt es noch da, und dafür ist, ätsch, Größe 38 weg, und das waren dann auch Sie. Ganz offensichtlich trägt die deutsche Durchschnittsfrau Größe 38/40 und hat Schuhgröße 39. Ja, wenn man das doch nun aber weiß, kann man dann nicht in diesen Größen ein paar Schuhe und Kleider mehr herstellen? Nie kriege ich, was ich will – weil das alle wollen. Ich gebe es zu, ich bin nichts Besonderes, und als neulich diese Beilage mit den tollen italienischen Schuhen zu Tiefstpreisen in meiner Tageszeitung lag, da bin ich sofort, aber sofort zu dem entsprechenden Laden geradelt. Endlich die Sandalen meiner Träume, schwarz, weich, Riemchen am Knöchel über Kreuz, kleiner Absatz, keine Klotzsohle! Nur ich, dachte ich, habe noch diesen Geschmack, alle anderen wollen ja rotes Lackleder mit Plateausohle. Falsch gedacht. Alle Frauen, die den Laden schon um elf Uhr morgens füllten, sahen genauso aus wie ich, hatten die Beilage in der Hand und stopften gerade die letzten schönen Sandalen, schwarz, weich, Riemchen über Kreuz, in Größe 39 in ihre Tüten. Ich habe aus Frust dann Größe 38 genommen, es geht, weil sie ja offen sind, aber es kneift doch. Und so geht es mir immer. Ich will das Blumenkleid in 38, muss es in 40 nehmen, und es schlottert. Ich weiß: Es gibt Frauen mit zierlichen Füßchen, die finden bei 37 immer etwas Niedliches, und die haben Kleidergröße 36, da ist ja fast die Kinderabteilung noch zuständig. Wir anderen – alle gleich, und wir zerren uns die paar passenden Sachen vor der Nase weg aus den Regalen. Es ist aber in anderen Bereichen auch so, ich kriege nie das, was ich will: Will ich Ananas kaufen, komme ich mit Melonen nach Hause. Ich wollte Avocados und bringe Radieschen. Ich will im Café unbedingt Himbeertorte haben, und der Kellner beschwatzt mich, doch den Erdbeerkuchen zu nehmen. Muss der weg? Bleibe ich stark? Gebe ich nach? Ich will einen kleinen Blonden und nehme einen großen Schwarzen. Warum das alles? Und warum legt mir die Verkäuferin, wenn ich einen weinroten Pullover mit V-Ausschnitt möchte, einen marineblauen mit Rollkragen hin und sagt: «Der ist doch auch schön!»? Das ganze Leben ist ein einziger Ersatz, eine Notlösung ohnegleichen, und schon die Rolling Stones sangen vor zwanzig?, dreißig?, vor hundert Jahren: «You can't always get what you want.» Always, immer, wollen wir ja auch gar nicht. Aber wenigstens manchmal, liebes Schicksal, wenigstens manchmal müsste es doch möglich sein, genau das zu kriegen, was man will: die schönen Sandalen in 39, das passende Kleid in 38, am Arm der kleine Blonde, und dann Himbeerkuchen! Man wird noch träumen dürfen.

16/99

AUFGESCHOBEN, AUFGEHOBEN …

Also … «Was du heute kannst besorgen, das verschiebe nicht auf morgen», hat uns die Patentante in der Jugend gelehrt, und damit war ja zumeist Unangenehmes gemeint: Heute werden die Hausaufgaben gemacht, die Schuhe geputzt, heute wird irgendetwas erledigt, was keinen Aufschub aus Trägheit duldet. «Was du heut nicht willst besorgen, das verschiebe ruhig auf morgen», machten wir unbekümmert daraus. Und so verschieben wir denn: «Wenn ich mal groß bin, dann …», so lautet der erste Aufschiebesatz. Wenn ich groß bin, dann werde ich Lokomotivführer, wahlweise Schönheitskönigin. Dann waren wir groß, und? Was wurden wir? Versicherungskaufmann und alles andere als Schönheitskönigin, aber so war's auch recht. Wenn ich mal raus bin aus dem Beruf, dann … Dann fahre ich nach Afrika, dann fang ich ein ganz neues Leben an, dann verwirkliche ich meine Träume. Ach ja? Wir denken an das berühmte Loch, in das Rentner fallen: ein Leben lang in der Tretmühle, immer nur gelernt, dass Arbeit der Sinn des Lebens ist, dass man nützlich sein muss. Und nun: alt, keine Arbeit mehr, keine Pflichten – nicht mehr nützlich? Wo ist er jetzt, der Schwung, den Lebensabend sinnvoll zu nutzen? Weit und breit nichts zu sehen. Es geht uns ja schon mitten im Berufsleben so: Wenn ich endlich mal ein bisschen Zeit hätte, dann würde ich … Ja, würde ich schon gern, aber was mache ich wirklich, wenn ich die Zeit dann endlich habe? Leg mich ins Bett und schlaf mich aus. Immer sind es die Träume, die Wünsche, die Vorstellungen von einem anderen, schöneren Leben, die geopfert werden müssen. Keine Kraft mehr, Träume zu verwirklichen, zu lange aufgeschoben, kein Mut mehr, eingefahrene Bahnen zu verlassen, die Falten um den Mund werden schärfer, das kommt vom Aufschieben, vom «wenn – dann», wo immer nur das Wenn bleibt, und das Dann kommt nie. Wenn ich eine Million hätte ... auch so ein beliebtes Gedankenspiel. Wenn ich im Lotto gewinnen würde, wenn ... Ja, was denn dann? Würde die Million, würden die Millionen unser Leben wirklich ändern, jetzt vorausgesetzt, wir wären nicht obdach- oder arbeitslos oder sonst in wirklicher Not? Ein normales Leben, normaler Beruf, normale Sorgen – alles anders durch den Millionengewinn? Du liebe Güte, als ob irgendwas im Leben vom tollen Auto oder vom neuen Haus abhinge, als ob man sich selbst ins tolle Auto oder ins neue Haus nicht mitnähme – sich selbst mit allen Ängsten, Zweifeln, Fehlern, Pickeln, Marotten. Mit allen unerfüllten Träumen, die auch die Million nicht erfüllen könnte, wobei es Ausnahmen geben mag – etwa jene Krankenschwester, die sich vom unerwarteten Erbe den Traum vom eigenen Zirkuszelt erfüllte. Für die meisten von uns bleiben die «Wenn ich mal ... dann aber»-Vorsätze das, was sie sind: Vorsätze, Gedankenspiele. Aufgeschoben ist nicht aufgehoben? Ach, meist eben doch. Schlimmstes von allem: Wenn die Kinder erst groß sind, dann trennen wir uns. Wie viel leichter wäre es, wir hätten die Kraft, unsere Sehnsüchte zu erfüllen in dem Moment, in dem sie in uns unbezwingbar groß werden. Ich kann es auch nicht, übrigens. *1/96*

GEKRITZEL IN BÜCHERN

Also … ich gebe es zu: Ich kritzle in Büchern herum. Natürlich nur in meinen eigenen, aber da ist es schon so weit, dass ich ohne Bleistift in der Hand gar nicht mehr lesen mag. Ich muss doch anstreichen, was wichtig ist! Ich muss es einerseits, weil ich viele Rezensionen schreibe und dann rasch wichtige Zitate wiederfinden möchte, aber ich muss es andererseits und letztlich viel zwingender aus einem inneren Drang heraus. Da steht was über die Liebe, genau das habe ich auch schon immer gedacht, nur nie so schön sagen können, also: anstreichen! Wenn ich in alten Büchern blättere und lese, was mir anstreichenswert erschien, als ich achtzehn, zwanzig Jahre alt war, muss ich sehr lachen und finde die wilde junge Elke wieder. Auch alle Fremdwörter habe ich damals nachgeschlagen und am Rand erklärt. Im Laufe der Jahre werden die merkenswerten Zitate wesentlich gelassener, und so kann ich anhand gelesener Bücher meine eigene Entwicklung verfolgen. In den siebziger Jahren strich ich zum Beispiel an: «Wie traurig, eine Frau zu sein. / Nichts auf der Welt ist so gering geschätzt. / Jungen stehen lässig an der Tür / wie aus den Himmeln gefallene Götter.» Was das ist? Ein kurzes Gedicht aus dem 3. Jahrhundert nach Christus, geschrieben von der Chinesin Fu Xuan. Schön, das nach Jahren wiederzulesen und festzustellen: Es stimmt noch immer. Schwierig wird es, wenn man Bücher ausleihen soll, in denen man herumgekritzelt hat – peinlich, weil sie zu viel von einem selbst preisgeben, Gefühle, Gedanken, Wut. Köstlich hingegen, ein Buch mit Notizen geliehen zu bekommen. Ich blättere es immer zuerst ganz durch und will sehen, wo der fade Rainer «Bravo!» an den Rand geschrieben hat oder «Prächtig ausgedrückt!». Das genau sind in der Regel die dümmsten Stellen. Schlimm sehen oft Bücher aus Bibliotheken aus – was keinem gehört, kann jeder verhunzen, und anonyme Kommentare, Eselsohren und Anstriche stören sehr beim Lesen. Man möchte den Text kennenlernen und lernt unfreiwillig die Deutung des Vor-Lesens kennen, an dem man nur wenig interessiert ist. Schrecklich auch, wenn «Wieso?» oder «Was soll das heißen?» am Rand steht und man weiß, was das heißen soll, aber der, dem man es erklären möchte, ist nicht greifbar. Ich selbst neigte früher dazu, meine Gegenargumente an die Ränder zu kritzeln: «Schopenhauer irrt, weil nämlich …» Heute kann ich darüber lachen, hüte mich aber, solche Bücher auszuleihen, die mein philosophisches Duell mit Schopenhauer belegen könnten. Geht nicht gut aus für mich. In Arztwartezimmern sehe ich immer wieder lesende Patienten, die verstohlen, damit es keiner merkt (es merken immer alle), einen Artikel aus einer Zeitschrift des Lesezirkels heraustrennen. Das ist die andere Form des Markierens: die Seite gleich ganz mitnehmen – in Zeitungen entschuldbar, für Bücher der Tod. Aber irgendwas muss dran sein an dem Spruch, dass man, was man schwarz auf weiß besitzt, getrost nach Hause tragen kann, und sei es ein BRIGITTE-Kochrezept. Aber ich lese Tim O'Brien und streiche an: «Es gibt keine Ordnung. Schuld hat nur das menschliche Herz.» *8/96*

IMMER UNTERWEGS

Also ... immer, wenn es irgendwo besonders schön ist, will ich sofort da leben. Wir machen Urlaub in Italien, und ich beschließe: Hier bleiben wir. Das Wetter ist gut, die Sprache ist schön, die Landschaft ist herrlich, der Oleander blüht, und guck doch mal: richtige Zitronen! Warum sollen wir uns in diesem grauen, schlechtgelaunten Deutschland herumquälen ... Wir sind an der Nordsee, und ich weiß: Das ist die Zukunft! Gute Luft, die Weite des Himmels, die leckeren Pannekoeken, und wie niedlich klein doch alles ist in Holland, warum wohnen wir nicht hier? Wir fahren durch Frankreich, und ich glaube, dass ich ohne blühende Lavendelfelder, klare Flüsse, verschwiegene Täler nicht mehr leben kann, und halb verfallene Schlösser sind für wenig Geld zu kriegen, also, was hindert uns? Hier werden wir Ziegen züchten, lesen, schreiben. Endlich Ruhe und Frieden! Wir sind in New York, und ich raste aus: Da ist das Leben! Da ist Vielfalt! All diese Sprachen, Nationalitäten, die Restaurants, die Läden, rund um die Uhr geöffnet! Keine Spur von deutscher Muffigkeit, große weite Welt macht große weite Gedanken, wir geben alles auf und mieten uns hier ein Loft hoch über den Dächern. Wir fahren durch die Schweiz. Ist das nicht ein schönes Land? Seen und Berge, so gute Weine, die leckeren Rösti, alles ist viel gemütlicher als anderswo, hier sollten wir uns niederlassen und träumen. Ja, ja. Das Leben besteht nicht nur aus Träumen, sondern hauptsächlich aus Realitäten, und meine Träume haben uns immerhin schon etwa zwanzig Umzüge und vier Länder eingebrockt. Und auch jetzt pendele ich ständig zwischen dem idyllischen grünen Stadtrand und der Innenstadt mit Kneipen und Krach hin und her. Weiß ich nicht, was ich will, bin ich schwer zufriedenzustellen, oder ist das Leben einfach so vielseitig, dass ich möglichst viele Häppchen davon haben möchte? Es ist wohl beides. In der Stadt sehne ich mich nach dem Garten, im Garten denke ich, das Leben rauscht da draußen an mir vorbei. In New York schnappe ich nach Luft, und in der Bretagne habe ich zu viel davon. Überall baue ich wieder Nester, hänge Bilder auf, stelle die Bücher hin, und nach einer Weile fehlt genau das, wovor ich vorher weggelaufen bin. Meine Freunde stöhnen schon: Was macht sie nun schon wieder? Mein Mann packt geduldig Kisten ein und aus und bringt wieder mal Fliegengitter an. Jeder Umzug verändert alles – neue Ärzte, neue Zeitung, neue Sprache, alte Möbel auf neue Maße zurechtgesägt. Warum um Himmels willen nimmt man all das auf sich? Um dann wieder zurück ins Vertraute zu ziehen. Aber doch mit diesem ein bisschen anderen Gefühl: Man hat es immerhin mal gewagt. Man ist mobil geblieben. «Werd ich zum Augenblicke sagen: Verweile doch, du bist so schön! Dann magst du mich in Fesseln schlagen, Dann will ich gern zugrunde gehn!», sagt der Glück suchende Faust im Pakt zu Mephisto. Und wann kommt dieser Augenblick? Als er die beiden Alten, Philemon und Baucis, zufrieden und glücklich vor ihrer Hütte sitzen sieht. Das möchte er auch! Und ist verloren. Na, nicht ganz: Die Engel retten ihn vor der eigenen Unruhe und der ewigen Verdammnis. Im Himmel wird dann nicht mehr umgezogen. *21/99*

GEHEIMNISVOLLE ZETTEL

Also ... ich habe so einen Hang, Dinge, die ich mir merken will und muss, wahllos auf Zettel zu schreiben. Eben fand ich einen solchen Zettel, in meinem Adressbuch. Es steht darauf, in großen ernsten Buchstaben: NICHTS VON WERFEL! Was will mir der Zettel sagen? Dass wir bei Werfel nicht mehr einkaufen? Dass wir lange nichts von Familie Werfel gehört haben? Nein, er sagt: dass ich eines Tages entsetzt festgestellt habe, dass in unseren Bücherregalen nicht ein einziges Buch von Franz Werfel steht, aus welchem nachlässigen Grund auch immer. Ich habe mir das wohl aufgeschrieben, um beim nächsten Gang in den Buchladen nachzusorgen.

Was bedeutet der Zettel mit «1,30 mal 2,20, 40 hoch»? Es sind Maße, ja, aber nun doch nicht meine. Ein Bett? Betten sind oft 1,30 m breit. Welches Bett? Wessen Bett? Wollte ich eine Bettdecke kaufen? Was bedeutet der Zettel, den ich unter der Kommode im Flur fand: «Mi. fr. To-Pfl./Ma.» steht drauf, in der Schrift des Hausherrn. Ach, sagt er, Mist, hab ich vergessen, Mittwoch wollte mir der Bauer auf dem Markt frische Tomatenpflanzen für den Garten mitbringen. Mi. fr.To-Pfl./Ma., ja, natürlich. Wie wohltuend dagegen an der Kellertür: «2.11., Leo Geburtstag!» Einkaufszettel, die Woche über akribisch geschrieben bei jeder Entdeckung von Fehlendem – Salz, Zahnpasta, Bandnudeln, mahagonirote Schuhwichse –, vergesse ich grundsätzlich auf der Küchenkommode.

Ich habe auch nie die Zettel mit den Maßen dabei, wenn ich Tischdecken oder Stoff für irgendwas (1,30 mal 2,20, 40 hoch) kaufen will. Hatte die Lampe im Flur, die nun schon ewig kaputt ist, Birnen mit kleinem oder mit großem Schraubgewinde oder gar eine französische Fassung? Keine Ahnung. Steht auf irgendeinem Zettel, aber den Zettel finde ich nicht. Wenn ich von solchen frustrierenden Einkäufen nach Hause komme, liegt auf meinem Schreibtisch ein Zettel: «Eine Frau hat angerufen, du sollst unbedingt zurückrufen, du wüsstest schon. Namen hab ich nicht verstanden.» Grundgütiger Himmel! Ich lege einen Zettel hin zum Dank: «Ruf du sie doch an, dann kannst du gleich fragen, wie sie heißt.»

Ich notiere mir schöne Zitate, Kalendersprüche, Gedichtzeilen auf Zetteln, und wenn ich sie dann zitieren möchte – etwa in dieser Kolumne –, dann trau ich mich nicht, weil ich vergessen habe dazuzuschreiben, wer das wann und wo gesagt hat, und dann gibt es wieder Scherereien. «Man schreibt und schreibt, und schon ist das Leben vorbei» – schön. Ist das von mir? Von einem entnervten Dichter, einer Dichterin? Von einem Journalisten? Es steht einfach so in Gänsefüßchen auf einem meiner Zettel, die Gänsefüßchen deuten an: Von mir ist es nicht. Ein Zettel in der Brieftasche, mit tintenschwarzer Ironie: «Er stürzte sich in den Abgrund und ließ, um sich zu verewigen, einen Pantoffel am Abgrund zurück. Doch niemand hat den Pantoffel je gefunden.» Von wem ist das? Und warum um alles in der Welt habe ich mir das notiert, was wollte ich denn damit? Pantoffeln kaufen? Mich in einen Abgrund stürzen? Jemanden vom Selbstmord abhalten? Ach, und noch was – Tel. 25 26 72, ohne Vorwahl, wer ist das? Bitte melden! 6/94

ÄRGER UND VERSTÄNDNIS

ÜBER RADFAHRER

Also … Radfahrer sind doch wirklich die besten Menschen, die es gibt.

So ein Autofahrer verpestet die Luft, macht Krach, verstopft die Städte. Autofahrer bringen den Wald und die Fußgänger um, kommen dir als Geisterfahrer entgegen, zerstören die Landschaft durch immer neue Forderungen nach immer breiteren Straßen. Fußgänger sind lahm, fett und faul, erhöhen die Krankenkassenbeiträge durch Herzinfarkte, tun nichts für ihre Gesundheit, gehen mit ausgestrecktem Schirm über Zebrastreifen und halten den Verkehr auf. Aber die Radfahrer! In frischer Luft sitzen sie auf ihrem Gefährt, das sie durch eigene Energie antreiben, sie tun etwas für die Umwelt und die eigene Gesundheit, sie entlasten den Straßenverkehr und die Natur, sie schauen offenen Auges ringsum in die Welt, die sich dem Autofahrer so wenig erschließt wie dem müden Fußgänger zwischen Supermarkt und Heim.

Radfahrer sind die rücksichtslosesten Menschen, die es gibt.

Radfahrer kommen dir in Einbahnstraßen entgegen und erschrecken dich ohne Licht in der Nacht, sie klingeln dich von Gehwegen herunter, wenn du Fußgänger bist, und nehmen dir die letzte Parklücke weg, wenn du Autofahrer bist. Du kannst ihr Rad nicht beiseitestellen, es ist mit einer dicken Eisenkette an den Laternenmast gefesselt. Radfahrer überholen rechts, fahren bei Rot über jede Kreuzung und machen Parkwege zu Rennstrecken. Sie tragen scheußliche Plastikkleidung in grellen Farben und überfahren deinen Dackel. Sie machen Fußgängerzonen unsicher, beschimpfen dich unflätig, wenn du dich beklagst, und sausen dann davon, ohne das Echo abzuwarten.

Radfahrer sind doch wirklich die ärmsten Menschen, die es gibt.

Da sind sie – aus Umweltbewusstsein, Gesundheits- oder Kostengründen – aufs Fahrrad gekommen, und was ist? Die Autos drängen sie an den äußersten Straßenrand und spritzen sie voll Dreck. Lastwagenfahrer walzen sie beim Rechtsabbiegen einfach platt, weil sie sie chronisch übersehen. Auf ihren Radwegen parken Autos, auf den Gehwegen werden sie von Fußgängern angepöbelt. Der Radfahrer ist schutzlos dem Wetter ausgeliefert und muss sich noch dumm anreden lassen, wenn er triefnass mit Hosenklammern ein bürgerliches Gasthaus betritt. Man klaut ihm die Pumpe und das Einkaufskörbchen vom Gepäckträger, man zwingt ihn zu immer neuen Reflektorgläsern und schlitzt ihm den Sattel auf. Die Klingel rostet, das Ventil entlässt Luft, er muss ständig warten und pflegen und darf sein Rad nicht mal im Hausflur des Wohnblocks abstellen, weil da schon zwei Kinderwagen stehen. Ist der Radfahrer nun a) Held, b) Täter oder c) Opfer? Sollen wir ihn verachten oder bewundern oder links liegenlassen? Sollen wir ihm Reißnägel auf den Radweg streuen? Ihn mit unserm Schäferhund hetzen oder bravo, bravo rufen, wenn er neben uns bergauf keucht? Ist der Radfahrer eigentlich ein Mensch wie du und ich oder ein unheimliches Fabelwesen, das sich rätselhaft vermehrt? Bringt er Pest oder Leben? Eine Studie, an der Kölner

Universität erstellt, beschäftigt sich mit dem Seelenleben des Radfahrers. Ergebnis: Der Radler ist Dr. Jekyll und Mr. Hyde in einer Person. Friedlich kann er durch die Wiesen dahinfahren, aber wehe, etwas reizt ihn, dann wird er zum wilden Stier und kennt kein Erbarmen. Er schwankt zwischen tiefer Verzweiflung, wenn er in Abgaswolken an Ampeln steht, und grenzenlosem Hochmut, wenn er sich an der Kreuzung an die Spitze einer hupenden Autoschlange setzt. Er empfindet Hindernisse als Herausforderungen, an denen er wächst. Er fühlt sich frei, aber eben auch als Verkehrsanarchist. Er hält sich für ein Vorbild und ist wie alle solche gefährlich. Er ist tatsächlich ein Mensch wie du und ich. *9/87*

DER BELEHRER

Also ... heute wollen wir aber dem Belehrer mal ein Denkmal setzen. Der klassische Satz des klassischen Belehrers lautet: WENN DAS JEDER MACHEN WÜRDE. Ach, das haben wir doch alle schon mal irgendwann gehört, oder? Die klassische Antwort wäre: MACHT ABER NICHT JEDER, NUR ICH. Doch wenn es sich um einen echten Belehrer handelt, ist jede Antwort sinnlos. Der Belehrer ist auch der, der sich auf der Autobahn sofort mit 50 km/h links einordnet, wenn ein Schild verkündet, dass sich die Fahrbahn in 3 km verengen wird und man sich dann nicht mehr überholen darf. Er zeigt uns jetzt schon mal, wie das geht, danke, Onkel Lehrmeister! Der Belehrer weiß auch: «Ihr Rücklicht brennt nicht!», wenn ich mit dem Fahrrad an ihm vorbeifahre. Soll ich jetzt absteigen und ihm sagen, dass ich an diesem Rücklicht seit zwei Jahren herumfummele, und es brennt immer nur nach Lust und Laune? Soll ich mich bedanken oder ihm sagen, er soll sich doch um seinen eigenen Kram kümmern? Er hat ja recht, es brennt mal wieder nicht, aber was soll ich jetzt mitten in der Nacht daran ändern? Ihn befriedigt es, mir das mitzuteilen. Der Belehrer weiß auch: «Sie fahren auf der falschen Seite» oder «Sie können hier nicht parken», wahlweise: «Sie dürfen hier nicht rauchen.» Zur ganz großen Form läuft der Belehrer an Kassen auf: Er weiß genau, wer nach wem dran war, o ja, und wehe, man lässt jemanden, der wirklich nur zwei Teile und es sichtbar eilig hat, vor – dann schwillt dem Belehrer aber mächtig der Kamm: «Der kann sich hinten anstellen wie wir alle!» Und da ist er auch schon wieder, der beliebte Belehrsatz Nr. eins: «Wenn das jeder machen würde.»

Ja, wenn das jeder machen würde. Aber wir sind nun mal Individualisten, und der eine hat diese Macke und der andere jene. Der eine übertritt schon mal leichten Fußes ein Gesetz, ein anderer täte so was niemals. Nein, es ist nicht richtig, die Blumen für den Muttertag in den städtischen Anlagen zu klauen, und wenn das jeder machen würde, sähen die Anlagen traurig aus. Da es aber nicht jeder macht, sondern nur der dumme Bub, der sein Geld verloren oder den (blöden) Muttertag vergessen hat, wird es eine so weltbewegende Rolle wohl nicht spielen, oder? Nicht so für den Belehrer. «Können Sie nicht lesen?» ist seine erste Frage, und auf dem Schild steht doch: «Rasen betreten verboten.» Ich hänge mir jetzt auch ein Schild um: «Bin erwachsen. Belehren verboten. Sündige gern und bewusst. Guten Tag.»

Und ich erzähle Ihnen noch die schönste Geschichte aus meinen Belehrer-Abenteuern: Da fuhren meine Freundin und ich mit den Rädern, auf einem Waldweg, und es war ein bisschen matschig, und vielleicht haben wir den spazieren gehenden Rentner ja tatsächlich ein wenig angespritzt, und sicher hätten wir uns, wäre es so gewesen, auch bei ihm entschuldigt. Aber als er uns den Satz nachschrie: «Geben Sie mir sofort Ihre Adresse, ich zeige Sie an!», da konnten wir eigentlich nur noch lachen und einfach weiterfahren. Denn gleich hinter dem Belehrer kommt der Anzeiger. Da kann man nur noch fliehen.

24/95

VON IRGENDWOHER ERTÖNEN STIMMEN …

Also … sagt der Captain im Flugzeug, als ich endlich gerade eingenickt bin, er sei Captain Fischer, und er und seine Crew wollten uns nun aber doch ganz herzlich an Bord des Jets auf unserem Flug nach Zürich begrüßen. Die Flughöhe betrüge 8000 Meter, und das Wetter in Zürich soll diesig sein. Schade, dass man nichts sieht, da unten wäre jetzt der Bodensee, und dann wünscht er uns noch einen guten Flug. Den hatten wir bisher auch, aber nun hat er uns geweckt, und jetzt wird bedient und serviert, weil es ja eine Stunde ohne Essen und Trinken nicht geht. Ohne Reden auch nicht, nirgends. Wohin wir kommen – ein Lautsprecher ist schon da, durch den uns jemand begrüßt, beschwört, seine Sonderangebote mitteilt. Im Zug ist es am schlimmsten. Dass sie uns durchsagen, der nächste Halt sei Offenburg, und Reisende nach Baden-Baden müssten da jetzt umsteigen, das will ich ja noch einsehen. Aber warum erzählen sie uns, dass das Intercity-Team gewechselt hat? Ich merke es auch selbst, wenn schon wieder ein Kontrolleur kommt und auch noch mal das Kärtchen sehen will. Und warum behaupten sie per nicht abstellbarem Lautsprecher, dass sich jetzt das DSG-Team im Speisewagen auf meinen Besuch freue? Es stimmt ja gar nicht! Die sind da und haben da ihren Arbeitsplatz, und ob ich komme oder nicht, ist denen so wurscht wie nur was, warum lügt der Onkel Durchsager mich an? Und warum erzählt er mir die Speisekarte? Das wissen wir doch nun nachgerade, was es im deutschen Speisewagen zu essen gibt – Rindsroulade bürgerlich mit Leipziger Allerlei oder Huhn im Reisrand, aber dafür eine Durchsage von fünf Minuten, man kann nicht lesen, die Kinder werden wach, und die Gespräche sind unterbrochen. Noch schlimmer ist es im Supermarkt. Ja, natürlich muss der Chef durchsagen: «Frau Speckmann, bitte nach Kasse drei!» Aber wer ist der eigens angemietete Herr mit der extra geölten Stimme (Elmar Gunsch?), der jetzt säuselt: «Welttierschutztag, meine sehr verehrten Damen und Herren, da wollen wir auch an unsere lieben kleinen Vierbeiner daheim denken. Die 800-Gramm-Dose Hundeglück ist heute besonders günstig im Angebot, und die 400-Gramm-Dose Katzengold gibt es schon für 1,49 Mark, ja, da heißt es doch einfach zugreifen, und vergessen Sie bitte nicht, meine sehr verehrten Damen, in unserer Kaffeeabteilung einmal nachzusehen, das Verwöhnaroma ist wieder ganz frisch und nur für Sie eingetroffen.» Ist ja gut! Jetzt habe ich vergessen, was ich noch einkaufen wollte und immer stur vor mich hin gesagt habe, bis dieser Eintänzer mir dazwischengeredet hat – Brot, Essig, Milch und – und … «Meine lieben Kinder», fängt er schon wieder an, «sicher hat eure Mutti nichts gegen das Naschen, wenn es ein gesundes Naschen ist. Unsere Nüsschenriegel in der Schleckerabteilung …» Ich bring ihn um! Ich bring ihn um, wenn ich ihn sehe, aber man sieht die ja nie, die zu uns sprechen. Von irgendwoher ertönen ihre Stimmen, treffen uns in Augenblicken, in denen wir nichts hören wollten, und Ausweichen, Abstellen oder Leiserdrehen ist gleichermaßen unmöglich. Da müssen wir nun durch, egal, was uns mitgeteilt wird. Als der HERR damals zu Moses sprach, hatte er doch wenigstens noch etwas Wichtiges mitzuteilen. Und «Nächster Halt: Tacitusstraße» in Linie 6, doch, ja, ist einzusehen. Aber welche Möglichkeiten gibt es, Captain Fischer und seine Crew von ihren Begrüßungsritualen abzubringen? Ich fürchte, keine. *5/92*

ÜBER DAS STERBEN

Also ... als die Mutter endlich starb, nach einem Dreivierteljahr der Bewusstlosigkeit, da waren beide Kinder nicht erreichbar. Doch, man hat sie dann noch rechtzeitig zur Beerdigung aufgetrieben, missmutig kamen sie angereist – aus Ibiza. Warum musste das ausgerechnet im Urlaub passieren! Nur gut, dass man die Wohnung schon vor Monaten aufgelöst hatte. Mutter hatte die Wohnung ja doch nicht mehr gebraucht, also konnte man schon ausmisten, renovieren, weitervermieten. Als sie im Krankenhaus ganz allein starb, hatte sie längst nichts mehr – keine Adresse, kein Bett, keine Couch, keinen Fernseher. Brauchbares hatten die Kinder unter sich aufgeteilt, einiges konnte man noch verkaufen, der Rest wanderte in den Müll – Briefe, Schreibkram, Persönliches, Kleider. Weg damit. Man hatte sowieso zu Mutter in den letzten Jahren kein gutes Verhältnis. Sie war so komisch geworden – immer jammerte sie, wenn man anrief, irgendwie versuchte sie direkt, die Tochter zu erpressen: «Wann kommst du?» Aber es ist weit von München bis Hannover, verdammt noch mal, wie soll denn das gehen? Gut, der Sohn lebte am Ort, aber man weiß, was ein Zahnarzt zu tun hat, wenn er zu tun hat. Er hatte ihr die Wohnung bezahlt und tat jeden Monat was dazu, mehr war nun beim besten Willen nicht drin, und in seinen Bekanntenkreis passte Mutter auch nicht. Sie bekam nichts mit von den Gesprächen – man konnte sie also nie dazu einladen, wenn was los war, höchstens alleine, aber die Schwiegertochter kam nicht gut aus mit ihr. So besuchte der Sohn sie ab und zu auf einen Sprung, wenn er gerade in der Nähe war, aber das war jedes Mal eine Qual für beide – worüber hätte man reden sollen? Enkel gab es nicht. Als Mutter den Schlaganfall erlitt, kam sie in die beste Klinik. Beide Kinder waren am Anfang da, sahen dann aber, dass es keinen Zweck hatte, extra zu kommen, sie reagierte ja auf nichts mehr. Mutters Schwester behauptete zwar, wenn man lange zu ihr spräche, würde sie das plötzlich durch einen Händedruck erwidern, aber bewiesen war das nicht. Gut, dass Mutter es nun endlich hinter sich hat. Und die Kinder auch, vor allem die Kinder. Nach der Beerdigung ist das Kapitel Kindsein dann endlich und endgültig zu Ende. Der Pfarrer spricht von der Toten, die uns Schwester, Freundin, Mutter und Großmutter war. Nanu? Großmutter war sie doch gar nicht! Kränze mit Aufschrift, kleiner Imbiss hinterher, ganz bescheiden. Mutter hätte es nicht anders gewollt. Eine Wohnung zu kaufen, ein Auto zu verkaufen, einen Urlaub zu buchen – das geht mit mehr Anteilnahme vor sich als das Loswerden eines lästig gewordenen Menschen, der nichts mehr nützt. Stürzt ein Flugzeug ab, gibt es ein Unglück – alle Toten werden gesucht, identifiziert, liebevoll beigesetzt. Der besondere Tod wird mit Betroffenheit gehandhabt. Der normale, gar überfällige Tod ist eine Zeremonie geworden, die an ritualisierter Lieblosigkeit nicht mehr zu überbieten ist. Wir binden den Hund, den wir nicht mehr wollen, an der Autobahn an, wir werfen die Katze in den Müllcontainer, wir schlagen das Kind, wenn es bei der Fußballübertragung stört, wir beerdigen alte Menschen, eh sie tot sind.

Nicht nur wegen Krieg, Elend und Rüstung sieht die Welt so aus, wie sie aussieht. *24/88*

DER GÜNSTIGE AUGENBLICK

Also ... Christa ist immer zu spät, Inge immer zu früh. Beides ist grässlich, wenn man für sie kocht. Bis Christa kommt, ist alles zu Matsch verkocht, wenn Inge kommt, hat man wahrhaftig noch keine Zeit für sie, sondern würde gerade diese zehn Minuten zum Aufbrezeln im Bad dringend brauchen. Der richtige Augenblick! Wann ist der, wenn man um neun Uhr zu einer Party geladen ist? Um neun ist er nicht. Um zehn? Warum wird dann nicht gleich auf zehn Uhr eingeladen? Ganz einfach, weil dann alle um elf kämen. Es ist sehr kompliziert. Wenn das Kino um acht Uhr anfängt, ist es völlig falsch, um acht Uhr da zu sein: Man muss sich dreißig Minuten und mehr Autohauswerbung, Idiotisches über die örtliche Tageszeitung und Vorschauen auf den «Terminator» ansehen. Dann muss man Eiscreme kaufen, dann kommt noch eine Vorschau, dann, um zwanzig vor neun, fängt vielleicht der Hauptfilm tatsächlich an. Wehe aber, man kommt dazu auch nur drei Minuten zu spät – den Film kann man vergessen. Nichts ist schlimmer, als in ein dunkles Kino zu kommen, in dem der Hauptfilm schon angefangen hat – du hast mit Sicherheit die wichtigste Szene verpasst, in der die Frau nämlich den Mann gerade angeschrien hat: «Und überhaupt ist Greta gar nicht deine Tochter!», und die Tochter hat das Haus weinend verlassen. Du siehst eine heulende Tante durch blühende Natur fahren – warum heult sie? Du wirst es nie erfahren, du warst zu spät.

Oper und Theater sind rigoros und lassen Nachzügler nicht mehr rein. Im privaten Kreis kann man das nicht machen. Das Essen ist zusammengefallen, da kommt Christa angehetzt, eine Dreiviertelstunde zu spät. Wirft man sie raus? Ist man beleidigt? Bedeutet eine Dreiviertelstunde so viel, im Hinblick auf ein langes Leben? Nein, aber im Hinblick auf ein Abendessen. Ich gebe zu, dass ich furchtbar pünktlich bin – getrimmt durch Jahrzehnte bei Radio und Fernsehen, die Nachrichten sind immer um Punkt, da kann man nicht zu spät kommen. Kann man nicht? Für keine wichtige Meldung, keinen Krieg, keine kulturelle Veranstaltung werden Nachrichten und Sendungen verschoben, aber immer gern für Sport: Tennis, Fußball, aber ja! Verschieben wir die Tagesschau, ist doch selbstverständlich! Nein, es ist empörend. Ist so empörend wie das Einkaufen der Rentnerin oder der Hausfrau mit Zeit nach 17 Uhr, wenn die Berufstätigen darauf angewiesen sind – in diesem Land mit seinen rückschrittlichen Ladenschlussgesetzen. Die meisten Menschen, scheint mir, machen sich über Zeit und Zeiteinteilung nicht die geringsten Gedanken. Aber die sind mir letztlich lieber als ein Thomas Mann, der sich ein Leben lang um Punkt halb acht wecken ließ und auch sonst nach dem Korsett der Uhr lebte, oder als die, die um Punkt zwölf Uhr mittags den Griffel hinlegen, «Mahlzeit!» schreien und in die Kantine gehen. Dann schon lieber Walter, der sich um drei Uhr nachmittags mit «Guten Morgen!» am Telefon meldet. Zeus hatte einen jüngsten Sohn, der soll Kairos geheißen haben und der Gott des günstigen Augenblicks gewesen sein. Das ist es: der günstige Augenblick! Für die entscheidende Frage, für die letzte Zigarette, fürs Aufstehen und fürs Arbeiten, für die Party und das

Umwenden des goldbraunen Pfannkuchens. Es ist eine Gabe wie Musikalität oder der grüne Daumen, ob man für den günstigen Augenblick ein Gespür hat. Faust wusste das: «Werd' ich zum Augenblicke sagen: Verweile doch, du bist so schön! Dann ...» Dann. Für immer gerettet, für immer verloren. Und während ich das schreibe, warte ich seit einer halben Stunde auf Christa. Wir wollten eigentlich ins Kino. *15/95*

ALLES SCHON RESERVIERT!

Also ... das kann ich schon leiden. Man kennt das ja vom Strand: Zehn Liegestühle sind besetzt, in dreißig weiteren liegen Zeitungen, Bademäntel, Kulturbeutel (Kulturbeutel! – auch mal ein schönes Thema!) und deuten an: BESETZT. Das vornehme Wort für BESETZT, das an so einen eindeutigen Ort erinnert, ist: RESERVIERT. Wer kennt sie nicht, die einladenden Tische am Fenster im erst halbvollen Restaurant! Da steuerst du hin mit deinem Herzallerliebsten, das ist genau die lauschige Ecke, die ihr nach den krisengeschüttelten letzten Tagen für ein versöhnliches Abendessen, Blick auf den See, jetzt braucht. Und was sagt das kleine Kärtchen unter dem kleinen Blumensträußchen? RESERVIERT. Der Ober mustert euch. Gefallt ihr ihm nicht (keine edlen Klamotten, keine Aussicht auf große Zeche oder großes Trinkgeld), dann bleibt der Platz reserviert, und ihr müsst euch vorne neben die Schwingtür zur Küche setzen, und die Krisen schütteln weiter. Irgendwann im Laufe des Abends wird seine Hoheit der Oberkellner das Reserviert-Schildchen dann diskret verschwinden und ein Paar Platz nehmen lassen, das auch nicht besser aussieht als ihr. Gefallt ihr ihm, ist das alles sofort geregelt, Schildchen weg, und da steht auch schon das gute Pizzabrot kostenlos auf dem Tisch.

Du kommst ins Kabarett, pro Reihe sitzt ein Typ, der Rest: Mäntel und Schals – alles reserviert, durch die Bank. Irgendwo liegt ein Schal nur halb auf dem Stuhl – «Ist da noch frei?» Muffiges Nicken, ja setz dich her, du Trampel, eigentlich hätte ich lieber allein gesessen, aber nun ist eben nichts daraus geworden. Du setzt dich neben eine nunmehr reservierte Nachbarin.

Am schönsten ist es, wenn du in der Stadt bei der Parkplatzsuche eine Lücke entdeckst und sie glücklich ansteuerst. Nix da! Wedelnd springt dir ein Knabe entgegen und bedeutet: Besetzt! Seine Mutter erledigt nur noch was da vorne am Drive-in-Sparkassenschalter, und Heinzi hält tapfer hier den Platz frei. Darf der das? Wo ist die Obrigkeit, die solches klärt? Sonnenschirme sind reserviert und Kirchenbänke, die Salzburger Festspiele sind durchweg reserviert für Honoratioren, und an Karten in Bayreuth kommt auch nicht jeder – reserviert. Man kann nicht mehr einfach abends in ein gutes Lokal zum Essen gehen – schon an der Tür wird man abgefertigt: «Sie haben nicht reserviert? Bedaure.» Ja, wann hätte ich denn reservieren sollen: Vor zwei Stunden wusste ich doch noch gar nicht, dass mir heute nach diesem Essen und just hier zumute sein würde!

So geht's aber nicht mehr. Wir sind so um die fünf Milliarden auf der Welt, Herrschaften, da muss, wer zum Zuge kommen will, alles überall immer reservieren lassen: vom Sitzplatz im Zug über die Theaterkarte und den Studienplatz bis zum Altersheimplatz und natürlich bis hin zum Grab. Auch Friedhöfe haben nur begrenzt Platz. Lassen Sie es sich bitte nicht einfallen, einfach so zu sterben, plötzlich. Wo soll man denn mit Ihnen hin? Alles reserviert! Hier liegen schon die, die im Lokal den Fensterplatz hatten, im Kabarett Reihe drei und jedes Jahr den «Ring» in Bayreuth. Reserve hat Ruh. *25/87*

KRIEG DER TÖNE

Also ... das Zauberwort heißt: Beschallung. Alles wird beschallt. Steigen wir ins Flugzeug, dudelt Beruhigungsmusik, im Fahrstuhl säuseln die Geigen, und bittet man im Restaurant darum, die Musik doch wenigstens etwas leiser zu drehen, damit man sich unterhalten kann, bekommt man zur Antwort: «Die Gäste wollen das aber so.» Ich bin auch «die Gäste», und ich will das nicht so! Aber nun bin ich auch noch aus einer Generation, die die Schularbeiten nicht zu Discosound machte. Heute hat jedes Kind seine Anlage und schiebt zur Matheaufgabe Madonnas neueste CD ein. Es wird rundum beschallt, im Supermarkt, im Kaufhaus, im Café; die Bundesbahn, sonst bei mir auf der Abschussliste gern ganz oben, verstört uns immer nur durch Ansagen, dass jetzt im Speisewagen ein freundliches Team uns gern erwartet, aber wenigstens müssen wir hier noch nicht Musik hören auf der Fahrt von Freiburg bis Hamburg. Fahrgäste, die das nicht aushalten, haben eh ihren Walkman dabei und versorgen die Mitreisenden durch das Quäken aus billigen Kopfhörern gleich großzügig mit der gewohnten Geräuschkulisse. Wo gibt es noch Stille? In der Toskana! Am Meer! Im Wald! Ach was. In der Toskana lärmen die berühmten Toskanadeutschen voll des Weines in den Altstadtgassen, am Meer wird mit Spezialautos durch den Sand gebrettert, Musik voll aufgedreht, im Wald singt der Wanderverein. Uns gegenüber ist eine Baustelle, seit Monaten werden unbeschreiblich hässliche Häuser mit unbeschreiblich viel Lärm hochgezogen, immer zu Radiomusik. Ob es die Maurer sind oder die Dachdecker, sie fangen gegen sieben Uhr morgens an und hören alle WDR 4 auf Überlautstärke, und wir Anwohner hören mit. Vorsichtige Beschwerden wurden ins Reich der Spinnereien verwiesen, es wird weitergedudelt, und so bleiben eben bei uns in diesem Sommer die Fenster geschlossen. Kleiner Einwurf: Ich mag Musik! Ich möchte mir nur aussuchen dürfen, welche ich wann wo und wie laut höre – kann man das nachvollziehen, ja? Das Europaparlament hat sich mit dem Thema Lärm vor einigen Jahren befasst und ist zu dem Schluss gekommen, dass der Mensch ein Grundrecht auf Stille hat. Vielen lieben Dank! Was folgte aus diesem Schluss? Na, wir kennen doch unser feuriges Europaparlament und seine durchschlagenden Wirkungen – nichts natürlich. Ob ich es anrufen soll, wenn der Bauarbeiter morgen früh wieder mit WDR 4 anfängt? Soll ich DIE POLIZEI holen? Ich erinnere mich schaudernd an die Partys unserer Jugend, bei denen die von Nachbarn alarmierte Polizei aufkreuzte, weil Jimi Hendrix zu laut war. Nein, so tief will ich nie sinken, ich habe bei so vielen Dingen immer noch die Hoffnung, dass sie sich von Fall zu Fall und von Mensch zu Mensch regeln lassen. Aber meine Hoffnung schwindet. Lärm überflutet uns an allen Ecken, und niemand ist zuständig. Filme sind so mit Musik zugekleistert, dass man die Dialoge nicht versteht. Autos dudeln an Ampeln in unsere Wohnzimmer, es gibt sogar Grußtelegramme, die uns beim Öffnen eine idiotische Melodie in die Ohren fiepen. Vielleicht hat das alles ja was zu bedeuten. Vielleicht erschrickt der moderne Mensch zu Tode, wenn es plötzlich ganz still um ihn herum ist und er sein eigenes Herz klopfen hört. Vielleicht wird ihm dann ein großes schwarzes Loch in Kopf und Seele bewusst. Vielleicht helfen dagegen nur rund um die Uhr Töne. Hast du Töne? Aber immer. *16/93*

ÜBER EIGENEN UND FREMDEN KRACH

Also ... während ich das hier schreibe, bin ich von einer wahren Orgie an Lärm und Krach umgeben: Der Nachbar haut mit dem Hammer die Fliesen von seinem Balkon; die Nachbarin mäht mit dem elektrischen Rasenmäher ihren Garten; die Kirchenglocken scheppern; ein Lastwagen rattert, voll mit Bauschutt, den Berg hinauf und, leer, ohne Bauschutt, wieder hinunter; natürlich rattert auch meine Schreibmaschine, der Hund bellt den Rasenmäher an, und jetzt klingelt das Telefon. Ich weiß, dass in ein paar Minuten die Waschmaschine in ihrem Programm A-1 (Kochwäsche und Schleudern) ans Schleudern kommt, und ich weiß nicht, ob ich das dann noch aushalten werde. Immer ungeduldiger, immer unbelastbarer werde ich, was den Geräuschpegel betrifft. Die Frauen in den Großraumbüros mit den knurrenden und klappernden Maschinen und Kopierapparaten sind die Helden der Wirklichkeit für mich. Wann rasten sie aus? Wann ist der Punkt gekommen, an dem man einfach nichts mehr hören kann? Bei mir dann, wenn im Kino jemand hinter mir Chips aus einer Knistertüte futtert. Da werde ich zur Furie, zur Persönlichkeitsrecht verletzenden, Tüten entreißenden Bestie. Ein Student, den ich im Garten sitzen und fürs Examen lernen sah, schrie plötzlich die zwitschernden Vögel im Baum an: «Seid doch mal fünf Minuten still, ihr verdammten Biester!» Meine Tante kann nach einem Leben an der Nähmaschine an keinem Presslufthammer vorbeigehen, ohne zu zittern, mein Freund schwillt rot an, wenn jemand dauerhupt. Ich ertappe mich, wie ich morgens mit Wurfgeschossen auf der Lauer liege, wenn der grauenhafte Zeitungsausträger mit seinem Mofa kommt und es um sechs Uhr früh so lange vor unserem Haus knattern lässt, bis er die Zeitungen in alle Briefkästen verstaut hat. Aber wenn ich Bruce Springsteen höre, muss ich so voll aufdrehen, dass die Gläser im Regal klirren. Das ist doch Musik! Das kann kein Lärm sein! Die Nachbarin empfindet es anders und sagt es mir deutlich am Telefon. Ich finde, ihre beiden quengelnden Kinder machen mehr Lärm als Bruce Springsteen. Sie ist anderer Ansicht. Es bleibt, dass wir alle gleich empfindlich gegen Krach sind, nur aus anderen Anlässen. Eine dieser dusseligen Umfragen (aber ich lese sie ja doch immer!) ergab, dass die meisten Menschen sich als Lärm-Opfer, nicht aber als Lärm-Täter empfinden. Denn: Selbsterzeugter Krach ist schön, der Krach, den andere machen, ist eine Belästigung. In der «Zeitschrift für Lärmbekämpfung» Heft 2/85 (so ein Blatt gibt es tatsächlich!) wird das berichtet.

Akustische Umweltverschmutzung! Ich fliehe in die Toskana, wo sie am ruhigsten ist, auf einen zypressenbewachsenen Hügel. Nachts liege ich im Bett und kann nicht einschlafen. Woran liegt das, es ist doch so wunderbar hier, so still, so friedlich – daran liegt es. Ich kann die Stille nicht ertragen, sie lastet, sie drückt, sie scheint etwas auszubrüten. Mir fehlen Geräusche! Als endlich ein Hund zu bellen anfängt und gleich darauf der Krach von ein paar Motorrädern zu mir herüberdringt, die nächtlich durch die Dörfer brausen, kann ich beruhigt einschlafen. Fast wäre ich ein Stille-Opfer geworden. Stille muss man anscheinend lernen, Krach, der kommt von ganz allein – dafür sorgen schon ein paar Milliarden Menschen mit unterschiedlichen Interessen. *20/85*

ÜBER SPENDENAUFRUFE

Also … ich gebe zu, dass ich im Hinblick auf Spendenaufrufe ratlos bin und sehr willkürlich reagiere. Nach Gefühl. Also: mit Sicherheit unsachlich und falsch. Aber was soll ich machen angesichts der Fülle ins Haus flatternder Zahlkarten, angesichts der Aufrufe in Fernsehen und Zeitschriften, ich, die ich auch Bettler manchmal bewusst sehe und sie manchmal auch bewusst übersehe, und ich glaube nicht, dass das etwas mit Geiz zu tun hat. Eher mit ohnmächtiger Wut und Unsicherheit.

Eine Hungerkatastrophe furchtbaren Ausmaßes in Afrika: Natürlich sind wir alle gehalten zu spenden. Und innen die nagenden Zweifel, ob man mit gelegentlichen Gaben – und erreichen sie zusammengenommen auch Millionenhöhe – wirklich die Ursachen dieser Zustände ändern kann. Eine Erdbebenkatastrophe in Italien: Wir spenden, und später erfahren wir von fehlerhafter Organisation und von Geschäften der Mafia mit den Hilfsgütern. Ohnmächtige Wut, auch hier. Man wollte helfen und kommt sich betrogen vor. Spenden wir, um zu helfen oder um das Gewissen zu beruhigen? Warum werfe ich die Postwurfsendung der Versehrten weg samt Spendenaufruf, aber die Kontonummer von Amnesty International notiere ich mir? Warum interessiert mich die Blinden- und Aussätzigen-Mission in Indien weniger als das Indian Movement, für das ein Freund um Spenden bittet? Soll ich Greenpeace was überweisen oder dem

Verein gegen Tierversuche, soll ich die Arbeiterwohlfahrt unterstützen oder das Rote Kreuz? Andererseits, warum spendet Flick denn eigentlich nicht für die Hungernden in der Sahel-Zone, für die Verfolgten in der Türkei, für die Opfer der zigsten Überschwemmungskatastrophe? Der Mann hat fünf Milliarden, soll der doch!

Da sind sie schon, diese schwarzen Gedanken. Und sie werden immer zynischer: Überhaupt, wieso denn ich? Soll doch die Regierung! Und für Indien was zu spenden, ist total sinnlos, Tropfen auf den heißen Stein. Und so drehe ich die Möglichkeiten im Kopf hin und her, teile ein in hilfsbedürftig und weniger hilfsbedürftig, gebe Zensuren für Elend, wäge so lange ab, bis nichts mehr bleibt, finde einen misshandelten Hund und spende eben doch für den Tierschutzverein – das ist nahe, das ist greifbar. Das habe ich jetzt am Beispiel dieses Hundes persönlich erlebt. Vielleicht liegt da der wunde Punkt: dass wir in einem fetten Land leben und trotz aller Krisen das wirkliche Elend oft nur aus der Distanz kennen. Wir können Spenden steuerfrei absetzen, aber wir haben das Gefühl, in den luftleeren Raum zu spenden. Der Hund, der gut untergebracht wird, das kann ich sehen! Nichts gegen den Tierschutzverein. Aber ein ungutes Gefühl habe ich doch und denke: Die in der Türkei könnten meine 100 Mark vielleicht dringender brauchen, oder? …?

Ich weiß keine Antwort. Wie machen Sie es? *26/85*

KEIN VERSTÄNDNIS!

Also ... ich frage Sie: Muss der souveräne, moderne, tolerante Mensch für alles Verständnis haben, muss er sich alles Mögliche und Unmögliche bieten lassen, oder darf er auch mal aufschreien und feststellen: Schluss! Aus! Ich ertrag es nicht, ich habe kein Verständnis mehr!? Begeben wir uns in die schillernde Welt der Beispiele:

Wir stehen auf dem Bahnsteig und warten auf den Zug von Basel nach Mainz (wahlweise von Dortmund nach Köln). Es ist kalt, der Wind pustet, wir sind müde und abgehetzt und haben es so gerade noch auf die Minute geschafft. Da kommt die Durchsage: dreißig Minuten Verspätung. Wir trauen unsern Ohren nicht. Dreißig Minuten? Dann ist der Anschlusszug weg! Und wie erreiche ich den Liebsten noch? Und vor allem: Was mache ich hier auf Gleis sieben, dreißig Minuten in Nacht und Wind? Und kommt vielleicht von der Bundesbahn, vom Ansager im Lautsprecher, vom Lokführer, von irgendwem eine Entschuldigung? Ein «Es tut uns ja sooo leid, aber ...», kommt irgendwas Versöhnliches? Nein, es kommt nichts. Man teilt lediglich mit, Punktum.

Aber – Hand aufs Herz – würden die mich um Verständnis bitten, ich hätte ja doch keins. Also ist es wohl ehrlicher, derlei Höflichkeitsfloskeln gleich wegzulassen. Anderorts existieren sie noch: «Für den Ausfall des Senders im Bereich Köln zwischen 22 Uhr und 22.20 Uhr bitten wir Sie herzlich um Verständnis», sagt die Ansagerin im Fernsehen und lächelt strahlend. Wird nicht gewährt! Kein Verständnis dafür, dass ich nun nie erfahren werde, ob die Zwillingsschwester den treuen Hund mit eigener Hand erwürgt hat oder ob es Onkel Edgar war – der Krimiabend ist im Eimer, und ihr könnt bis zum Jüngsten Tag um Verständnis bitten, es wird euch nicht gewährt. Wieso denn auch? Sonst fliegt ihr doch mit exaktem Zeitplan zum Mond und speichert millionenfaches Wissen auf winzig kleine Chips, sonst könnt ihr doch alles, wieso könnt ihr dann nicht einen Film störungsfrei im Fernsehen senden, wie es sich gehört?

Die Post bittet mich um Verständnis, wenn ein zerdrücktes, notdürftig verschnürtes Päckchen zugestellt wird. Ware beschädigt, erbitten Verständnis. Nichts da. Die Krankenkasse bittet um Verständnis für neuerliches Erhöhen der monatlichen Beiträge. Wieso sollte ich dafür Verständnis haben, wenn das Gebäude der Krankenkasse gleichzeitig außen mit Marmor verkleidet wird? Die, von denen ich es nicht will, die bitten mich dauernd um Verständnis und erhöhen meinen Groll. Die aber, von denen ich Entschuldigungen erwarte, die schweigen beharrlich. Warum kommt mein Bundeskanzler nie mal mit jovial ausgestreckter Hand auf mich zu und sagt: «Frau Heidenreich, im letzten halben Jahr haben wir nicht gut regiert und allerlei Patzer gemacht, das tut uns leid, aber sehen Sie, ich bin auch nur ein Mensch und bitte um Ihr Verständnis.» Helmut, würde ich sagen, ist in Ordnung, aber in Zukunft bitte wieder mehr Format.

Die Sache ist doch ganz einfach: Ich will nicht immer für alles Verständnis haben müssen, aber trotzdem – ich will doch wenigstens nett darum gebeten werden, will hören, dass man darum fleht! Zum Beispiel neulich: Da komme ich aus dem Theater, finde den Kotflügel meines Wagens zerbeult und einen Zettel an der Windschutzscheibe: «Bin reingebrettert. Sicher haben Sie Verständnis dafür, wenn ich Ihnen meine Adresse nicht aufschreibe. Ich tue nur so, für die Leute, die mir zugucken.» Ich schäume geradezu vor Wut – und Verständnis. *8/90*

VOM ÜBERFLUSS

KAUFRAUSCH!

Also … wie ich das kenne! Diese Sucht, jetzt etwas Schönes einkaufen zu müssen. Es ist ein trüber, grauer Tag, man weiß nicht recht, was man tun soll, man hat ein bisschen Zeit und Geld übrig und spürt so ein kleines Seelentief heranziehen. Was macht man? Man bummelt durch die Stadt. Von solchen Streifzügen stammen die unbeschreiblichen lachsfarbenen Wickelpullover, die überflüssigen Blazer in Schockfarben, die blöden grünen Schuhe, die zu nichts passen. Alle Frustkäufe, diese schnellen, unüberlegten Griffe zu etwas Ausgefallenem, weil man am Morgen beschlossen hat: Ich ändere meinen Typ! Jetzt wird alles anders, die werden mich nicht wiedererkennen! Schluss mit schwarz und dezent, Rosenmuster her! Ich kann keine Seidenkleider tragen, ich bin ein Jeanstyp? Ha! Ihr werdet staunen! Und schon hängt der Kleiderschrank voll mit montags gekauften Sachen, die man freitags am liebsten schon zur Caritas brächte. Der Kaufrausch ist etwas Fatales. Er erstreckt sich nicht nur auf Klamotten. Wenn er einen überfällt, dann hat der alte Badezimmerteppich keine Chance mehr, dann muss es ein neuer sein: pink! Weil der alte aber noch gut war, wird er trotzdem verwahrt. Das heißt: Der Kaufrausch endet nicht nur mit dem finanziellen Kater, sondern auch mit überquellenden Schränken und Schubladen.

Fünf verschiedene Teetassen! Jede hat zwar ihre Geschichte, jede ist schön anzusehen, aber man will doch auch mal den eleganten Haushalt haben und einen Tisch perfekt decken können, wenn … wenn … ja, wann denn? Nach wie vor nehmen wir die verschiedenen Tassen, weil jeder seine Lieblingstasse hat, und das neue Service staubt ein. Aber bald heiratet ja Marieluise, die kriegt es dann geschenkt, und der Schrank wird wieder leer.

Der schlimmste Kaufrausch ereilt mich immer in Buchläden. Ein bestimmtes Buch wollte ich kaufen, mit Armen voller neuer Romane, Lyrikbändchen, endlich auch mit einer Robert-Walser-Gesamtausgabe wanke ich nach Hause, das Konto hoffnungslos geplündert, und ich habe in den nächsten zwanzig Jahren vermutlich viel zu wenig Zeit, alles zu lesen, was ich da schon wieder an den Wänden entlang stapele, weil die Bücherregale sowieso voll sind.

Doch ich kann's nicht lassen. Auch in Duty-free-Läden auf Auslandsflügen überfällt mich der Kaufrausch – zum Glück nur selten, weil ich so reiseunlustig bin. Aber diese Anhäufungen von Calvados und Parfüm, Havannazigarren und Virginiatabaken – ich kann nicht standhaft bleiben, obwohl ich lieber in Kneipen trinke als zu Hause, nicht rauchen sollte und sowieso seit tausend Jahren dasselbe Parfüm nehme, dreimal im Jahr etwa fünf Tropfen. Soll ich deshalb all die schönen Dosen, Flaschen und Kästen links liegenlassen? Elke, erinnere ich mich streng an mahnende Philosophenworte, das Sein ist wichtig, nicht das Haben. Aber das Haben ist auch manchmal so schön, flüstert eine böse innere Stimme, das Brauchen ist eine andere Sache, und letztlich wird sowieso alles verschenkt! Es war nur so schön, mal richtig einzukaufen. Es bessert die Stimmung, wenn auch nur sehr kurzfristig. Meist ist zu Hause beim Auspacken alles schon wieder vorbei, wahrscheinlich würde ich es nicht mal merken, wenn ich eine Tüte irgendwo stehengelassen hätte.

Der Akt des Kaufens befreit für kurze Zeit von – ja, wovon eigentlich? Von Minderwertigkeits- und Lahmheitsgefühlen. Das Leben bewegt sich plötzlich. Die Dinge bringen diese Bewegung, und der Kopf steht still. Dabei ist das Leben erst dann richtig schön, wenn die Dinge gar nicht mehr wichtig sind und der Kopf sich bewegt. Aber immer geht das eben auch nicht. Nicht mal bei der berühmten Intellektuellen Simone de Beauvoir ging's, deren Unmengen an Püppchen, Turbanen und scheußlichster Tüchern viele Stunden Kaufrausch verraten haben!

23/91

ÜBERS SPAREN

Also ... ich kann, wenn ich es habe, das Geld leicht ausgeben. Ich lade gern Freunde ein, ich schenke gern, ich habe kein Problem, mir leichtsinnigerweise ein besonders blödsinnig teures Kleid zu kaufen, weil mich gerade der Hafer sticht. Ich bin zurzeit in der glücklichen Lage, mir das leisten zu können. (Das war nicht immer so. Darum genieße ich es auch.) Und mitten im Geldausgeben ertappe ich mich – wobei? Ich glätte und falte schönes Geschenkpapier, um es noch mal zu benutzen. Ich verwahre Paketkordeln, die sich ohne Zerschneiden lösen ließen. Ich plätte Seidenbändchen und tu sie in eine besondere Schublade. Ich mache das Licht im Flur aus, wenn ich ins Wohnzimmer gehe. Ich bin verschwenderisch im Großen und geizig im Kleinen. Woher kommt das?

Das kommt von Mutter. Das kommt aus den fünfziger Jahren, als noch alles wichtig und wertvoll war, als man sparen musste, als es keine Wegwerftaschentücher gab und die Pfandflasche obligatorisch war. Nie wurde zu Hause das Wohnzimmer geheizt, wenn man doch eh in der Küche saß. Es gab ja auch noch Sonntagskleider, die Sachen wurden geschont, und natürlich brannte nur da Licht, wo gelesen, gegessen, gearbeitet wurde. Reste von alldem sind lebenslang in mir drin. Und wenn ich mir den teuren Jil-Sander-Pullover kaufe, so gehe ich doch im Supermarkt mit strengem Auge an den Regalen entlang, mache Preisvergleiche bei Tütensuppen und triumphiere, wenn es halbe Pfirsiche in Dosen als Sonderangebot gibt. Aber abends kann ich dann in einer dieser ekligen teuren In-Kneipen sitzen, in der der Wirt mit bodenlanger weißer Schürze an den Tisch kommt – Speisekarten gibt es nicht – und näselt: «Du, die Champignons mit Brunnenkresse und Crème fraîche musst du unbedingt essen», dann esse ich sie, und sie kosten ein Schweinegeld, aber zu Hause hab ich ja die billigen Tütensuppen! Ich hab sogar das Licht angelassen, für die Katzen, die sollen auch was vom Luxus abkriegen. Wenn das meine Mutter sähe. Ich gehe schlampig um mit meinem Auto, ich pflege, wasche, wachse und poliere es nicht, es gammelt vor sich hin. Das kostet mich auf die Jahre gerechnet viel Geld. Aber tagsüber ein Ferngespräch – da rechne ich noch immer mit, weil ich fühle, dass Mutter danebensteht und flüstert: «Hör auf! Ist doch viel zu teuer! Du kannst doch auch heute Abend anrufen!» Entsprechend entsetzt schreit sie auch auf, wenn ich – als liebe Tochter – einfach mal so an einem Nachmittag anrufe, um zu fragen, wie es ihr geht. «Was ist los?», ruft sie in panischem Entsetzen, denn wenn nicht Todesfälle angesagt sind, tut man so was einfach nicht tagsüber zu unverbilligtem Tarif.

Entsprechend schizophren habe ich mich verhalten, als ich neulich das Portemonnaie mit sehr viel Geld verlor – ganz fatalistisch habe ich gedacht: Verdammt, hoffentlich hat es wenigstens ein armer Teufel gefunden, der was damit anfangen kann. Aber als mir bei der Post eine Mark hinfiel, bin ich minutenlang auf dem Boden rumgekrochen, krank vor Wut, sie nicht zu finden. Und 2,20 Mark Paketzustellgebühr bringen mich noch zur Raserei. Ich ticke nicht richtig, ich gebe es zu. Und jetzt ruf ich meine Mutter an. Es ist 16.10 Uhr. *15/87*

ÜBER ABENTEUERURLAUB

Also ... das Leben ist ja so grauenhaft langweilig, da muss man ab und zu schon mal nachhelfen und ein bisschen Farbe reinbringen. Zunächst bietet sich der Abenteuerurlaub an, der statt Erholung Katastrophen und Strapazen bietet. Wir übernachten nicht im Hotel, sondern auf einer Liege bei Kopfjägern im Busch. Wir schwimmen im haiverseuchten Meer und wandern durch den Giftschlangenwald. Und sehr schön ist auch ein Urlaub bei den kämpferischen Auca-Indios, nur mit dem Einbaum zu erreichen, denn dort wurden noch in den fünfziger Jahren Missionare getötet, und man weiß ja nie. Außerdem bietet sich immer an, so einen Abenteuerurlaub nicht gemeinsam, sondern allein zu planen, das heißt, nichts hindert letztlich daran, mit Rollschuhen durch Alaska zu fahren oder, wie Reinhold Messner, ohne Sauerstoff, aber möglichst eben auch ohne Training auf 8000er zu kraxeln. Abenteuer ist dabei ebenso garantiert wie bei der barfüßigen Durchquerung der Wüste, nur mit Taschenlampe und Küchenmesser ausgestattet. Wer besonders reich und verwöhnt ist und zu Hause wirklich alles hat, der findet möglicherweise Geschmack am vielerorts angebotenen Überlebenstraining – wie überlebe ich in der Hochsaison auf Mallorca als Penner ohne Obdach? Da muss ich es schon schlau anstellen und entweder betteln, in Nobelhotels spülen oder in Cafés singen. Wie aufregend, nachts irgendwo im Dreck zu schlafen und vom Kaminzimmer daheim zu träumen und mal eben zu Hause bei der Bank anzurufen, wie die Aktien stehen – das kann man ja auch beim Überlebenstraining, nur kein Geld abheben! Nicht heimlich Hummer mit Mayo essen, wenn es Regenwürmer und plattgefahrene Frösche doch auch mal tun für vier Wochen! Wem das alles noch zu fad ist und nicht dazu verhilft, «sich selbst zu finden», wie es immer so nett heißt, der kann ja Kontakt mit den Leuten vom «Dangerous Sport Club» aufnehmen, dessen Vorsitzender David Kirke das Anliegen dieses Clubs für gefährlichen Sport so beschrieb: «Wir versuchen, der Welt zu beweisen, dass es noch wirkliche Männer für richtige Abenteuer gibt.» Na, dann mal los zu neuen Reizen – das Angebot ist vielfältig und reicht vom Herummanövrieren auf einem Skateboard vor gereizten Stieren in Pamplona bis zum Sprung am Gummiband von der Europabrücke herunter auf die Brennerautobahn. Wenn einen das Gummiband wirklich auffängt und nach oben zurückschnellen lässt, soll es sein wie eine Wiedergeburt.

Die interessanteste Meldung kommt aus England: Sie können Urlaub in einem Original-KZ machen, mit Stacheldraht, Wehrmachtsuniformen, Flutlicht, Hunden, Schüssen, ohne Essen, dafür mit reichlich Prügel bei Fluchtversuchen und acht Stunden Hitlerreden aus Lautsprechern. 140 Mark kostet ein Wochenende, Demütigung, Hunger und Kälte im KZ, nachträgliche Zufriedenheit über Bestandenes inbegriffen.

Wer sich jetzt wundern oder aufregen will, soll es gleich wieder lassen und sich anschauen, wie wir hetzen und arbeiten und uns täglich an den Rand des Infarkts bringen beim Konkurrenz- und Leistungskampf. Kein Wunder, dass die Freizeitnervenkitzel immer perverser werden.

3/86

ÜBER DAS ZUVIEL VON ALLEM

Also … wann hat das eigentlich angefangen, dass man sich mit so viel Zeug umgab, von dem man doch immer behauptet hatte: «Das brauche ich nicht!»? Es waren einmal eine Teekanne mit zwei dazu passenden Tassen, ein paar Bücher, ein Bild, eine alte Schreibmaschine, ein paar Anziehklamotten. Das genügte für viele Jahre. Dann kam das erste kleine Auto. Eines Tages war eine elektrische Schreibmaschine bei der vielen Tipperei unumgänglich, im Schrank sammelten sich Ordner mit Arbeiten an, auf den Regalen vervielfältigten sich Bücher und Platten – längst war aus dem Plattenspieler im Koffer mit Lautsprecher im Deckel die Stereoanlage geworden, an den Wänden hingen mehr Bilder. Das Auto war inzwischen etwas größer, denn es musste jetzt zwei Personen, zwei Katzen und einen Hund durch die Gegend transportieren. Und es musste allerhand Umzüge in immer geräumigere Wohnungen verkraften. Eines Tages wurde, durch günstiges finanzielles Geschick ermöglicht, aus der Wohnung ein Haus. Wir, die wir nie Besitz und «Festes» wollten, bewohnten also ein Haus, um mit Freunden und Tieren unabhängig zu sein von Vermieterlaunen und Hausordnungen. Es ist unglaublich, wie schnell sich ein Haus füllt. Man braucht Sofas, an die man früher nie gedacht hätte, große Schränke sind voll, kaum dass sie angeliefert werden. Aber bloß nicht so viele Maschinen, nur ja keine perfekte Küche oder so was! Als Erstes kam die Spülmaschine, unglaublich billig, aus einer Haushaltsauflösung. Dann kam die Espressomaschine. Dann schenkte Mutter die elektrische Obstpresse. Saft soll ja so gesund sein.

Etwa um die Zeit kursierte bei uns der Witz, dass auch wir gegen Atomkraftwerke seien, schon weil wir unseren Strom sowieso nur aus der Steckdose bezögen ... Das Benzin wurde teurer, aber unser nächstes Auto, vieler Berufsreisen wegen, wieder eine Nummer größer. Der nächste Witz kam auf: Macht nix, wenn das Benzin teurer wird, wir tanken sowieso immer nur für dreißig Mark ...

Wann musste der Anrufbeantworter sein? Wann kam dann doch Video ins Haus? Wann haben wir angefangen, all das zu brauchen, was wir nie brauchen wollten, immer mehr an dem Konsum mitzudrehen, gegen den wir früher mal so heftig gewettert hatten? Wann ist um uns herum alles so angewachsen zu einer Maschinerie, die immer mehr frisst? Und wie kann man das aufhalten, wie zurückdrehen? Welche eisernen Regeln im Nicht-Anschaffen gelten noch, außer Schmuck, Pelzen, Mikrogrill und Schminkkoffer? Machen wir uns nur vor, auch in einer kleinen Dachwohnung ohne das alles glücklich sein zu können, wie früher? Könnten wir es wirklich noch? Und meinen wir Spenden für wohltätige Zwecke ernst, oder sind sie nur gedacht zur Beruhigung gegen leise aufsteigende Scham, dann und wann? Sähe die Welt denn anders aus, wenn wir es herunterschrauben würden, das überzogene Maß unserer Ansprüche? Nichts fand ich je überflüssiger, als dass Menschen zum Mond fliegen. Betrachte ich meine eigene Entwicklung der letzten Jahre – ja, dann fliege ich wohl bald, konsequent, selbst. *2/85*

DAS NEUE BILD

Also ... ich habe mich in ein Bild verliebt. Es hing in einer Galerie, in die ich eher zufällig geraten war, es war Liebe auf den ersten Blick, es war (gerade noch) bezahlbar. Es ist ziemlich groß. Ich wusste, dass ich dieses Bild haben wollte, aber wo es hängen sollte, wusste ich noch nicht. Man würde schon sehen. Zuerst stand das Bild ein paar Wochen an ein Regal gelehnt, damit wir uns aneinander gewöhnen konnten, Bild und wir und Wohnung. Die Wohnung ist mit Bücherregalen ziemlich gepflastert. Eine Wand wurde frei gehalten für Bilder. Die Wand ist voll. Natürlich kann man da einen Platz schaffen, ein paar Sachen ab- oder umhängen. Aber das neue Bild ist groß. Sehr, sehr groß. Entweder muss alles weg, oder das Bild kommt übers Sofa, wo eigentlich nie ein Bild hinsollte. Verstehen Sie mich jetzt nicht falsch, ich gehöre nicht zu den Leuten, die ihre Bücher nach Farben sortieren, und bei mir müssen auch nicht wie bei Lothar Matthäus Socken und Gürtel zusammenpassen. Aber dieses lila Sofa und dieses in der Grundfarbe eher tomatenrote Bild – also nein, wirklich nicht. Im Arbeitszimmer ist überhaupt kein Platz, und da sieht es denn ja auch niemand. Doch: ich. Aber ich will mein Bild ja auch zeigen, mein Arbeitszimmer will ich aber nicht zeigen. Der Flur ist zu dunkel. In der Küche hängt meine Sammlung Pflaumen- und Kirschenbilder, das erkläre ich jetzt nicht näher, aber so ist es und so bleibt es. Außerdem hat ein riesiges Ölgemälde nichts in der Küche zu suchen. Es hilft nichts: Man muss umräumen. Entweder muss das Sofa anders bezogen werden, oder alle Bilder an den Wänden müssen umgehängt werden. Wissen Sie, was das bedeutet? Einige der Bilder haben zwei Aufhänger, das heißt: Man braucht die Wasserwaage. Die alten Dübellöcher werden sichtbar. Die Tapete ist da, wo etwas lange hing, schon sehr vergilbt. Was eigentlich zusammengehört, wird auseinandergerissen und in der Wohnung verteilt. Das neue Bild braucht allen Platz für sich. Jetzt bereue ich meine schnelle Liebe schon fast wieder, wie das allzu schnelle Lieben ja manchmal so an sich haben. Gewisse Herren hätten mir in meinem Leben eigentlich nicht passieren dürfen, und ehrlich gesagt: gewisse Bilder auch nicht. Aber nun ist es da. Und es gefällt mir. «Du wolltest ja immer schon mal eine eigene Wohnung», stichelt er. «Na, das wär doch jetzt eine Gelegenheit. Zieh um mit deinem Bild.» Das Bild bringt sehr viel mehr Unruhe ins Haus, als ich je gedacht hätte. Schließlich hängt es. Die Freunde staunen es an. Die anderen Bilder verschwinden in den dunklen Ecken des Korridors, wehmütig und schuldbewusst gehe ich an ihnen vorüber. Und wir müssten eigentlich jetzt renovieren. Ich beschließe, für längere Zeit in keine Galerie mehr zu gehen. Heute sah ich etwas, vom Fahrrad aus – ich bin rasch weitergefahren. Nur nicht schon wieder! *26/99*

FLOHMARKT

Also ... ich kann's nie lassen: Ich muss über jeden Flohmarkt gehen. Gehen? Schleichen, ich muss stundenlang alles ganz genau angucken, und ich muss Geld ausgeben für Dinge, die sich in meinem Schränkchen bereits stapeln: alte kleine Likörgläschen (wann trinkt eigentlich jemals jemand bei mir Likör?), Schüsseln mit Rosenmuster, entzückende Milchkännchen (wofür braucht man entzückende Milchkännchen?). Ich kaufe Albumbildchen, Glasketten aus den Fünfzigern und alte Reklameschilder, schleppe alles nach Hause, freue mich am Anblick und denke dann: Grundguter Himmel, wohin damit? Brauche ich das? Nein, natürlich brauche ich das nicht, aber es hat doch nur 15 Mark gekostet, und daran kann man doch nicht so einfach vorbeigehen ... O doch! Man kann schon, nur ich kann nicht. Ich bin immer wieder süchtig nach Stillleben, alten Postkarten, Gläsern, Lampenschirmen, ich muss rote Samtsessel kaufen, in denen kein Mensch sitzen kann, und viele meiner Flatterkleider sind secondhand. Ich gehe am liebsten allein über Flohmärkte, damit mich keiner ertappt. Mein Mann guckt schon immer gequält weg und sagt: «Aber wir haben doch schon sechs Tortenplatten!» – «Aber noch keine mit Pflaumenmuster», beharre ich trotzig. Meine Freundin ist pragmatisch, nüchtern, modern, in Sachen Trödelkram völlig verständnislos: «Was willst du denn mit einem Kinderstühlchen? Du hast doch gar keine Kinder.» – «Aber es ist doch so niedlich!» – «Niedlich? Was ist denn daran niedlich?» Als ob man so an die schönen Dinge des Lebens herangehen dürfte! Am schlimmsten ist es mit Mutter auf dem Flohmarkt. «Oh! Guck mal die schönen Porzellanbrettchen!» – «So was hatten wir früher zu Hause auch, sehr unpraktisch.» – «Sieh mal, Glaskaraffen.» – «Ja, die schließen aber nicht dicht, da wird dir alles schlecht drin.» – «Sind diese gestickten Haussegen nicht schön?» – «So was haben wir damals alles weggeschmissen.» – «Deshalb sind sie doch trotzdem schön!» – «Du bist doch sonst nicht so fromm, was willst du denn ausgerechnet auf einmal mit gestickten Haussegen?» Es ist hoffnungslos. Und als letztes zugkräftiges Argument kommt immer: «Das sind doch alles bloß Staubfänger.» Ja, mag sein, aber ich bin nun mal in gewissem Sinn süchtig nach alten, guterhaltenen Dingen, die ich schön finde und die mir – das gebe ich zu – Wohnung und Schränke verstopfen. Meine Umgebung hält mich zunehmend für verrückt. Die gängigste Frage ist: «Wofür brauchst du das?» Ja, wofür braucht man ein altes Postkartenalbum? Weiß ich auch nicht. Vielleicht, um es an irgendeinem herzzerreißenden Abend sehnsüchtig anzusehen und zu denken: «Ach, wie war doch früher alles so romantisch!» Vielleicht aber auch, um es weiterzuschenken – möglichst an eine Freundin, die so gar keinen Sinn dafür hat. Und dann? Dann landet es wieder auf dem Flohmarkt und liegt traurig auf dem Tisch, bis – ja, bis ich vorbeikomme und frage: «Was kostet das?» Und dann kann ich es doch für 15 Mark nicht einfach liegenlassen, oder? *20/97*

DAS LEBEN RISKIEREN

Also … was eigentlich treibt Menschen immer wieder dazu, ihr Leben nur so zum Spaß, aus reinem Nervenkitzel, aufs Spiel zu setzen? Warum springt jemand an einem Gummiband in die Tiefe, wo er im letzten Moment wieder aufgefangen und hochgezogen wird? Ist sein Leben so arm an Reizen, dass er diesen Extremreiz braucht? Oder ist es eine Mutprobe gegen alle heimlichen Ängste, und danach kann man das Leben freier und besser ertragen? Auch Psychologen rätseln ja an diesem Phänomen herum und versuchen es zu deuten. Warum will alle Jahre wieder jemand in einem Fass die Niagarafälle hinunterdonnern, wobei die Chance, lebend unten anzukommen, nicht groß ist? Und wenn er ankommt, wird er auch nicht gerade wie ein Held gefeiert, sondern muss noch eine saftige Strafe zahlen, weil dieser «Scherz» streng verboten ist. Am meisten erschreckt mich, dass Kinder und Jugendliche immer neue lebensgefährliche Spiele erfinden – das Trittbrettsurfen in der S-Bahn zum Beispiel. Warum tun sie das? Weil es Harrison Ford und Gene Hackman im Film bei der Verbrecherjagd auch tun? Oder muss man heute schon so starken Tobak vorweisen, um sich noch gegenseitig zu imponieren, wo wir früher eine dicke Spinne mit der Hand fingen oder einen ekligen Wurm schluckten? Natürlich gibt es bei solchen «Abenteuern» Verletzte, aber das scheint nicht sonderlich abzuschrecken. Haben diese Kinder niemanden, der ihnen klarmacht, was ein

Leben ist und dass man nur eins davon bekommt? Als um Los Angeles die verheerenden Brände waren, sah ich im Fernsehen einen Arzt weinen vor Erschütterung über die so schwer verbrannten jungen Feuerwehrleute, die er behandeln musste. Er sagte: «Und sie wollen so schnell wie möglich gesund werden, um weiter helfen zu können.» In Ruanda sahen wir junge Helfer mitten im choleraverseuchten Lager – auch da setzen Menschen Leben und Gesundheit aufs Spiel, aber gewiss nicht leichtfertig und bestimmt nicht um eines Nerventhrills willen. Vielleicht ist nicht alles altruistisch, vielleicht spielt auch da die Sehnsucht nach Anerkennung, nach einem Sich-bewähren-Wollen eine Rolle. Aber da hat es einen Sinn. Welchen Sinn hat es, an einem Seil in die Tiefe zu springen, wie es kürzlich sogar ein Hundertjähriger tat? War er das Leben so leid geworden? Offensichtlich erfreute er sich noch bester Gesundheit – ist es vorbildlich, die dann dermaßen leichtsinnig zu riskieren? Lebte mein Großvater noch, ich würde gewiss alles tun, um ihn gerade nicht Wildwasser fahren, Bungee springen, auf dem Surfbrett den Pazifik überqueren zu lassen. Aber mein Großvater hatte auch gar keinen Hang zu solchen Exzessen, die beiden Kriege, die er erlebt hat, haben ihm gerade gereicht. Leben wir in unseren reichen, geordneten Ländern in zu langweiligen Verhältnissen? Machen die Armen in Brasilien, Indien, Afrika auch solche «Mutproben»? Nicht wahr, wir alle ahnen die Antwort auf diese theoretische Frage. 25/94

PANIK IM KAUFHAUS

Also ... kennen Sie die Panik im Kaufhaus? Sie kommt grundlos, aus heiterem Himmel, und man kann dann nur noch so schnell wie möglich fliehen, sich zu Hause ins Bett legen und heulen. Worüber eigentlich? Über die Lebensmittelabteilung, das Parkhaus, die Verkäuferinnen, über Lautsprecherdurchsagen, Schlangen an den Kassen, ach, über alles. Über Konsumterror. Über Menschenmassen. Über Ratlosigkeit, was man denn nun kochen, kaufen, anziehen soll. Über die unbarmherzigen Spiegel, in denen man sich unentwegt sehen muss. Übers Angerempeltwerden, über den Satz «Ich war aber vor Ihnen dran», und das alles ist es letztlich doch nicht. Was ist es? Man steht in der Lebensmittelabteilung und wählt zwischen zwanzig Sorten Senf. Zwischen sechs Sorten Käse. Es ist einfach alles zu viel – auf einmal ist es zu viel – diese Massen von einkaufenden Frauen, ja, immer noch: Es sind viel mehr Frauen als Männer. Wie sie mit dem Daumen den Camembert prüfen, wie sie sich hundert Gramm hiervon und hundert Gramm davon abwiegen lassen, aber hauchdünn! Wie sie an den Tomaten misstrauisch riechen, zu Recht, und man selber tut all das auch und fragt sich plötzlich: Wo bin ich, was tu ich hier, warum Tomaten im Dezember, Erdbeeren im Januar, was erwarte ich, was brauchen wir angeblich alles, wie leben wir eigentlich? Und warum sind die Leute so unfreundlich, so griesgrämig, warum ist niemand zuständig, wenn ich etwas fragen will, warum finde ich die verdammte H-Milch jetzt nicht? Ist das ein Tief? Sind es die Wechseljahre? Mitten in der Lebensmittelabteilung kullern die Tränen, man lässt den Wagen mit allem drin, was man schon zusammengerafft hat, einfach stehen und drängt sich mit leeren Händen durch die Kasse. Vielleicht klappt es besser bei Schreibwaren? Wo ist Tesafilm? Wo ist eine Fachkraft? «Ich zeichne hier nur Preise aus, fragen Sie an der Kasse.» An der Kasse eine lange Schlange, «Entschuldigung, ich wollte nur mal eben fragen, wo …» – «Wir müssen uns alle hinten anstellen, bis wir dran sind, auch Sie.» Warum schickt der Himmel kein Erdbeben? Und werde ich es wenigstens schaffen, in der Kosmetikabteilung Haarshampoo, eine Nagelbürste und Erkältungsbad zu kaufen? Ich schaffe es nicht. Ich finde keine Nagelbürste, das Erkältungsbad ist aus, und zu Hause sehe ich, dass ich statt Shampoo die verfluchte Pflegespülung eingepackt habe, die für meine Haare Gift ist. Ich sehe das aber erst am nächsten Tag, als das Shampoo, das ja eben keins ist, unter der Dusche so gar nicht schäumen will. Heute sehe ich nichts mehr. Ich weiß nur: Ich muss hier raus, ehe ich durchdrehe. Aber wo steht mein Auto, Parkdeck drei? Vier? Und wo ist die Kasse für den Bon, den stempeln zu lassen ich natürlich vergessen habe? Und warum fällt mein Geld bei diesem Automaten immer, immer durch? Irgendwie schaffe ich es, den Arm so weit aus dem Fenster zu recken, dass der Bon mir die Schranke öffnet, schaffe es, nach Hause zu kommen. Schluchz, Verzweiflung, sofort ins Bett, unter die Decke. Was war los? Überforderung, Verzweiflung über die eigene Blödheit, keine Kraft mehr für so viel Alltag. Es gibt Tage, da darf man nicht ins Kaufhaus gehen – meistens spürt man es vorher, man sollte auf diese Gefühle hören. Es gibt Tage, da sind zwanzig Sorten Senf eben das Allerschlimmste, was einem zustoßen kann. Man kann das nicht erklären. Es ist aber so. *18/93*

SEHNSUCHT NACH DEM EINFACHEN

Also ... es gibt eine Fernsehwerbung für die Insel Zypern, die ist so schön, dass ich am liebsten sofort hinfahren würde – ich, die so ungern reist: Da stehen ein einfacher Holztisch am Meeresrand, eine Flasche Rotwein und ein Glas darauf, ein ebenso einfacher Holzstuhl davor. Mehr nicht. Und es sind nicht nur der blaue Himmel, nicht nur das leise und verführerisch plätschernde Meer, die mich so locken. Es ist dieser gerade Tisch aus warmem Holz mit dieser einfachen Flasche und dem kleinen dicken Glas. Schlichtheit. Unübertreffliche Eleganz, nichts zu viel, nichts bunt, nichts überladen. Und nun betreten wir ein hiesiges Restaurant. Über dem Tisch eine Schondecke. Darauf die Tischdecke. Darüber, quer, in der Mitte ein kariertes Deckchen mit Fransen. Ein Gesteck Trockenblumen oder eine Nelke im kleinen Väschen. Ein schmiedeeiserner Aschenbecher oder einer aus Porzellan, mit Reklameschriftzug für Weinbrand. Die reich verzierte Speisekarte in einem Ständer. Die Servietten zu Faltenröcken drapiert, was nicht nur unbeschreiblich hässlich, sondern ebenso unhygienisch ist, weil sich ja daran der Lehrling mit klammen Fingern stundenlang geübt hat. Raffgardinen an den Fenstern, obwohl man einen Blick auf den Rhein hätte. Künstliches Licht aus geflochtenen Strohlampen, obwohl draußen die Mittagssonne scheint, aber sie dringt nicht durch die Stores. Wir essen von unzähligen Tellern: Schonteller unten, Teller unter dem Glas, eine Extrascheibe Brot auf einem Extrateller, auch die Rechnung wird auf einem Tellerchen liegen, und so füllen wir allein bestimmt eine ganze Spülmaschine. Ich träume davon, die Sitzkissen von den Bänken zu schmeißen, die Tischdecken runterzureißen, alles vom Tisch zu entfernen, was nicht unbedingt nötig ist und immer nur hin und her geschoben wird, weil es stört. Ich möchte die Lampen ausknipsen, die Gardinen aus dem Fenster werfen und das Fenster gleich offen lassen, damit der Bratendunst abzieht. Dafür könnten wir dann den Ventilator ausschalten. Warum sind die Pfeffermühlen, um die man bittet, immer affige dreißig Meter lang? Warum muss man aus Römern mit bunten Glasfüßen trinken? Warum haben alle Teller Muster? Warum ist alles so viel, so bunt, so doppelt und dreifach und gemustert und mit Fransen und überkandidelt?

Ich schließe die Augen und denke an diesen Holztisch mit einer Flasche Rotwein, Landwein, kein Etikett – und einem Wasserglas. Ja, das ist die Erholung. Die Werbung ist grandios, sie erwischt uns am wunden Punkt – am Überdruss vor dem vielen Gedöns, vor dem Unsinnigen, dem lächerlichen Überfluss, vor dem Getue, der falschverstandenen feinen Art, der Übertreibung. Auf den Jacken immer noch eine Goldtresse, auf der Handtasche noch ein Schriftzug, noch Zittergras zu den Blumen und ein Deckchen unter das Tässchen, noch ein Rüschchen und ein Schleifchen und über die Raffgardine noch einen geblümten Vorhang mit Volant. Hilfe! Der Erfolg gewisser Modemacher liegt in ihrer schnörkellosen Einfachheit, und unsere Sehnsucht geht ins Klare, ins Schlichte, weg von geflochtenen Zierknoblauchzöpfen und dem schrägen Teppich an der Wand des türkischen Lokals. Wir brauchen, um aufzutanken, nur ein bisschen Ruhe, auch für die Augen. Der Tisch muss gar nicht mal am Meeresstrand in Zypern stehen. Aber er sollte sich nicht biegen unter überflüssigem Krempel, er sollte das sein, was er ist, und darauf soll stehen, was wir gerade brauchen: eine Flasche Wein, ein einfaches Glas. Diese Werbung hat mir gezeigt, was uns so fehlt, weil wir von allem zu viel haben. *18/94*

GENUSS
UND
GENÜGSAMKEIT

DER ALLTAG HAT UNS WIEDER

Also … auf der Heimfahrt vom Urlaub überlegt man sich schon, wie viel Waschmaschinenfüllungen man jetzt wohl brauchen wird. Und was extra in die Reinigung muss. Und wem man schnell noch von der Gotthard-Raststätte ein vergessenes Kärtchen schickt. Und ob man die Sommerklamotten jetzt nach dem Waschen gleich wegpackt oder ob es zu Hause noch ein paar Tage warm genug für sie sein wird. Und dass man jetzt schleunigst zum Zahnarzt muss, das Pochen links unten ist nicht länger zu verdrängen.

Man denkt kaum noch zurück an das, was im Urlaub war, dafür umso mehr geradeaus an das, was jetzt auf einen einstürmt, und da stürmt nicht wenig.

Zuerst schleppt man das Gepäck ins Haus, erweitert durch Strohhut und all den sonstigen Schnickschnack, den man sich im Süden wieder gekauft hat, zehn Liter Wein, den es zu Hause genauso gut und billig gibt, eingeschlossen. Kaum schließt man die Wohnungstür auf und stellt den ersten Koffer ab, da klingelt auch schon das Telefon, und dreimal darfst du raten, wer dran ist. Natürlich ist es Mutter, die sich immer Sorgen macht, ob man auch wieder heil angekommen ist, und dann erzählt sie schnell noch eine Geschichte von Frau Schlümer, die sich ganz kompliziert den Arm gebrochen hat, und dann will sie noch wissen, ob man sich auch freut, jetzt wieder zu Hause zu sein, weil es doch letztlich zu Hause immer am schönsten ist, und dann kann man sich endlich mal aufs Sofa setzen und die Berge von Post durchsehen, die die treue Freundin aufgestapelt hat. Ganz obendrauf ein Zettel von ihr, «War mit Volker überraschend eine Woche in Paris, und gerade da war es hier so heiß, sorry», und das ist wohl der Hinweis darauf, dass auf dem Balkon alles hoffnungslos vertrocknet ist.

In der Post Mahnungen, Rechnungen, Werbung, eilige Terminsachen, Hella hat sich verlobt, Erich kommt nächste Woche vorbei, Rita erwartet dringend Rückruf, der Schornsteinfeger war da und konnte nicht rein. Briefe von welt- und menschenfreundlichen Organisationen: Ich soll unterschreiben GEGEN den Atomtod, das Ozonloch, das Waldsterben, die Tierversuche und die Umwandlung der türkischen Küste in ein Erholungsgebiet. Und ich soll unterschreiben FÜR die Krebshilfe, die Abrüstung und die Erhaltung der Brutplätze der türkischen Wasserschildkröten. Ja doch, Freunde, will ich ja alles machen, aber lasst mich doch erst mal ankommen – aber nein, Telefon, da ist schon der Verein, der sich des Ozonlochs annimmt, und will wissen, ob ich denn den Brief gekriegt habe? Und das unterschreibe ich doch wohl? Und können sie meinen Namen denn schon mal veröffentlichen? Da ist er schon, der Alltag, und schlägt über mir zusammen wie gestern noch des Meeres und der Liebe Wellen. Und noch kein Koffer ausgepackt. Und nichts zu futtern im Kühlschrank, also werde ich jetzt ganz in Ruhe das alte weiche Weißbrot mümmeln, das ich aus Italien mitgebracht habe, und dazu trinke ich diesen durchgeschüttelten Wein und lese die Zeitungen der letzten drei Wochen, um wieder reinzukommen in meinen Alltag, der so nach mir krallt. In die

Kneipe gehe ich heute Abend noch nicht, da muss ich bloß erzählen, wo ich war und wie es denn eigentlich war. Sooo schön, so ruhig, so weit weg von allem …

Gegen elf gehe ich dann natürlich doch in die Kneipe und freue mich, dass sie alle noch da sind, und als ich um zwei Uhr nach Hause komme, finde ich schon den Anblick vom Strohhut und von der Gallone Südwein im Wohnzimmer richtig peinlich. Es hat mich wieder, das «normale» Leben. *18/89*

ENDLICH MAL VERLOTTERN …

Also … endlich hab auch ich mal Urlaub. Leute ohne schulpflichtige Kinder müssen ja nicht den Hochsommer dazu nehmen, und nun werde ich all das tun, was ich sonst nie kann: Ich kann ganz lange schlafen. Ich kann schon morgens Weißwein trinken. Ich kann hinfahren, wo ich will, nachts schwimmen und nachmittags fernsehen und durch die Läden bummeln und um eins ins Kino gehen und, und …

Ich werde also von einem Tag auf den andern ein neuer Mensch: Aus dem Arbeitstier wird das Luxus-Urlaubs-Geschöpf. Ach ja? Zunächst vergehen mal ein paar Tage mit der Umgewöhnung. So von heute auf morgen nichts mehr tun, das bekommt auch nicht jedem. Also hier ein bisschen was kramen und da ein bisschen was ordnen, das Urlaubsgefühl braucht Zeit. Es ist nicht einfach, einfach lange zu schlafen, wenn man Frühaufstehen gewohnt ist. Und morgens schon mit der Flasche Weißwein aufs Sofa … gut, keiner hat was dagegen, aber um halb zwölf wird der Kopf brummig, und die Augen fallen zu, das kann's ja wohl auch nicht sein. Wo will ich eigentlich hinfahren? Es ist überall voll, und auf den Autobahnen stehen sie im Stau. Und ist vielleicht irgendein Gasthausbett so bequem wie mein Bett zu Hause? Und dafür fliege ich um die halbe Welt, nur damit dann um sechs Uhr abends die Karibik schlagartig stockdunkel wird und die Zikaden lärmen und ich kein Auge zukriege? Die Meere sind sowieso nirgends mehr sauber, nicht mal mehr da, wo sie noch so aussehen. Und die Berge … verhunzte Skifahrerhänge, und in den Städten ist es zu heiß, und unsere Stadt ist eh die schönste. Jetzt, wo ich mal Zeit habe, darin herumzuschweifen, werde ich gerade noch wegfahren! Von wegen. Ich bummel durch die Läden und gebe tüchtig Geld aus, und nachts hänge ich in meiner Stammkneipe herum, bis zugemacht wird. Irgendwann hab ich's dann geschafft: Ich bin morgens so müde, dass es mit der Frühaufsteherei nicht mehr klappt. Dann lese ich all die dicken Romane, zu denen ich sonst nie komme, und dafür wird die Post ab sofort nicht mehr aufgemacht. Wenn das Telefon klingelt, sehe ich es feixend an und denke: Klingel du nur! Oder ich hebe ab und rufe laut: Ich bin nicht zu Hause!, und lege schnell wieder auf. Jetzt kommt er, der Urlaub, da ist es, das Urlaubsgefühl: Langsam verlottere ich. Ich schlurfe halb angezogen barfuß in der Wohnung umher, habe keine Lust einzukaufen und esse endlich das Eingemachte von vor drei Jahren und all die Tiefkühlkost mit fälligem Verfallsdatum. Wenn es klingelt, schreie ich: Bleib draußen, Welt!, und schludere allmählich in so ein ganz himmlisches Schlampigkeitsgefühl hinein, a-sozial, aus jeder Gemeinschaft und Verantwortung herausgelöst, nachts sehe ich blöde alte Filme mit Steve McQueen und esse dazu tütenweise Chips, und manchmal schlafe ich vorm laufenden Fernseher ein.

Und dann ist der Urlaub vorbei. Langsam muss ich mich zurückverwandeln in ein funktionierendes Mitglied der Gesellschaft, frisch gewaschen und gebügelt, pünktlich, fleißig, zuverlässig. Es wird gesund gegessen und früh aufgestanden, und ich tue meine Arbeit ohne Murren und horche dabei zufrieden dem leise brummelnden Chaos nach, das in mir noch für Unruhe sorgt und mir zuraunt: Du bist schon noch lebendig. Du kannst noch richtig schön verlottern. Im nächsten Urlaub wieder! *20/91*

ÜBER DEN FEINSCHMECKERKULT

Also … die Kartoffeln sind keine einfachen Kartoffeln, sondern «Favoritenkartoffeln». Und warum soll denn der Chicoréesalat nicht «Franka» und das Kalbsrückensteak nicht «Orloff» heißen? Unter «Crottin de Chavignol» kann ich mir nichts vorstellen, aber unter «Perlhuhnschaum» schon: ein ganzes Perlhuhn, zu Schaum püriert … Zweifellos kommt der Ortenauer Fasan aus der Ortenau, ob wohl der «weiße Pfirsich St. Stephan» auch aus St. Stephan stammt? Beim «Hamburger Küken» ist alles wieder klar, und Schupfnudeln werden irgendwas Geschupftes sein.

Neben dir scharrt schon ein als Pinguin verkleideter Ober ungeduldig mit dem Fuß, und du würdest dich nie trauen, ihn jetzt um ein Mineralwasser zu bitten. Du hast auch schon gesehen, dass die Vorhänge genau zum Teppich passen und dass die alten Stiche an den Wänden echt sind. Das wirst du alles mitbezahlen müssen. Aber nein! Wir sind ja in einem der ganz, ganz feinen Restaurants, in denen nur der Herr die Speisekarte mit den Preisen bekommt. «Bresser Poularde in Riesling» – wer oder was ist Bresser? Ach, da kann dein Begleiter aber lachen, wusstest du denn wirklich nicht, dass man Poularden, wenn überhaupt, nur essen kann, wenn sie aus der Bresse kommen, genau wie Tauben? Nein, das wusstest du nicht, und nach «Rehrücken Grand Veneur» fragst du nun auch lieber nicht mehr. Und vorher vielleicht «Essenz von Wildhasen»? Schönes Thema für die Diplomarbeit in Biologie, denkst du: «Essenz von Wildhasen – gestern, heute, morgen.» Dein Begleiter lächelt: «Originelle Création, nicht wahr?» Er ist nämlich ein «geschulter Esser», wie er gern von sich selbst sagt, und erstaunlicherweise merkt er, dass du dich hier irgendwie nicht wohl fühlst. Schnell bestellt er einen kostbaren Wein edler Lage, der die Dame wieder in Stimmung bringen soll. «Du denkst gewiss nun an den Hunger in der Welt, während wir hier so schön speisen», sagt er. Du staunst: Was weiß er vom Hunger, liest er denn noch andere Blätter als die Gourmetzeitung? «Bedenke aber, meine Liebe», sagt er und nippt am Aperitif, «dass die Rüstung dagegen Milliarden kostet, und so gesehen ist das Ganze doch wieder im Lot.» Das verstehst du jetzt so schnell nicht, aber du willst ja auch nicht immer nur streiten, und da kommt auch schon die «Essenz von Wildhasen», armer Wildhase, das soll nun alles gewesen sein?

Du mümmelst deine Mümmelmannessenz hinein und schwörst dir, dass dir so ein Abend nicht noch mal passiert. Da fällt dir ein, was unlängst der Fresspapst einer großen Zeitung behauptet hat: dass das Unheil, wenn es über die Menschen kam, nie von den vollbesetzten Tafeln der Genießer ausging, sondern immer nur von den Tempeln der Genügsamkeit. Nicht nur, dass sich das sofort widerlegen ließe ..., es beschleicht dich auch die Ahnung, als würden uns kommende Jahrzehnte das Gegenteil lehren. Denn diese Tafeln sind zu voll, und die Tempel sind einfach zu leer. Wolfram Siebeck sagt: «Schlecht essen ist auch ein Mangel an Phantasie.»

Wetten, dass nicht? *23/84*

ALLES NUR ZEITVERSCHWENDUNG?

Also … gerade lese ich von einer Umfrage, und die ist seit langem die köstlichste, die ich kenne. Ich will Ihnen die Ergebnisse nicht vorenthalten. Da haben Zeitforscher (Zeitforscher!!!) einer Management-Beratungsfirma in Amerika mit der Stoppuhr in der Hand gemessen, womit die Menschen die meiste Zeit verbringen. Ach, was wär ich da gern dabei gewesen! Warum war keiner bei mir und hat gestoppt, wie lange ich an diesen Kolumnen sitze, wie viel Zeit ich mit Katzen auf dem Schoß, mit dem sinnlosen Aufwischen des Küchenbodens verbringe.

Aber nein, ich war wieder mal nicht dran, bei Umfragen fragen sie immer bloß die andern, und diesmal waren es wohl ein paar gestresste Manager, die angeblich nie Zeit haben. Jetzt wissen wir, warum: weil sie runde fünf Jahre ihres Lebens in diversen Warteschlangen verbringen! (Flugzeug, Kantine, Klo, alles, wo sich auch ein Manager schon mal anstellen muss.) Allein auf volle sechs Monate addiert sich die Zeit, die im Laufe eines Managerlebens vor roten Verkehrsampeln verbracht wird – aha, jetzt begreife ich, warum so viele noch schnell bei Rot durchdonnern. Für das Öffnen von Briefen und den Umgang mit Abfall (merkwürdig, dass das so in einem Atemzug genannt und berechnet wurde – oder lässt das Rückschlüsse auf Managerpost zu?) werden immerhin rund acht Monate insgesamt verbraucht, und ein ganzes Jahr verbringt der amerikanische Durchschnittsmanager mit der Suche nach verlegten Gegenständen. Hier würde ich ihn mühelos überholen, ich schätze, dass ich von meinen 45 Lebensjahren ungefähr 43 mit Suchen verbracht habe – wo, verdammt noch mal, ist denn jetzt schon wieder mein Tipp-Ex? Egal, weiter mit der Liste: Zwei Jahre gehen drauf für vergebliche Anrufe bei Leuten, die nie zu Hause sind, wenn man anruft. Zwei Jahre! Mit den ellenlangen dämlichen Witzen auf den ekelhaften Anrufbeantwortern, die man sich anhören muss, ehe es piep macht, kommen bestimmt noch mal zehn Jahre dazu. Hausarbeit und Essen beanspruchen fünf beziehungsweise sechs Jahre, und mit der Hausarbeit kann der Manager ja wohl nicht gemeint sein – da haben sie wieder mal in ihren knappen Meldungen alles vermischt, und es ist wohl eher so, dass FÜR die Management-Firma getestet wurde, damit wir besser einzuschätzen sind als Verbraucher.

Was lernen die, die uns alles andrehen, denn nun aus so einer Studie? Wie nutzt man diese Ergebnisse? Verkaufen sie uns jetzt noch mehr Fast Food, damit beim Essen Zeit gespart wird? Bleiben die Ampeln länger grün, und wer hat was davon? Wie kann man die lange Zeit verkürzen, die wir mit dem Öffnen von Briefen verbringen, kommt die Renaissance der Postkarte? Werden staatliche Telefonzeiten eingeführt, an denen man gefälligst zu Hause zu sein hat, damit vergebliches Anrufen entfällt? Und der Umgang mit Abfall – der ist doch zeitlich gerade aufs Zigfache angestiegen, weil wir alles so nett nach Glas, Papier, Kompost und Metall sortieren und zum Container tragen – schmeißen wir jetzt doch alles wieder in dieselbe Tonne, um Zeit zu sparen? Zeit wofür? Um Umfragen zu lesen, natürlich!

Wo hab ich denn jetzt schon wieder meine Zigaretten?

Wenn doch endlich alles Verlegte so piepsen würde wie neuerdings der Schlüssel! Ich hätte ein Konzert von morgens bis abends. Komm, Katze, komm auf meinen Schoß. Lass uns einfach ein bisschen kostbare Zeit nur so verschwenden … *23/88*

EIN KLEINES STÜCK VOM GLÜCK

Also ... früher standen bei mir Schälchen mit Bonbons herum, immer lag eine Tafel Schokolade auf dem Schreibtisch, um Weihnachten herum kein Tischchen ohne Marzipankartoffeln, Ostern waren es Schokoladeneier, im Sommer Erfrischungsstäbchen, im Winter Cremehütchen. Ja, ich oute mich: Ich nasche gern. Aber man wird ja älter und dabei nicht unbedingt schlanker. Und dass Süßes nicht gesund ist, lesen wir täglich, auch schicken die Zähne mitunter Signale, und die Blutwerte sind nicht so, wie der Doktor sie gern hätte. Hinweg also von Schreib- und Nachttisch mit den süßen Schälchen! Auch beim abendlichen Fernsehen werden keine Zuckerplätzchen mehr geknabbert, sondern gesunde Nüsse und ungeschwefelte Aprikosen. Aber, das werden Sie ja wohl zugeben, man braucht doch ein paar Kekse, ein wenig Kuchen auf Vorrat, falls plötzlich Besuch kommt! Und mal etwas Süßes zum Nachmittagstee knabbern – das muss möglich sein, welchen Spaß würde das Leben sonst denn noch machen? Also habe ich eine Naschschublade eingerichtet. (Für Einbrecher: Es ist die dritte von oben.) Oben: Besteck; zweite Schublade: Haushalts- und Alufolie, Schere, Mülleimertüten; dritte Schublade: Kekse, Zitronenrollen, Marzipanherzen, Malzbonbons, Schokolade, Negerküsse. (Moment, ich muss mal eben in die Küche, dritte Schublade von oben.) Ich hole immer nur ein Stückchen Schokolade, eine Praline, ein kleines Eckchen Marzipan, dann zurück an die Arbeit. Nach einer halben Stunde stehe ich wieder auf, tu so, als würde ich ins Bad schlendern, um nachzusehen, ob die Nase noch im Gesicht ist, und mache, zack, den nächsten Abstecher zur Naschschublade. Sie leert sich. Beim Einkauf verkneif ich mir die Süßwarenecke, ich geh nur ganz kurz hin, weil ich ja die Naschschublade auffüllen muss, ein bißchen Joghurtschokolade, die macht ja geradezu schlank, ein paar leichte Riegel für zwischendurch, die Bonbons, von denen ich gleich zwei nehmen soll, die mit einer Extraportion Milch – ja, die Werbung tut ihr Bestes, um uns einzureden: Naschen ist gesund, Sie müssen nur das Richtige nehmen, und das Richtige, das ist natürlich nur unser Produkt. So füllt sich die Naschschublade, und so leert sie sich auch wieder, und es war lange kein Besuch da, dem ich eine Zitronenrolle hätte anbieten können, aber verschimmeln soll sie ja auch nicht, hinein damit in den gierigen Rachen. Ich kann's nicht lassen. Süßes hebt die Laune, und wenn ich es schon nirgends in der Wohnung mehr drapieren darf und jedes Mal eine Wanderung und eine Anstrengung unternehmen muss, um mir ein kleines Stückchen davon zum Glück zu holen, dann will ich wenigstens beim Griff in die dritte von oben nicht enttäuscht werden. Immerhin stehe ich jedes Mal auf dafür, muss mich jedes Mal bewegen, ein paar Schritte gehen – kann man Naschsucht und Körperertüchtigung, Beherrschung und Lust schöner miteinander in Einklang bringen? Ich biete Ihnen, liebe schokoladensüchtige Leserin, meine Lösung an: die dritte von oben. *15/98*

SCHNECKEN-TAGEBUCH

Also ... im Moment sitzen wieder alle Gartenfreunde zusammen und haben nur ein großes Thema: Schnecken. «Was machst du denn gegen die Schnecken?» Mit diesem Satz beginnt unweigerlich jedes Gespräch auf der abendlichen Terrasse, und dann kristallisieren sich anhand der Schneckenbekämpfungsmethoden sehr verschiedene Sorten Mensch heraus. Der ganz edle Charakter weiß, dass das Recht der Schnecke auf Leben und leckeren Salat so groß ist wie sein eigenes. Er wird also die Schnecken einsammeln und in den Wald fahren, wo sie ihre Kräuter futtern können und eben nicht seinen Salat. Der nicht ganz so Edle sammelt die Schnecken auch ab, wirft sie aber heimlich über den Zaun zu den Nachbarn – nicht bedenkend: Die kommen zurück. Dann wäre da noch die Sache mit dem Bier. Schon lange kann ich den steigenden Bierkonsum der Deutschen nicht mehr auf das zurückführen, was da getrunken wird. Schauen Sie sich nur mal die unendlichen Biertöpfe in den Gärten an! Schnecken mögen Bier. Sie ersaufen darin. Sie kommen aus der ganzen Siedlung angekrochen, nur um unser Bier zu trinken, und ist das denn nicht ein schöner Tod, besoffen-bewusstlos zu sterben? Der Bösewicht legt Bretter in die Beete. Die Schnecken kriechen – Schatten suchend – darunter. Abends dreht der Bösewicht die Bretter um und schneidet die Schnecken mittendurch. Uns graust. Der Erfinder unter den Gärtnern baut Bretter um die Beete und nagelt außen U-förmige Metallschienen drauf, da kommen die Schnecken nicht drüber und fressen nur den nahen Rittersporn, aber wenigstens bleibt der Salat erhalten. Und in Karen Duves komisch-bösem «Regenroman» sammelt der ekelhafte Dichter mit der törichten Liebe zur Natur die Schnecken in Eimer, schüttet die Brut auf der Auffahrt zum Haus aus und fährt mit dem Mercedes darüber – das kann uns auch nicht gefallen. Alle hassen sie, die Schnecken. Dabei sind es doch freundliche Tiere, die uns die Insekten wegfressen und die Igel ernähren – weshalb es sich von selbst verbietet, sie gar mit Schneckenkorn zu vergiften, man vergiftet die Igel gleich mit. Die Schnecke mahnt zur Gemächlichkeit in ruheloser Zeit, so muss man das doch auch mal sehen! Ich hätte gern etwas vom gelassenen Wesen der Schnecke ... Ich sehe meinen Mann nachts mit der Taschenlampe in den Beeten rumkriechen und fluchend Schnecken aufsammeln. Wohin er sie dann trägt, weiß ich auch nicht – einmal hat er sie alle in einen Eimer geworfen, um sie am nächsten Tag auf eine Wiese zu fahren. Der Eimer hatte keinen Deckel. Daneben stand ein leerer Bierkasten. Keine Flasche ohne Schnecke am nächsten Morgen ... Es ist schon eine Plage, ich gebe es zu. Neuerdings gibt es umweltfreundliche Lavakörner, mit irgendeiner Sojapampe getränkt. Die Schnecke mag das nicht, der Mensch aber auch nicht, es stinkt, und der Regen wäscht die Pampe ab, und dann wirkt es sowieso nicht mehr. Es hilft nichts, ihr Gärtner: Wir müssen mit der Schnecke leben. So viele Tiere konnten wir schon erfolgreich ausrotten, immer siegt der Mensch, alles kriegt er kaputt. Irgendwie erfüllt mich der Gedanke mit einer heimlichen Freude, dass es ausgerechnet die langsame Schnecke ist, die uns besiegt. Was will uns die Natur damit sagen? Weiß ich auch nicht. Aber wenn ich diesen Gedanken in die abendlichen Runden einwerfe, werden die Gärtner immer sehr still. *15/99*

WISSEN, WAS MAN WILL …

Also … wir gehen mit Otto und Anna ins Restaurant. Der Ober schlägt uns einen Tisch vor, den Anna aber unmöglich findet, zu dunkel, nein, den da, den am Fenster, wollen wir. Auch gut. Wir sitzen gerade, haben die Taschen und Jacken verstaut, da sagt Anna: «Aber hier zieht es, findet ihr nicht?» Wir sind uns nicht sicher, aber vorsichtshalber wechseln wir in die Mitte des Raumes. Nein, das geht nun gar nicht, da ist direkt die Rennstrecke der Kellner, noch mal aufstehen, Umzug in eine Ecke, so, nun ist es aber gut, wir können die Speisekarten lesen. Wenn ich etwas hasse, dann ist das die Frage: «Was nimmst du denn?» Als ob von meinem Rosenkohl abhängt, was die anderen essen! Aber erst, wenn sie weiß, was wir alles bestellen werden, kann sich auch Anna entscheiden. Sie wird das kleine Steak auf Toast mit Feldsalat nehmen. Welches Dressing hat der Salat? Der Ober erklärt es. O nein, das kann Anna nicht essen, mit Maisöl und ein bisschen Himbeeressig bitte, ist das wohl möglich? Otto fragt nach den Kartoffeln. Sind sie mehlig? Eher fest kochend? Doch nicht etwa aus dem Glas oder Eimer? Ach nein, er nimmt doch lieber Reis statt Kartoffeln als Beilage. Wir entscheiden uns für einen Wein, bestellen auch noch Mineralwasser. Was ist das für ein Wasser, will Anna wissen, «nicht zu viel Kohlensäure, bitte! Ach, und nehmen Sie doch bitte das Gesteck mit den Trockenblumen mit, dagegen habe ich eine Allergie.»

Als der Ober gerade alles aufgeschrieben hat und geht, ruft Anna: «Nein, lieber doch keinen Feldsalat, nur ein paar Tomaten, dünn geschnitten, mit Essig und Öl. Aber ohne Zwiebeln!» Und Otto hätte eigentlich lieber ein Bier statt Wein, aber vom Fass, welches Bier haben Sie vom Fass? Oder nein, ein Weizenbier, aber er möchte es selbst eingießen, bitte, damit die Sache mit der Hefe richtig gemacht wird. Ich beginne den noch immer geduldigen Ober für einen Heiligen zu halten und tausche mit Anna den Platz, weil die Dame am Nachbartisch nach irgendetwas duftet, in dessen Nähe Anna keinen Bissen herunterbekommen wird. Das Essen kommt, und der Ober muss leider dreimal mit dem Steak zurück in die Küche. Er muss die Soße abkratzen, er muss noch einmal nachbraten, es ist zu roh, und es ist auch viel zu groß, schneiden Sie es bitte durch, ja? Otto findet den Reis langweilig und bestellt nun doch eine Portion Bratkartoffeln extra – braten Sie sie als Pellkartoffeln oder als Salzkartoffeln? Für den Wein hätten wir gern noch einen Kübel mit Eis, ach, und bitte noch ein wenig Brot, ja? Nach dem Essen nehmen wir Espresso, Otto auch, aber einen Kurzen, wissen Sie, besonders stark und nur wenig Wasser, aber ganz heiß, bitte. Anna möchte einen Tee mit Zitrone, nein, mit Milch, nein, lieber doch mit Zitrone, aber kein solcher Extrakt im Tütchen, und Süßstoff, bitte bringen Sie doch Süßstoff, aber Honig wäre noch besser, haben Sie vielleicht ein wenig Honig zum Süßen?, fragt sie den Ober. Otto würde braunen Zucker für den Espresso vorziehen, aber nur, wenn es braunen Zucker gibt, sonst machen Sie sich bitte nicht extra die Mühe.

Wir sind mit den Nerven am Ende, der Ober ist reif für

die Insel, dafür kriegt er aber von Anna auch drei Mark zwanzig Trinkgeld. Wie schön, wenn Menschen immer genau wissen, was sie wollen. *14/94*

EIN
BISSCHEN
MEHR
MENSCHLICHKEIT,
BITTE

ÜBER DIE LUST AN KATASTROPHEN

Also … wenn am helllichten Tag an einer Straßenecke ein Menschenauflauf ist, dann kann es sein, dass just an jener Ecke zwei Motorradfahrer ineinander verkeilt am Boden liegen, viel Blech, viel Blut, viele Leute drum herum. Denn nichts scheint Menschenaufläufe so magisch zu provozieren wie das Unglück. Auf der Autobahn wird nicht da am langsamsten gefahren, wo Schilder darum bitten, wo Großbaustellen sind oder wo die Situation es erfordern würde, sondern da, wo ein umgekipptes Auto auf der Gegenfahrbahn liegt, wo Abschlepp- und Krankenwagen stehen, wo Sand auf die Straße gestreut wird, um Öl, Benzin und Blut zuzudecken. Jeder schleicht vorbei, die Augen nicht mehr geradeaus, sondern auf das Geschehen nebenan gerichtet. Bricht irgendwo ein Deich, steht ein Wald in Flammen, explodiert ein Haus, fällt ein Flugzeug herunter – Hunderte finden sich blitzgeschwind ein, um dabei gewesen zu sein. Vielleicht winken sie auch noch in die Fernsehkameras, damit die Tante in Wattenscheid abends in der Tagesschau sieht: Mein Neffe war ganz dicht am Geschehen! Das Fernsehen liefert uns die Katastrophen ja ohnehin häppchenweise ins Haus. Kein Abend ohne Terror, Krieg, Unfall, ohne Brennendes, Umgekipptes, ohne Menschen, denen Schreckliches widerfahren ist und an deren Gesichtsausdruck man den eigenen Sinn fürs Tragische wieder mal befriedigen kann.

Weshalb denn aber, wo wir es doch durchs Fernsehen so bequem haben mit der täglichen Katastrophe, weshalb laufen wir auch noch an den Ort des Geschehens? Was ist so faszinierend am direkten Anblick des Furchtbaren? Warum behindern wir Rettungsarbeiten, blockieren Zufahrtswege? Offenbar brauchen wir den Anblick des Schreckens so nötig wie Essen und Trinken. Es tut wohl, Unglück zu sehen, das nicht einem selbst geschehen ist. Das stimmt bescheiden, macht demütig und dankbar: Gott sei Dank, nicht ich. Man wird daran erinnert, dass Glück nicht selbstverständlich ist. Das Grenzerlebnis steigert auch die Sensibilität – nie wird auf Autobahnen rücksichtsvoller gefahren als in den ersten fünf Minuten, nachdem sich die Kolonne an einem Unfallwrack vorbeigeschoben hat. Wir standen mittendrin, aber wir waren nicht betroffen. Dieses unmittelbare Erlebnis ist viel stärker als die Reproduktion des Schreckens am Bildschirm. Da sehen wir das Blut nicht mehr wirklich, riechen nicht den Qualm und das Benzin. Wir brauchen, scheint es, solche Anstöße, und wir schämen uns deswegen. Der Trieb ist alt: Die Römer hatten ihre Gladiatorenspiele, das Mittelalter seine öffentlichen Hinrichtungen, und wir haben ja Folter, Katastrophe, Mord und Totschlag auf Video als Ersatz für die echte Katastrophe, die uns dieses wohlige Gefühl von «Gott sei Dank, ich nicht» gibt.

Man sollte die Sache nur einmal kurz andersrum bedenken: doch ich. Ich bin es, eingeklemmt im Auto, mein Haus ist es, das da gerade in die Luft gesprengt wird – und um mich herum eine Schar von neugierigen Zuschauern, die in meinen Elends-Zoo starrt. Wäre mir das recht? Ach, wie paradox: Wir schauen so gern zu und haben so ungern Zuschauer. Es wäre eine Möglichkeit, sich in mehr Menschlichkeit zu üben, indem man an Unglücksstellen entweder etwas tut oder – falls schon genug getan wird – weitergeht, weiterfährt. Falls Übungen in Sachen Menschlichkeit noch gefragt sind. *3/84*

ÜBER DAS MACHBARE

Also ... machen KÖNNEN wir inzwischen eine ganze Menge. Ob wir das immer auch machen MÜSSEN, ist eine andere Frage. (Und warum vieles, was gemacht werden könnte, nicht gemacht wird, das wäre die dritte.) Bleiben wir bei Frage zwei: Müssen wir das Weltall mit Raketen vollrüsten? Müssen wir Kunstherzen verpflanzen, Schweine mit mehr Rippen züchten, Kühe mit Tomaten kreuzen, sodass zwar die Kuh nicht Tomatensaft gibt, aber die Tomate eine lederne Kuhhaut kriegt, die bei der Ernte nicht beschädigt wird? Müssen wir Leihmütter haben, müssen wir jetzt den schwangeren Mann (Eiverpflanzung in die Bauchhöhle, Geburt durch Kaiserschnitt) möglich machen, müssen wir das Gen für menschliche Wachstumshormone auf Rinder übertragen, damit sie in halber Zeit auf die Größe von Elefanten heranwachsen? Ich mache hier keine dummen Scherze, an alldem wird herumgedacht und -experimentiert. Der österreichische Glykolwein wird zurzeit von einer Bakterienkultur rückstandslos vernichtet, eine Million Liter sind schon weg. Im Bereich Umwelttechnologie hat man Mikroorganismen entwickelt, die Öllachen wegputzen. Wer sagt mir, dass nicht ein Gläschen mit Pestbazillen von Terroristen gleich welcher Art ins Frankfurter oder Hamburger Trinkwasser geschummelt wird?

Wo alles geforscht wird, ist auch alles möglich. Die Vernichtung der Welt auf die brutale Art mit Waffen und

Bomben ja sowieso, aber jetzt kommen sie uns sanft mit Genmanipulation und Molekularforschung durch die Hintertür. Und wer blickt durch, versteht, kontrolliert, was da gezüchtet wird? Hätten Menschen nicht zu allen Zeiten geforscht, säßen wir auf den Bäumen. (Wir hätten dann allerdings erheblich mehr Bäume.) Aber ich werde das Gefühl nicht los, dass Forscher früherer Jahrhunderte Universalgelehrte waren, die ein Ergebnis philosophisch von vielen Seiten betrachten konnten. Heute sitzen Superspezialisten in den Labors und kriegen Nobelpreise für Sachen, die kaum ein normaler Mensch begreift. Wo ist für uns die Möglichkeit, «Halt, ich will das nicht», zu rufen? Wo ist eine ethische, moralische Instanz, die nicht bevormundet, sondern prüft, welche Forschung dem Menschen schadet oder nützt? Wo war sie zur Zeit der Naziversuche? Wer garantiert uns, dass nicht im Sinne geldgebender Wirtschaftsgiganten geforscht wird wie bei der Atomlobby, sondern im Sinne einer Zukunft auch für die Generationen nach uns? Wo sind die Instanzen, die falsche Schritte erkennen und stopp sagen?

Ich will den schwangeren Mann nicht. Er ist so grässlich überflüssig. Aber er ist mir lieber als der Kerl, der die Schallpistole erfunden hat, mit der man einen Menschen ohne Blut und Lärm töten kann, indem man mit Schallwellen sein Gehirn vernichtet. Ich will nicht, dass es alles gibt, was es geben kann. Ich halte uns nicht für mündig genug. Weil ich aber weiß, dass auch bisher immer alles gemacht wurde und sich immer sofort ein Markt dafür fand, habe ich wenig Hoffnung auf Vernunft und Ethik.

22/86

BEI PELZEN GIBT ES KEINE KOMPROMISSE!

Also … vor ein paar Jahren habe ich noch gedacht: Ob jemand einen Pelz trägt oder nicht, das ist seine Sache. Es wurde allgemein zum kritischen Umgang mit Pelzen aufgefordert, es wurde an den Tierschutzgedanken appelliert, die Kürschner wehrten sich massiv – das Pelz-Tragen oder -Nichttragen war ein – ja, beinahe, ein Umweltthema unter vielen. Heute denke ich anders darüber. Heute sage ich mit vielen anderen Frauen klar und deutlich: kein Pelz. Die Kürschner hatten lange genug Zeit, sich auf Lederverarbeitung, auf Lammfelle, auf Felle aus der Nutztierhaltung umzustellen. Inzwischen weiß es wohl wirklich jeder, dass es eben nicht möglich ist, Wildtiere artgerecht in Gefangenschaft zu züchten und zu halten. Unsägliche Tierquälerei geschieht selbst in den Pelztierfarmen, die angeblich den Kriterien guter Tierhaltung entsprechen – das bedeutet etwa für Nerze Einzelgehege von 60 × 60 × 38 cm. Die World Society for Protection of Animals, WSPA, ist nach jahrelangen Recherchen zu dem Schluss gekommen, dass es weder humane Tierfallen noch artgerechte Käfighaltung für Wildtiere gibt. Sie verlangt deshalb, Pelztierzucht und Pelzetragen ein für alle Mal abzuschaffen. Prominente Frauen wie Prinzessinnen aus der Aga-Khan- und anderen hochgeborenen Familien, Schauspielerinnen wie Anouk Aimée, Meryl Streep, Julie Christie, Isabelle Adjani unterstützen diese Kampagne, und es werden immer mehr. Ich finde es falsch, Frauen, die noch Pelz tragen, zu verteufeln und zu terrorisieren, aber ich werde mich, wo immer ich kann, darum bemühen, sie darüber aufzuklären, dass ihr Pelz schreit, weint und blutet.

Es gibt unzählige Möglichkeiten, sich warm zu halten – wir müssen es nicht mehr wie die Höhlenmenschen machen und uns dafür in den Pelz hüllen von Tieren, die es bald entweder nicht mehr gibt oder die grausam gezüchtet werden nur für diesen Zweck. Es ist ein Punkt der Eitelkeit und des Statussymbols, sonst nichts, und ich denke, dass es Zeit ist, solche Einstellungen zu überwinden. Die Zeiten ändern sich, immer, und mit ihnen ändert sich die Ethik, und mit der Ethik ändert sich das Handeln.

Tierschutz ist Teil unserer heute geltenden Ethik, und wir müssen, ob uns das passt oder nicht, nach dieser Ethik unser Handeln ausrichten, auch wenn das hier und da mit Verzicht verbunden ist. Wir haben doch schon so viel gelernt – wir begegnen der Atomenergie kritisch, und wir fragen bei chemischen Produkten nach ihren Zusammensetzungen, wir sortieren unseren Müll, wir versuchen, uns an Produkten zu orientieren, die nicht mit Tierversuchen erstellt werden, wir ernähren uns vernünftiger und reduzieren unseren Fleischverbrauch, wir beschäftigen uns mit alternativen Lebensformen und Homöopathie, wir treiben Sport, und, größtes aller Wunder, wir rüsten sogar ab. Dann sollten wir auch den kleinen Schritt tun und keine Mäntel mehr tragen, die auf Kosten von Umwelt, Natur, Tier entstanden sind. Es ist, wie gesagt, keine Modefrage mehr. Es ist eine ethische, moralische, eine intelligente Selbstverständlichkeit. Schreibt mir keine Briefe, ihr Kürschnermeister und Rauchwarenhändler.

Die Zoodirektoren und die Raubtierdompteure haben mir auch schon geschrieben, das heizt meinen Zorn nur an, und ich bin taub gegen eure Klagen. Ihr habt andere Möglichkeiten. Das gequälte Tier hat keine. Und wir Frauen können Wolle und Webpelz tragen und müssen uns nicht via Nerz, Leopard oder Fuchs vorführen, was wir oder der Ehemann so verdienen. «La cruauté n'est pas mon style» (Grausamkeit ist nicht mein Stil), lautet das Motto der französischen Anti-Pelz-Kampagne. Ich habe auch mal Pelze getragen – unendlich gern, weil es ein wunderbares Gefühl ist. Aber mein Stil ist Grausamkeit auch nicht. Wer nachdenkt, dem verbrennt sein Pelz die Haut.

26/89

MODEWÖRTER

Also … wenn ich meinen Schlüssel vergessen oder mal wieder einen Schirm verloren habe, dann neige ich schon mal dazu, zu sagen: «Eine Katastrophe! Jetzt hab ich den Schlüssel vergessen! Jetzt hab ich den teuren Schirm in der U-Bahn stehenlassen!» Eine Katastrophe? Du liebe Güte, doch wohl eher eine blöde Lappalie. Aber mit großen Wörtern sind wir alle schnell bei der Hand, was eine Nachlässigkeit war, wird zum Skandal, wenn der Gatte nachts schnarcht, ist das absolut unerträglich und treibt in den Wahnsinn, wer sich beeilen muss, weil er zwei Termine hintereinander hat, ist sofort «im Stress». Im Stress sind alle, und ich hasse es, wenn mich einer anruft und fragt: «Na, biste im Stress?» Blöde Modefrage, blöde Modewörter. Neuerdings gibt's ein neues, das Syndrom. Alles ist Syndrom, wenn wir nun mal zwei, drei Tage keinen Wein trinken, haben wir nicht mehr die beschworenen «Entzugserscheinungen», sondern ein «Entzugssyndrom». Aus den USA kommt brandneu das LCS-Syndrom, haben Sie das schon? Das hat man jetzt. Es bedeutet, dass man sich mies und blöd fühlt, dann lernt man einen tollen Typen kennen, verbringt eine sagenhafte Nacht mit ihm und ist wie neu geboren: Augenleuchten, Haut ist straff, Haar glänzt, eine Nacht mit gutem Sex hat das Leben verändert, LCS = Life Changing Sex = LCS-Syndrom = Modeschwachsinn hoch vier. Der größte Missbrauch wird mit dem Wort «Arbeit» betrieben.

Wir trauern nicht mehr, wir leisten Trauerarbeit. Wir erinnern uns nicht, nein, wir leisten Erinnerungsarbeit. An die Bibelarbeit der Konfirmationszeit kann ich mich noch gut erinnern, aber muss Lisa Überzeugungsarbeit leisten, wenn sie Harry ins Kino locken will? Schöne Beinarbeit leistet Boris Becker, ich versuche ebenso schöne Kopfarbeit zu leisten, und so arbeiten wir denn alle vor uns hin, die Arbeit nimmt schier überhand, dabei haben wir eine Arbeitswelt, die Millionen Arbeitslosen verschlossen ist, aber das ist nun wohl schon wieder ein anderes Kapitel. Wir sind auch nicht mehr ein bisschen deprimiert, nein, wir haben gleich Depressionen. Wer wirklich mal welche hatte, geht etwas vorsichtiger mit diesem Begriff um und bekommt nicht gleich eine Depression, wenn es morgens mal keine frischen Brötchen gibt. Wir sind auch nicht mehr müde, abgespannt oder k.o., nein, wir sind «total fertig», «total genervt», «echt alle». Wir sind total echt super. Und wir haben für jede Kleinigkeit das rechte große Wort. Ist es eine Katastrophe, wenn morgens das Auto nicht anspringt? Eine Katastrophe ist es, wenn ein Vulkan ausbricht oder ein Fluss ganze Dörfer wegspült. Wenn ich mich vor Spinnen ekle, habe ich natürlich gleich eine Spinnenphobie. Wenn ich mal kurz schwitze, ist das dann schon das Wechseljahressyndrom oder vielleicht doch der zu dicke Pullover? Überall haben sich so großmächtige Töne und so prächtige Fremdwörter eingeschlichen, jeder will sie benutzen, und das kann schiefgehen – «den Doofkopp muss man», sagt Alfred, «einfach gar nicht ignorieren». Neulich im Zug ertappt der Kontrolleur den angetrunkenen Jugendlichen ohne Fahrkarte. «Ich bin», sagt der, «eine Demokratie und habe das Recht, mit dem Zug zu fahren.» Logo! Du bist das Volk! Er ist

Volker! Volker hört die Signale! Ehe mir die Kolumne vollends zur Katastrophe entgleitet, höre ich hier lieber auf. *4/95*

VERLOGENE RITUALE

Also … sind Beerdigungen auch mal ein Thema für eine Kolumne? Warum eigentlich nicht, denn der Tod, ob es uns nun passt oder nicht, gehört zum Leben, und wir haben alle schon ratlos an Gräbern herumgestanden und gedacht: Das war's nun also? Die meisten Beerdigungen, die ich erlebt habe, waren entsetzlich. Das ganze Ritual kam mir steif und verlogen vor, ohne Liebe zum Toten, so, als wären wir, die wir da trauern, eigentlich auch schon tot und dürften nur ja keinen Mucks tun. Meine Freundin Brigitte hatte im Leben nichts mit der Kirche zu tun, aber bei der Beerdigung wurde ein Pfarrer angeheuert, der sie nie gekannt hat, der von «unserer lieben Birgit» sprach, davon, dass Gott nun für uns alle unbegreiflich diese liebe Birgit zu sich genommen habe – nein, es war nicht unbegreiflich, Brigitte war Kettenraucherin und starb an Lungenkrebs, so einfach ist das. Und «unser lieber Ronald», der auch viel zu früh heimgehen musste, hinterließ eben nicht eine trauernde Frau, der wir alle beistehen wollen, sondern er war acht Jahre lang an Aids gestorben, und sein schwuler Freund war auch schon tot. Lust- und lieblos wird an den Gräbern irgendwas heruntergeredet, und ich kann es diesen angemieteten Pastoren, in deren Kirche wir uns lebend nie blickenlassen, auch nicht übelnehmen, wenn sie sich dann für unsere Leichen nur gerade so interessieren, Asche zu Asche. Die Sargindustrie halte ich für einen einzigen großen Betrug mit ihren Eichen- und sonstigen teuren Kisten, verziert, mit Damast ausgeschlagen, viel zu viel Schnickschnack, erdrückende Blumengebinde, tränenreiche Orgelmusik, das Ganze keine Trauerfeier, sondern ein Trauerspiel. Gemessenen Schrittes ans Grab, ein Schäufelchen Erde, kondolieren – wie entwürdigend trostlos ist das alles, und ich denke, dass man sich sehr wohl dagegen wehren und sich beizeiten etwas anderes ausdenken, ein anderes Ritual, ein anderes Beerdigungsverfahren festlegen kann. Alles, was mit dem Tod zusammenhängt, gilt als unantastbar, bloß keine Scherze, nur nichts Leichtes, nur ja schwarze Kleider und umwölktes Gemüt. Trauer kann aber auch anders daherkommen. Ich fand es wunderbar, wie der Lieblingswirt von Günter in dessen Grab all die noch unbezahlten Bierdeckel warf – als letzten, verzeihenden Gruß. Und wie haben sich einige Tanten darüber aufgeregt! Aber sie kannten Günters gewaltige Räusche ja auch nicht. Wir haben keine Trauerkultur. Wir überhäufen Beerdigungen mit Pomp und weißen Lilien. War schon das Leben beschissen, soll wenigstens der Sarg teuer sein. Das Unter-die-Erde-Bringen wird zum puren Entsorgungsproblem. In südlichen Ländern leuchten Lämpchen auf den Friedhöfen, in den kleinen Kapellchen liegen Brot, Wein, Kaffee, Zigaretten für die lieben Toten, in Mexiko tanzen Gerippe aus Zuckerguss, man macht Picknick auf dem Grab des Verblichenen, als wäre er noch mit dabei. Wo ist der preiswerte farbenfrohe Ikea für Särge? Ich möchte einen kornblumenblauen Sarg, wenn's mal so weit ist! Und meine Freunde sollen vergnügt sein und was von Bob Dylan spielen. Und meine Lieblingsbücher will ich ins Grab mitnehmen, damit es im Jenseits mit dem ewigen Hosianna-Singen allein nicht so langweilig wird. *6/99*

BRAUCHEN WIR EINE HEIMAT?

Also ... neulich saßen wir zusammen, ein paar Freunde beim Bier. Wer eigentlich woher kommt, wurde plötzlich gefragt. Ella kommt aus Pommern, ist im Ruhrgebiet aufgewachsen, lebt jetzt in Frankfurt. Moritz kommt aus Polen, war lange in Paris, weil sein Vater Franzose ist, hat dann eine Österreicherin geheiratet und lebt in Aachen. Einer war Sohn einer Berlinerin und eines Westfalen, in Ostafrika aufgewachsen, jetzt in Saarbrücken, und keiner lebte da, wo er geboren worden ist. Und keiner konnte seinen Geburtsort oder den Ort seiner Kindheit als «Heimat» bezeichnen, und an dem Wort haben wir uns dann festgebissen – Heimat. Hat das Wort noch den völkischen Blut-und-Boden-Klang, den die Nationalsozialisten ihm aufgekleistert haben in ihrer Gier, alles zur deutschen Heimat zu erklären, wo sich einmarschieren ließ? Oder kann man das Wort Heimat heute wieder wertfrei aussprechen, es vielleicht sogar – nicht mehr wertfrei – mit einer gewissen Sehnsucht denken und sagen? Haben wir noch oder wieder Heimatgefühle, und wenn nicht, brauchen wir eine Heimat? Sind wir nicht in der ganzen Welt zu Hause mit unserm Pass als Passierschein über fast alle Landesgrenzen?

«Home is where the heart is», singt die schrille Lene Lovich, wo Liebe, da Heimat, und da ist was dran. Ich bin ja nicht da zu Hause, wo der Dorfbrunnen rauscht und die alte Linde vorm Tor steht, obwohl der Dichter sagt, «dort ist meiner Heimat Haus», sondern ich bin da zu Hause, wo meine Lebensmenschen mir nah sind und meine Bücher stehen. Wo ich die Sprache verstehe.

Annie Cohen-Solal, die die bejubelte Sartre-Biographie geschrieben hat, ist maghrebinische Jüdin französischer Nationalität, geboren in Algier, sie spricht Französisch, Deutsch, Englisch, Italienisch, Hebräisch, Jiddisch, Arabisch gleichermaßen – Heimat? «Ich weiß nicht, was das bedeutet», sagt sie.

Aber immerhin – es wird wieder nach Heimat gefragt, über Heimat geredet und nachgedacht. Und das ist nicht mehr die Suche braver Bürger nach konfliktfreier Idylle, in der sich möglichst nichts ändert, das ist auch nicht mehr der politisierte Heimatbegriff mit antidemokratischen Inhalten, die dann Heimat und Volk in einem Atemzug nennen. Heimat ist heute zunehmend ein Begriff, der Interesse an der Gestaltung des eigenen Lebensraums signalisiert. Bürgerinitiativen kümmern sich um «ihre» Gegend, wollen ihre Heimat schützen. Stadtteile feiern spezielle Feste, «unser Dorf soll schöner werden» – der direkte Wohnort wird, egal, woher man kommt, zur Heimat, für die man sich auch verantwortlich fühlt. In früheren Zeiten gab es noch so etwas wie ein Heimatrecht: Brave Bürger mit Kapital konnten das erwerben, wohnten sie lange genug an einem Ort – für arme Leute gab es keine Chance für das Recht auf Heimat, sie wurden auf die einst himmlische Heimat, in der alles besser würde, verwiesen. Erst die langsam sich formierende Arbeiterbewegung forderte ein Recht auf Heimat für alle, und für Heimat zog man dann hintereinander gleich in drei Kriege. Nach 1945 hatten viele Menschen ihre Heimat für immer verloren, fast niemand war mehr da zu Hause, wo er zu Hause war. Und jetzt erst entsteht wieder so etwas wie ein Heimatgefühl – man entdeckt die Mundart und den Denkmalschutz, man bewahrt, verschönert, schützt, ist stolz, HIER zu leben und nirgends sonst. Walter Jens sagt, Heimat sei heute mehr ein Synonym für Menschlichkeit, die keine Grenzen kennt. Ein hoher Maßstab – denn selbst Ausländer, die jahrelang hier leben, spüren von diesem Maßstab nichts und werden auf ihre längst verlassene «Heimat» verwiesen. Amtlich mit Schein verbrieftes «Recht auf Heimat» gibt es nicht mehr, aber Heimat kann sich immer noch nicht jeder leisten. Dabei – Menschlichkeit, die keine Grenzen kennt – wär' doch schön, wenn wir uns die leisten würden, all wir Heimatlosen … *9/89*

TUN, WAS MAN WILL?

Also … Hand aufs Herz: Gibt es irgendwann im Leben eine Zeit, in der man wirklich tun kann, was man will? Die Kindheit ist es nicht. Mama bestimmt, wann und was man isst, wann gespielt, wann geschlafen wird. Dann kommt die Schule und schreibt uns vor, bis wir, sagen wir, neunzehn oder zwanzig sind, wie die Zeit einzuteilen ist, und die Eltern reden auch noch tüchtig mit. Dann aber! Freier Mensch? Pah. Entweder Beruf, Ausbildung oder Uni, Zeitpläne, Stundenpläne, Verpflichtungen, Untermiete, Kehrwoche, Bundestagswahlen, Krankenkasse, TÜV, ich grüße dich, du schönes Regelwerk rings um mein Leben. Dann aber – Urlaub! Ja, Frühstück bis zehn Uhr, also los, rasch aufstehen. Ausflug auf die Inseln! Bitte hinten anstellen. Eigene Wohnung: Miete oder Hypothekenzahlung bitte pünktlich, Dauerauftrag, Zeitung lesen, Abfall sortieren, leere Flaschen wegbringen, Ladenschlusszeiten, Zahnarzttermin mit Bonusbüchlein. Mutter hat es gut. Mutter ist alt, Rentnerin, lebt still in ihrer Wohnung in den Tag hinein, kann tun und lassen, was sie will – bisschen schlafen, bisschen lesen, bisschen spazieren gehen, bisschen fernsehen – Mutter, sage ich, du brauchst eine Putzfrau. Und deine Gardinen müssen gewaschen werden. Und diese Küche ist sooo unpraktisch, das machen wir jetzt mal neu. Ich stelle fest: Auch Mutter darf nicht, wie sie will – dafür sorge ich schon, denn so hat ja auch sie mich mal erzogen, dass immer irgendwer über irgendwen alles besser weiß, sich sorgt, sich einmischt. Aufklärung, sagt Kant, ist der Ausgang des Menschen aus seiner selbstverschuldeten Unmündigkeit. Gewiss, er hat ein bisschen was anderes gemeint als das, worüber ich hier gerade schreibe. Aber Unmündigkeit, das ist das Wort, das mir in den Sinn kommt. Wir sind unmündig, unser ganzes Leben lang, wir sind abhängig von Menschen, Mietverträgen, Arbeitszeiten, Hotelfrühstücken, Versicherungen, roten und grünen Ampeln, von Geschwindigkeitsbegrenzung, Hundesteuer und Feuchtigkeitscreme, donnerstags wird die Mülltonne geleert, Freitag kommt der Schornsteinfeger, guten Tag, wir lesen Ihre Wasseruhr ab, he, da können Sie nicht parken! Regeln, Gesetze, Pflichten, Uhren. Ich liege auf dem Sofa, Alfred Brendel spielt Klavier für mich, ich mache die Augen zu und schwebe davon in einen Freiraum, irgendwohin, wo ich nichts muss, soll, habe, bin. Niemand verlangt etwas von mir, keiner redet mir rein, wie ich es machen soll, ich bin einfach nur federleicht und frei, wenigstens im Kopf. Das gibt es. Zum Beispiel in diesen seltenen, wunderbaren Augenblicken der Liebe, wo wirklich alles stimmt. Wenn wir die nicht hätten … Und danach klingelt aber auch sofort der Postbote und hat das Einschreiben mit der Mahnung, weil wir irgendwo irgendwas nicht rechtzeitig bezahlt haben. An manchen Tagen tröstet nur eine Katze auf dem Bauch. Die Katze, denke ich, ist frei. Sie geht ein und aus, wie sie will, hat keine Pflichten, ist stolz und schön, unabhängig und mündig. Nein – sie kann den Kühlschrank nicht aufmachen und die Terrassentür auch nicht. Ach, Katze, sogar du bist Zwängen unterworfen … was für eine blöde Welt.

12/96

WIR WERDEN WIEDER LIEB …

Also … mein Freund Lurchi – so benannt nach dem tapferen Salamander, der mit den richtigen Schnürschuhen alle Probleme wie Superman regelt –, mein Freund Lurchi erzählte von einem Samstagmorgenbesuch in einem Supermöbelcenter. Es musste sein, es musste am Samstagmorgen sein, und die Massen schoben sich durch die Gänge, es war heiß, laut, voll, alle waren ungeduldig, gereizt, gestresst, alle wollten etwas von der Fachkraft, Fräulein! hier und Bedienung! da, und können Sie nicht mal zu den Büromöbeln kommen, und warum ist denn verdammt noch mal kein Mensch bei den Futonbetten? Auch Lurchi brauchte Beratung und ergatterte endlich eine sogenannte Fachkraft, eine Dame mittleren Alters. Ganz vorsichtig formulierte er sein Anliegen, es war ihm durchaus klar, dass sie auf den letzten Resten ihrer Nerven durch diesen langen Samstag balancierte. Sie hörte ihm zu, nickte, lächelte freundlich und sagte: Ja, wir haben genau, was Sie suchen, und da kommen Sie jetzt mal mit, und ich zeig es Ihnen. Und sie schob ihn durch die Menge, freundlich nach rechts und links Auskünfte gebend oder rufend: Bin gleich zurück! Kleinen Moment bitte, ich bediene nur noch den Herrn hier – und Lurchi konnte nicht genug staunen. Wie machen Sie das, fragte er, wie schaffen Sie das, so ruhig und freundlich zu bleiben, und das in dem Gedränge und bei der pampigen Art vieler Kunden? Früher, sagte sie, konnte ich das auch nicht. Ich war immer fix und fertig, wenn so ein Tag vorbei war, und ich wollte meinen Beruf schon aufgeben. Ich habe die Leute angeblafft, habe schroff reagiert, habe gesagt: Sie sehen doch, dass ich hier bediene! Ich war gereizt und ungeduldig, unfreundlich und entnervt, und abends haben mir die Hände gezittert, und ich war wie tot. Dann hat die Firma uns einen Kurs angeboten: Freundlich sein! Ein Spezialservice für uns und unsere Kunden: Wir haben gelernt, zu lächeln, die Ruhe zu bewahren, nicht auszurasten, und ich sage Ihnen, das ist kein Trick für mehr Umsatz, das hilft mir persönlich. Seit ich nett bin, seit ich mich nicht provozieren lasse, nicht mehr zurückbelle, seit ich gelassen und freundlich bleibe, geht es mir wieder gut, und auf die meisten Kunden wirkt das sogar auch so: Sie entspannen sich, lächeln, haben mehr Geduld und Verständnis und warten gern, bis man Zeit für sie hat. So weit Lurchi, und er lächelt mich an, als ich gerade zynisch sagen will, das sei nun eine ganz besonders raffinierte Verkaufsstrategie. Ist es, und ist es nicht. Der Ton überall – in den Geschäften, auf den Straßen, im Betrieb – ist oft derart ruppig und aggressiv, weil wir uns alle dauernd so überfordert und angegriffen fühlen, dass wir alle darunter leiden. Mir geht es besser, wenn ich einen drängelnden Autofahrer freundlich vorlasse, als wenn ich ihm einen Vogel zeige und den Kampf um Zentimeter mit ihm aufnehme. Aggression strengt viel mehr an als Freundlichkeit, und vom Anschreien kriegt man das gleiche unangenehme Herzklopfen wie vom Angeschrienwerden. Vom Lächeln nicht. Lurchi hat recht. Ruppigkeit verkürzt das Leben. Und wenn uns jemand anschreit, wollen wir in Zukunft freundlich zurücklachen. Aber wo ist unsere Firma, die uns das in Kursen antrainiert? Allein ist es so schwer zu lernen! *18/92*

EINMISCHEN ODER NICHT?

Also ... wenn Schreie aus der Nachbarwohnung ertönen, dann kann es sein, dass «Tatort» läuft. Aber vielleicht würgt Herr N. wirklich seine Frau. Oder beide schreien vor Vergnügen – warum dann aber «Hilfe, Hilfe»? Vielleicht ist ein überraschter Einbrecher zugange? Die Schreie dauern an, werden schriller. Was mach ich denn nun? Zieh ich mir die Decke über den Kopf und schlaf wieder ein? Klopf ich an die Wand und schrei «Ruhe!»? Geh ich rüber und frag, was los ist? Dann krieg ich entweder auch eins über den Kopf, oder man bedeutet mir, mich nicht einzumischen in eheliche Angelegenheiten. Soll ich die Polizei anrufen? Ausgerechnet ich. Ausgerechnet die Polizei. Und wenn die kommt? Dann hab ich mit denen nebenan lebenslang Krach. Bringt der (wer?) die Frau aber um, dann bin ich dran wegen unterlassener Hilfeleistung. Ja, verdammt noch mal, was denn nun?

Nur 36 Prozent meiner Landsleute würden ohne langes Zögern nachsehen, was los ist – Allensbach-Umfrage 1988. Was sind das für Leute? Besonders Couragierte, besonders Neugierige, Aufdringliche, Hilfsbereite oder alles Wichtigtuer? 84 Prozent würden einem Ohnmächtigen auf der Straße sofort helfen. Sagen sie. Ich glaube daran nicht so recht, denn schneller als «ohnmächtig» denkt sich das Wort «besoffen», «Penner», da liegt der nun am hellen Tag herum, Schande, das. Weitergehen. Wer würde ohne Zögern die Polizei verständigen, wenn er Zeuge eines Verbrechens wurde? Angeblich 78 Prozent. Aber dazu gehören nicht junge Leute unter dreißig – deren Polizeibild ist nicht positiv genug. Und einen Warenhausdieb anzeigen, festhalten? Ach du lieber Gott – die Firmen sind doch versichert, was soll ich mich da groß einmischen!

Tja, schwierige Frage, wo das Einmischen aufhört und die Pflicht des Staatsbürgers und Mitmenschen anfängt, wie weit man Angst haben darf oder Zivilcourage haben muss, weggucken kann oder hinspringen muss, wenn es in der U-Bahn eine Keilerei gibt. Wir kennen ja die Horrormeldungen aus der Zeitung, dass alle Autofahrer an einem Erfrierenden oder Überfallenen vorbeifahren. Wir kennen auch die Meldung, dass einer aus Mitleid jemanden bei Regen mitnimmt und ausgeraubt wird.

Hilfsbereite gute Menschen sollen wir sein, pflichtbewusst und anständig. Und wir schauen in die Höhen der Macht, wo Herren sitzen, die krumme Gift- und Waffengeschäfte machen und als Vorbild so gar nicht taugen, sondern uns Korruption, Eitelkeit, Egoismus und Niedertracht mehr vorleben als Menschlichkeit und Kühnheit. Woher soll's kommen, alles aus dem eigenen inneren Ethos und gegen den inneren Schweinehund? Wir kennen nicht mal die Namen unserer Nachbarn in den Hochhäusern, aber wenn sie schreien – rennen wir rüber und helfen? Ich mein, ich seh's schon. Wir verrohen parallel zu dem Zustand unserer Politik, unserer Umwelt, unserer Kultur, unserer Filme, und es wundert mich immer, wenn wer wem hilft – mich wundert nie das Gegenteil, das halte ich schon für «normal». Im Kölner Zoo wurde einmal ein Pfleger von einer wildgewordenen Elefantenkuh fast totgetreten. Seine Kollegen retteten ihn, indem sie den

Elefanten mit Spatenschlägen ablenkten. Vorm Gitter standen Zoobesucher und schrien: «Tierquäler!» Zeigen wir die jetzt an, wg. Gesinnung? *21/88*

ÜBER ZU VIEL KOMMERZ UND ZU WENIG PIETÄT

Also … wir wissen aus Kino und Fernsehen, dass Tote keine Karos tragen, dass der Tod um Mitternacht kommt, dass er keine Wiederkehr kennt, dass er im Orientexpress und in den Wolken lauert, und nicht nur auf Handlungsreisende. Wir haben erstaunt gesehen, dass Tote wiederkehren und dann – etwa in Denver oder Dallas – ganz anders aussehen (schwerer Unfall! Schönheitsoperation! Er war gar nicht wirklich tot!). Nur wir armen Normalmenschen müssen eines Tages dran glauben und kommen nicht mit neuer Nase in der nächsten Folge wieder.

Das Thema ist tabu – allenfalls in Satiren darf darüber gescherzt werden, ansonsten fällt es unter die Rubrik Pietät und Takt und entzieht sich dem Zugriff kecken Unternehmergeistes. Von wegen: Immer mehr clevere Geschäftsleute kommen auf neue Ideen in puncto Bestattung. Kommerz war das eh schon immer, der teure Eichensarg, der Extrablumenschmuck, die Kerzen, der Orgelklang, da wurde und wird tüchtig kassiert, Trauernde fragen nicht nach so was Banalem wie Geld. Aber das Geschäft weicht auf – da bietet z.B. ein Mann in Amerika seine Dienste für das Do-it-yourself-Begräbnis an: Für eine im Rahmen gehaltene Bezahlung verleiht er, was man braucht – Schaufel, Leichenwagen, Seile zum Herablassen des Sarges, er gibt Ratschläge und steht diskret zur Seite, bis wir Tante Helen so unter die Erde gebracht haben, wie wir das nett finden. Eben in aller Ruhe, und sie darf die grüne Strickjacke anlassen, die sie immer so liebte. Kein Bestattungsunternehmen treibt zur Eile, weil der nächste liebe Tote schon wartet. In Amerika gibt es für Eilige die Schnelltrauer: Stirbt wieder jemand aus der Firma und man kann und will sich das lange Herumstehen auf dem Friedhof nicht leisten, dann wird der Sarg am Friedhofseingang aufgebaut, man fährt kurz mit dem Auto dran vorbei, stilles Gedenken, und ab an den Schreibtisch, das Leben geht weiter, und für Mr. Miller von Feuer / Unfall kann man nicht den ganzen Vormittag opfern, der war sowieso nie ein besonders angenehmer Kollege. Wer zum Himmel blicken und sich vorstellen möchte: «Da oben schwebt Opa!», der kann das haben: Für tüchtig Dollars füllen die Amerikaner Opas Asche in ein lippenstiftgroßes Blechgefäß – und hoch damit ins Weltall, da kann Granddaddy kreisen und nächtens mild herunterleuchten. Ob sich der clevere Leichenbestatter mit seiner Idee durchsetzt, bei der Einäscherung die kalte Leichenhalle mit dem teuren Verblichenen selbst (wo der doch sowieso verbrannt werden wollte) zu erwärmen – um Energie zu sparen und damit die Angehörigen nicht frieren –, das wage ich zu bezweifeln.

Lehnt man alle Neuerungen ab und will bei der herkömmlichen Bestattung bleiben, ist zumindest Vorsicht empfohlen. Arbeitet doch ein Bestattungsunternehmer in New York mit der Mafia zusammen – in jedem Sarg braver Kunden lag zugleich auch ein neues Opfer der Mafia.

Wir sehen: Man lebt unter Umständen nicht nur zweimal, man kann auch doppelt begraben werden!

3/87

VOLLER HOFFNUNG

TÄGLICH DAS ELEND FREI HAUS

Also ... es gibt unendlich viele Themen, über die sich in einer solchen Kolumne schreiben lässt. Noch jedenfalls ist mir immer etwas eingefallen, die Themen liegen in der Luft, kommen modisch angesegelt, ruhen als Notizen (für Dürrezeiten im Kopf) schwarz auf weiß in einem ALSO-Mäppchen, und nicht zuletzt verdanke ich den Briefen der LeserInnen eine Menge witziger, gescheiter und engagierter Anregungen.

Aber dann kommt die Tagesschau, wie eben. Ich sehe eine Viertelstunde lang nicht ein einziges schönes Bild, ich höre fünfzehn Minuten nur von Krieg, Hunger, Folter. Ich sehe Bilder von unglücklichen Menschen, die ausgemergelt und apathisch dasitzen und nicht verstehen, warum gerade sie und gerade ihr Land so heimgesucht werden. Sie verstehen es so wenig, wie ich es verstehe, dass ich satt und warm in einem Haus sitze, in einem Land mit vollen Lebensmittelläden und ohne Krieg. Natürlich «verstehe» ich es, wenn ich mir die politischen Gründe für Kriege, Unterdrückung oder Demokratie überlege oder von Fernsehreportern erklären lasse. Aber in meinen Gefühlen «verstehe» ich es eben doch nicht. Die Gegensätze sind zu krass, als dass man sie noch begreifen könnte. Natürlich «weiß» ich, warum der Himmel über Kuwait schwarz war und das Meer ölverseucht ist. Ich weiß es, aber ich begreife es nicht. Ich habe über Saddam Hussein gelesen, was wir alle lesen konnten. Verstehe ich deshalb, warum er als Junge Tieren, die ihm über den Weg liefen, die Augen ausstach? Warum er Oppositionelle gern von Kindern erschießen lässt, damit die nächste Generation gleich lernt, wo es langgeht? Wie sollte man das verstehen. Wie sind Waffengeschäfte, Folter, niedergeknüppelte Demonstranten mit dem Verstand und dem Gefühl zu fassen, wie verläuft der Abend mit Freunden, wenn im Hinterkopf die Bilder der zerlumpten und hungernden Kinder sind, die in Bukarest in Bahnhofsschließfächern wohnen – gesehen im «Stern». Wir sind nicht alle stark, tapfer, einsatzbereit; wir ändern nicht unser Leben, um an Orten der schrecklichsten Not zu helfen. Wir spenden, wir nehmen Anteil, aber weiter geht es mit uns im Alltag nur, weil wir verdrängen. Gut, dass wir verdrängen können, sagen die Psychologen, sonst könnten wir gar nicht überleben. Das ist kein Verrohungs-, sondern ein Schutzmechanismus. Wir können eben nicht alles verstehen und erklären, und ich denke, es ist nicht nur sentimental, wenn wir bei den Fernsehbildern verelendeter Menschen und verendender Tiere weinen – es ist auch ein Ventil.

Der Traum ist so ein Ventil – warum wacht man manchmal morgens völlig gerädert, tieftraurig und alles andere als erfrischt und erholt auf? Vielleicht, weil man sich – unbewusst – die ganze Nacht gewehrt hat gegen Unerträgliches, gekämpft hat gegen Ohnmacht, heimgesucht wurde von eben den verdrängten Bildern. Und dann kommt wieder ein normaler Tag. Und dann lässt sich wieder eine Kolumne über die komischen und grotesken Dinge des Lebens schreiben. Aber die andern Bilder bleiben, und sie sind ja nicht nur Bilder. Sie sind Wirklichkeit. Wir müssen damit leben, ohne abzustumpfen. Empfindsam bleiben, lieber sentimental als verhärtet, aufmerksam bleiben, politisch bleiben. Wer in einer Demokratie wie der unsern sagt: Politik interessiert mich nicht, oder: Ich wähle nicht – der hat nichts begriffen. Wir müssen für eine politische Meinungsäußerung in kein Gefängnis. Wir hungern nicht. Wenn uns die Regierung nicht passt, können wir sie abwählen, auch wenn die Alternativen dazu ähnlich sind. Andere haben keine Alternativen. Noch nicht. Aber ich gebe die Hoffnung nicht auf, dass der trotzig-selbstbewusste Satz «Wir sind das Volk» irgendwann weltweit siegt. *12/91*

AUGENBLICKE

Also … neulich in Leipzig, auf der Terrasse des Operncafés, nett ausgelegt mit grünem Kunstrasen und bestellt mit den allerwohlfeilsten, aber beeindruckend schneeweißen Billigmöbeln aus Leichtplastik, schlich ein altes Mütterchen um die Tische, schaute, zögerte, traute sich nicht recht, sah uns an, fasste Mut und sich ein Herz, kam an unseren Tisch und flüsterte: «Ist das hier nur für besondere Genossen, oder darf da jeder sitzen?» Kein Kommentar zu dieser erschütternden Dokumentation, wie sehr man Menschen einschüchtern und verbiegen kann – ja, der Osten hatte so seine ganz eigene Apartheid.

Neulich, in einem Fernsehinterview, sagte Howard Carpendale, Südafrikaner aus Johannesburg, dass ihm zum ersten Mal bewusst wurde, was Apartheid ist, als er in London einen schwarzen Mann und eine weiße Frau Hand in Hand auf der Straße sah, und niemand weit und breit, der sie zusammenschlug oder überhaupt nur verwundert stehen geblieben wäre. Zwanzig Jahre einer bestimmten Erziehung wurden ihm – sehr sympathisch – in diesem Augenblick als irrsinnig bewusst. Neulich in der Tiefgarage, es ist schon Abend und sehr still und verlassen, plötzlich läuft jemand hinter dir her. Du gehst rascher, das Herz klopft bis zum Hals, denn aus dem Fernsehen weißt du ja, dass dieser Mensch dich jetzt umbringen will. Nein, er trägt dir eilig deine Einkaufstüte nach, die du oben neben der Kasse vergessen hast. Neulich, neulich, neulich.

Es passieren kleine Geschichten, winzige Begebenheiten, die das Licht, das über bestimmten Dingen lag, verändern. Die Angst machen oder Angst nehmen oder plötzlich die Augen öffnen. Wie der Moment bei der Schlägerei in der Straßenbahn – da ist der Augenblick, vor dem man sich immer wieder gefürchtet hat, und plötzlich kann man ganz ruhig aufstehen, dazwischengehen und sagen: «Sie hören jetzt sofort auf damit», und man drückt den Betrunkenen auf seine Bank und hat nicht einmal für einen Augenblick Angst gehabt – einfach so. Oder neulich, man hat den ganzen Tag gejammert über Stress, kaputtes Auto, das blöde Telefon, die falsche Post, und abends trifft man einen Freund, und er sagt beim Essen: «Ich hab Aids.» Alles, alles andere ist plötzlich grässlich unwichtig, klein, vergessen. Oder neulich im Speisewagen nach Schwerin, man hat sich gerade eine Käseplatte bestellt, da merkt man: Man sitzt im falschen Zug und muss an der nächsten Station schleunigst raus und umsteigen. Was tut der Ober? Packt den ganzen Käse säuberlich in Butterbrotpapier ein und steckt einem das Päckchen zu: «Da, das könnse doch im anderen Zug dann schön essen, der hat keinen Speisewagen.»

Es sind so kleine Momente, die etwas ändern – die glücklich machen, traurig, wütend, beklommen. Der Moment, wo du an einer Mülltonne vorbeigehst, aus der es fiept – du schaust rein und hast die nächsten fünfzehn Jahre einen wunderbaren Hund. Der Moment, NEULICH!, an dem die Mauer fiel und ein ganzes Volk im Freudentaumel auf der Straße war, gerührt auch die, die sich eine Wiedervereinigung nie besonders ersehnt hatten, sogar die, deren Sozialismusträume den Bach runtergingen – der Moment war großartig, bewegend. Bleibt was? Wenig. Und doch setzt sich das ganze Leben aus Momenten zusammen. Erster Kuss, Jawort, Augenblick der Trennung, der Satz des Arztes «Noch zwei Jahre», die Augenblicke von Wahrnehmung, Stich ins Herz, Seligkeit, Unfall, Schmerz, Tod. Dazwischen – all die langen Wege und Irrwege. Darf hier jeder sitzen? Ja, hier darf jetzt endlich jeder sitzen. *21/93*

DAS SCHICKSAL ÜBERLISTEN

Also … ist das bei Ihnen auch so, dass es immer nur dann regnet, wenn Sie ohne Schirm weggehen? Man könnte fast schon eine Regel daraus ableiten und sagen: Wenn ich will, dass es garantiert nicht regnet, dann nehme ich einen Schirm mit. Ähnlich verhält es sich mit dem Anruf, auf den man so dringend wartet. Er kommt nicht, und wenn Sie stundenlang vor dem Telefon sitzen, es anstarren und denken: Nun klingel doch endlich, du blödes Ding! Das blöde Ding denkt gar nicht daran. Ich weiß aber jetzt nach vielen Lebensjahren (ja, Alter macht weise!) die entsprechenden Tricks, um das Schicksal, oder was immer es ist, zu überlisten: In diesem Fall also nehmen Sie Ihre Mülltüte und gehen Sie raus zum Abfalleimer, oder bringen Sie endlich mal die dicken Wanderschuhe in den Keller. Sie müssen nur die Wohnungstür angelehnt lassen und gut die Ohren spitzen: In dem Augenblick, wo Sie am weitesten vom Telefon entfernt sind, wird es klingeln. Auch Eilbriefe, Blumen, Telegramme kommen nur zu den Zeiten, in denen man sich gerade mal aufs Ohr gelegt hat, und die ganze Kunst des friedlichen Überlebens besteht im richtigen Auswerten solcher Erkenntnisse. Einen großartigen Brief schrieb mir zu diesem Thema jüngst BRIGITTE-Leserin Elisabeth aus Schwechat in Österreich. «Nachdem ich mich mit nunmehr bald 40 Jahren damit abgefunden habe», schrieb sie, «dass eine Verschwörung der im Kosmos existierenden Materie gegen mich im

Gange ist, beginne ich, die unabwendbaren Schicksalsschläge zu nutzen.» Und Elisabeth erzählt, was sie zum Beispiel tut, wenn sie an glühend heißen Sommertagen morgens mal wieder vergessen hat, die Balkonblumen zu gießen, und in der Büromittagspause fällt ihr das ein: Sie fährt dann rasch mit dem Auto durch die Waschanlage – zack! Schon beginnt es zu regnen. Bekommt sie für eine ersehnte Theaterpremiere keine Karten mehr, gibt sie alle eleganten Kleider in die Reinigung, und wenn sie dann gar nichts mehr anzuziehen hat, trudeln noch zwei Karten ein. Ja, so muss man das machen! Ich hoffe, ich habe Ihnen damit wertvolle Anregungen zur Alltagsbewältigung gegeben! Der Mann des Herzens ist seit zwei Tagen nicht aufgetaucht? Er kommt und kommt nicht? Warten Sie, bis Sie einen dicken Pickel am Kinn haben oder völlig erkältet und rotnasig sind – genau dann wird er auftauchen. Es klingelt ja auch IMMER, wenn man gerade in der Badewanne sitzt, und verspätete Essensgäste kann man geradezu damit herbeizaubern, indem man schon mal anfängt: Wenn der erste Löffel das aufgebaute Soufflé-Kunstwerk zerstört hat, wird der Besuch schon kommen. Niemand hat Sie lieb, niemand findet Sie toll, seit Wochen hat kein Mann mit Ihnen geflirtet oder Sie bewundernd angesehen? Abwarten, liebe Freundin! An dem Tag, an dem Sie mit fettigen Haaren, gerade zerrissenen Strümpfen, eilig, hektisch, hässlich bis zum Abwinken, überfordert und mit praller Einkaufstüte (die vielleicht gerade reißt?) in die Straßenbahn steigen, an dem Tag wird er neben Ihnen stehen und Sie mit seinen blauen Augen anlächeln. Du hast keine Chance, aber nutze sie, heißt es. Tröstlich daran ist allein: Es geht uns allen so. Und deshalb gräme ich mich auch heute nicht über den Dauerregen: Ich gehe gleich mit Schirm raus, und schwupp! Schon wird er aufhören. Und raus gehe ich übrigens nur, damit endlich der Anruf kommt, auf den ich warte. *21/94*

ÜBER AGGRESSIONEN

Also ... wir kennen ja das Wort von Martin Luther: Wenn er auch wüsste, dass morgen die Welt unterginge, würde er trotzdem heute noch ein Apfelbäumchen pflanzen. Das Prinzip Hoffnung. Wenn unsere heutige Welt unterginge in all den Feuerstürmen, die sich verfeindete Ideologen angeblich zur Verteidigung ausdenken, dann hätte ein Apfelbäumchen keine Überlebenschance. Ja, was würden wir tun, wenn wir wüssten, dass morgen die Welt unterginge? Der Lehrer Hiroshi Kusunoki ließ in Japan seine Schüler einen Aufsatz schreiben, der das Thema hatte: «Was würde ich tun, wenn ich nur noch fünf Tage zu leben hätte und in dieser Zeit alles machen könnte, was ich wollte?»

Ein elfjähriger Junge schrieb: «Den ersten Tag verbringe ich mit dem Genuss köstlicher Speisen. Am zweiten Tag gehe ich in einen Salon mit elektronischen Spielen und haue dabei mindestens hundert Mark auf den Kopf. Am dritten Tag besorge ich mir ein Schießeisen, am vierten Tag reise ich um die Welt und bade am Strand von Waikiki auf Hawaii. An dem Tag, an dem ich sterben werde, schlage ich meinen Vater zusammen, ich prügele ihn und trete ihn, und dann springe ich um 23 Uhr und 59 Minuten und 59 Sekunden auf den Zug zum Himmel.» Ein Zwölfjähriger wurde noch deutlicher: Er würde am ersten Tag alle Fensterscheiben einschlagen, dann eine Bank überfallen und alles Geld verbrennen, dann würde er einmal einen menschlichen Körper so schön zerstückeln, wie es gewisse Videofilme vormachen, dann ein Haus anzünden, dreihundert Leute mit einem Auto überfahren und dann – letzter Satz des Aufsatzes: «Wenn ich alle diese Dinge tun könnte, hätte ich kein Bedauern mehr, zu sterben.»

Der Lehrer Hiroshi Kusunoki las noch viele solcher Aufsätze, in denen gemordet und gewütet wurde. Da wurden Bomben geworfen und Eltern zerhackt, und er fragte sich im Land der Lotosblüte, woher denn so viel Aggression wohl käme, und trug das bestürzt auch in der Lehrerkonferenz vor. Die Antwort der Kollegen können wir uns ja schon vorstellen, der Zeitungsbericht, dem ich all dies entnehme, teilte sie auch mit: Das läge nun mal an der allgemeinen Entfremdung der Gesellschaft und an den Großstädten und am Schulsystem und am Stress und an den destruktiven Auswirkungen der Massengesellschaft und, und, und. Alles liegt ja immer an irgendetwas, am besten an «der» Gesellschaft, das ist immer so schön unverbindlich. Ich denke mir, dass es aber vielleicht auch an etwas liegt, das fehlt, das gar nicht da ist – an einem Mangel an … Wie heißt doch gleich das Wort? Ganz altmodisch: Zärtlichkeit. Wärme. Aber das sagen Sie mal der japanischen Lehrer- oder sonst einer Gewerkschaft oder irgendwem. Nicht gefragt, der Begriff. Wir glauben an Wachstum, Wende, Fortschritt, Profit. Wir bauen Eliteschulen und dressieren Papas Liebling für den Sessel in der Chefetage, und da sitzt er dann mit eiskaltem Herzen und träumt davon, Papa zu zerstückeln.

Wenn wir mal wirklich nur noch fünf Tage zu leben haben werden – hoffentlich sagt es uns keiner vorher.

10/86

DIE LIEBE IST EINE BAUSTELLE

Also … neulich hatte ich eine Lesung vor Studenten. Ich las eine alte und eine neue Liebesgeschichte, eine traurige und eine komische, und hinterher kamen Fragen. «An was schreiben Sie jetzt?» Immer an Liebesgeschichten, weiß der Himmel, warum mir alles in diese Richtung gerät – aber letztlich handelt, glaube ich, alle Literatur nur von diesen beiden Themen: Liebe und Tod. Die Studenten wollten nun über die Liebe mit mir diskutieren. Er sei, sagte einer, immer nur enttäuscht von der Liebe. Erst gebe es Versprechungen und Schwüre und Küsse, und hinterher sitze man wieder allein da. Auf die Liebe, klagte er, sei kein Verlass – sie sei einfach nicht von Dauer. Ja. Da hat er recht. Weil die Liebe kein Projekt ist, sondern eine ewige Baustelle. Wenn man sich auf sie einlässt, hat man alles inklusive: die Schmerzen und das Glück, Tränen und Lachen, durchweinte und durchliebte Nächte, das Kribbeln am Anfang und das Frieren am Ende. Ja: Das Ende kommt irgendwann, fast immer, denn die Liebe ist keine stabile Bank, keine Institution, in der man sich einrichten kann. Und trotzdem: Ohne Liebe ist alles nichts, das weiß jeder, der schon geliebt hat. Ob ich mich denn, wollte jemand anderes wissen, immer noch verlieben würde? Schließlich sei ich ja nicht mehr die Jüngste und überdies verheiratet und überhaupt … Natürlich verliebe ich mich immer wieder. Gerade neulich: in eine wunderschöne alte Frau, zart, fein, klein, sehr elegant. Sie ging im Park spazieren, und ich konnte mich an ihrem klugen, schönen Gesicht nicht sattsehen und dachte: Erstens – so möchte ich auch mit achtzig aussehen, und zweitens – die würde ich wahnsinnig gern kennenlernen. Ich verliebe mich minutenweise auf Bahnsteigen, zack, ein Blickwechsel mit einem schönen Mann, ein Blick hin, einer her, ein kleines Lächeln – und das Herz klopft. Ich verliebe mich in einen prächtigen Hund und in einen weichen Kater, in einen Barkeeper, der mir völlig gekonnt und leicht flirtend genau den Drink macht, den ich will, und mich vor Männern schützt, die mich ansprechen möchten, was mit Liebe weniger zu tun hat als mit – na, Sie wissen schon. Man kann sich überall und ständig ein bisschen verlieben, es ist eine Frage von Senden und Empfangen, es funkelt, es glitzert, es tut gut, man fühlt sich sehr lebendig dabei. Es muss weder im Bett landen noch für die Ewigkeit halten, es ist einfach nur das, was der wunderbare Schriftsteller Otto Jägersberg in seinem Gedichtband «Wein Liebe Vaterland» (Diogenes-Verlag) schrieb: «Liebe, ach mehr Liebe. Wie erklär ich das in der Fußgängerzone morgens um zehn. Es ist nicht nur die Lust auf Sie, liebe Frau. Es ist mehr, viel mehr. Mehr Liebe, bitte.» Hören wir doch einen Augenblick auf unsere Dichter: Mehr Liebe, bitte! *19/98*

AB MORGEN WIRD ALLES ANDERS!

Also ... jeden Abend im Bett, so kurz vorm Einschlafen, da weiß ich ganz genau: Ab morgen wird alles anders. Ich weiß, dass ich genau auch dann aufstehe, wenn es der Wecker will, und dass ich als Allererstes das Fenster aufreißen und freundlich «Guten Morgen, lieber Morgen!» oder so was Ähnliches rufen werde, denn positiv denken ist das Allerwichtigste, und damit vor allem muss ich morgen endlich anfangen. Dann werde ich diese schönen gymnastischen Übungen machen und heiß und kalt duschen. Nicht schon wieder diese fette Leberwurst zum Frühstück! Honig! Haferflocken! Körner! Milch! Und dann werde ich mich nicht hetzen lassen, o nein, morgen nicht. Ich werde nach einem genauen Plan vorgehen: Zeitung lesen, einkaufen, Schreibmaschine, ein bisschen Haushalt, ein langer Spaziergang mit dem Hund, endlich die Kolumne schreiben, nicht erst wieder auf den letzten Drücker, wenn die Redakteurin anruft! Ich werde außerdem morgen freundlich und geduldig sein, es muss doch möglich sein, weniger hektisch herumzurennen, nicht gleich hochzugehen, wenn mich etwas ärgert, klar, es wird immer behauptet, dass der Mensch in meinem Alter sich nicht mehr ändert, pah! Wo steht denn das geschrieben? Ist das etwa ein ehernes Gesetz? Warum soll ich nicht, wenn ich es will, wenn ich eisern trainiere, großmütig, geduldig, sanft wie ein Lamm, tolerant, zurückhaltend und gleichmütig werden? Irgendwann muss man damit anfangen, mit sechzig ist es vielleicht wirklich zu spät, aber morgen noch nicht. Also.

Leise kommt der Schlaf gezogen, friedlich senkt er sich in mein Gemüt. Nachts träume ich dann all die Morde zu Ende, die ich tagsüber nicht begehen konnte. Und mit grimmiger Wut wache ich auf, zu spät, weil ich beim ersten Ton auf den unseligen Wecker gehauen habe. Jetzt aber nichts wie raus aus dem Bett, ein Blick aus dem Fenster: O Gott. Wetter für den Friedhof. Keine Zeit zum Duschen, Katzenwäsche, Pulverkaffee im Stehen, Leberwurstbrot wegen Salzbedürfnis, wegen Blutdruck, ach, warum denn erklären, so ist es, so war es immer, und aus. Und ab dann geht alles daneben – es kommt die falsche Post, die Stimmung ist im Keller, es ruft ein Unmensch zur Unzeit an, der Hund fängt eine Biene, hat eine Nase wie drei Zentner Kartoffeln und muss zum Tierarzt, aus dem Auto haben sie das Radio geklaut, gerade in der Nacht, in der ich beschloss, ein besserer Mensch zu werden! Was für eine Welt! Da will man gut und grenzenlos warmherzig sein, und was ist? Steine legt einem das Schicksal in den Weg, groß wie … wie, jedenfalls zu groß für eine kleine schwache Frau wie mich. Wo hält das Leben endlich mal für mich ein Rubbellos bereit, wo auch wirklich ein Kleeblättchen kommt und ich Anspruch habe auf ein Glückslos im Überraschungsumschlag? Alles Betrug.

Und spät am Abend liege ich im Bett, und im Radio spielt Alfred Brendel Klaviermusik von Schubert, dem es viel schlechter ging als mir und der doch so lieb war und so wundervoll komponiert hat. Und ich? Ab morgen wird alles anders. Ich werde genau dann, wenn der Wecker klingelt, aufstehen, das Fenster aufreißen und sagen: «Da bist du ja, lieber Tag», und dann werde ich … gähn … gute Nacht. *17/88*

ELKES ABSCHIED

Also ... die Sonnenfinsternis, auch zärtlich SoFi genannt, ist irgendwie völlig an mir vorbeigegangen und nicht einmal in dieser Kolumne aufgetaucht. Als sie stattfand, war ich im Urlaub, und vorher war ich einfach nicht darauf gekommen, dass es für Sie, liebe LeserInnen, wichtig sein könnte, wie die Planeten zueinander stehen und dass das eine schöne Kolumne hätte werden können, um mal wieder sogenannte letzte Dinge zu bedenken. Aber nun naht der Jahres-, der Jahrhundert-, der Jahrtausendwechsel, und den lasse ich nicht verstreichen, ohne die ultimativen Fragen zu stellen: Wer sind wir? Wo kommen wir her, wo gehen wir hin? Haben Tiere eine Seele? Können Steine fühlen? Soll die Kolumnistin, die nun seit 17 Jahren an dieser Stelle nachdenkt, denn ewig weiterschreiben? Sie sehen, genug Fragen, über die man in der Silvesternacht nachdenken kann. Auch die, die sich jeder Millenniumsraserei verweigern (ich), müssen um Mitternacht mit hinüber ins neue Jahrtausend, ob es ihnen nun passt oder nicht. Zeitschriften bieten schon seit längerem die «Sind Sie fit fürs Millennium»-Tests an, ich habe die Fragen immer überflogen, und mich hat's geschaudert – ginge es danach, müsste ich mich als hoffnungslose Romantikerin in der Silvesternacht erschießen, ich denke aber gar nicht daran. Soll ich Ihnen was verraten? Ich wurschtle am 1. Januar 2000 genau da weiter, wo ich am 31. Dezember 1999 aufgehört habe. Die Zeit ist eine Linie aus Punkten, unendlich, immer gleich, und da soll ich wegen eines Zeitpünktchens so viel Aufhebens machen, etwa das Rauchen endgültig lassen oder das Joggen anfangen? Du lieber Himmel, nein. Mein Kater gehört zu den klügsten Lebewesen, die ich kenne (ja, Tiere haben eine Seele), und ihm ist der Jahrtausendwechsel so völlig egal, dass ich mich geradezu vor ihm schämen würde, würde ich um Mitternacht in irgendeine Euphorie oder in das Gegenteil ausbrechen. Runde Daten, vermeintliche Wechsel, angebliche Chancen zum Neubeginn – das alles kann nur schiefgehen und enttäuschen; Resümees, die der Kalenderzauber verlangt, finden bei mir nicht statt. Und wollten wir wirklich eines ziehen – kein Jahrhundert hat wie dieses zugeschlagen mit Rassenwahn, Krieg und Völkermord, mit Naturzerstörung und Artenausrottung, ist das noch Evolution oder schon Apokalypse? Darüber, ja, könnte man endlich mal nachdenken, aber warum um Mitternacht am 31. Dezember 1999? Da habe ich anderes zu tun: Ich muss alle Fenster schließen und laut klassische Musik aufdrehen, damit sich meine Tiere nicht vor der Knallerei erschrecken. Und dann, ja dann kann ich Ihnen wenigstens noch eine der oben gestellten ultimativen Fragen beantworten: Ja, 17 Jahre sind genug. Die Kolumnistin wird Sie nicht ins neue Jahrtausend begleiten. Leben Sie wohl, haben Sie Dank, und glauben Sie mir bitte: Das habe ich nicht Silvester beschlossen, sondern schon im Sommer, etwa zur SoFi-Zeit. Also ist es ernst zu nehmen.

Adieu. Ihre *1/00*

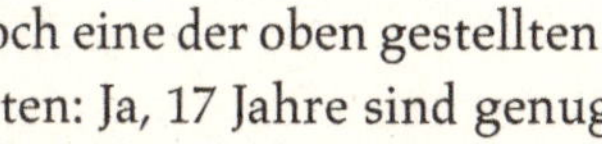

Quellennachweis

Die Kolumnen wurden den folgenden Taschenbüchern entnommen:

«Also … Kolumnen aus ‹Brigitte›», Copyright © 1988
by Rowohlt Taschenbuch Verlag GmbH, Reinbek bei Hamburg

«Also … Kolumnen aus ‹Brigitte› 2», Copyright © 1992
by Rowohlt Taschenbuch Verlag GmbH, Reinbek bei Hamburg

«Also … Kolumnen aus ‹Brigitte› 3», Copyright © 1996
by Rowohlt Taschenbuch Verlag GmbH, Reinbek bei Hamburg

«Also … Kolumnen aus ‹Brigitte› 4», Copyright © 1999
by Rowohlt Taschenbuch Verlag GmbH, Reinbek bei Hamburg

«Also … Die letzten Kolumnen aus ‹Brigitte›», Copyright © 2001
by Rowohlt Taschenbuch Verlag GmbH, Reinbek bei Hamburg

Weitere Titel

Ab morgen wird alles anders

Die Liebe

Die schönsten Jahre

Dreifacher Rittberger

Erika

Kein schöner Land

Kolonien der Liebe

Nurejews Hund

Wörter aus 30 Jahren

Else Stratmann

"Darf's ein bisschen mehr sein?"

"Geschnitten oder am Stück?"

"Mit oder ohne Knochen?"

Kolumnen aus "Brigitte"

Also ...

MIX
Papier aus verantwortungsvollen Quellen
FSC® C083411

Das für dieses Buch verwendete Papier ist FSC®-zertifiziert.